STEFANIE GREGG

Mein schlimmster schönster Sommer

AF178459

atb aufbau taschenbuch

STEFANIE GREGG, geboren 1970 in Erlangen, studierte Philosophie, Kunstgeschichte, Germanistik und Theaterwissenschaften bis zur Promotion. Nach Stationen im Bereich Bucheinkauf und als Unternehmensberaterin widmet sie sich jetzt nur noch dem Schreiben. Mit ihrer Familie wohnt sie in der Nähe von München.

Isabel kommt aus dem Krankenhaus zurück: die Diagnose ist niederschmetternd. Ein Tumor. Männerfaustgroß. Mitten in ihrem Körper. Wie es weitergeht, wird sie erst in zwei Wochen erfahren. Aber wie wartet man auf sein Todesurteil oder die Chance zu leben? Die sonst so rationale Isabel macht etwas, was sie noch nie getan hat: spontan sein. Auf dem Rückweg vom Krankenhaus kauft sie kurzentschlossen einen alten VW-Bus und bricht auf. Eigentlich will sie in die Provence, aber dann kommt es anders. Es ist eine Reise, bei der sie Abschied vom Leben nimmt und ein ganz neues beginnt.

Stefanie Gregg

# Mein
# schlimmster
# schönster
# Sommer

ROMAN

aufbau taschenbuch

MIX
Papier aus verantwor-
tungsvollen Quellen
FSC® C083411

ISBN 978-3-7466-3321-3

Aufbau Taschenbuch ist eine Marke
der Aufbau Verlag GmbH & Co. KG

1. Auflage 2017
© Aufbau Verlag GmbH & Co. KG, Berlin 2017
Umschlaggestaltung www.buerosued.de, München
unter Verwendung eines Bildes von © www.buerosued.de
Gesetzt aus der Sabon durch Greiner & Reichel, Köln
Druck und Binden CPI books GmbH, Leck, Germany
Printed in Germany

www.aufbau-verlag.de

2. 4. 2010, 8:00

»Du wirst sterben.«
»Ja, aber noch nicht.«
»Ja, aber dann.«
»Interessiert mich nicht.«
»Aber, aber.«

*Wolfgang Herrndorf,*
*Arbeit und Struktur*

# Kapitel 1

Männerfaustgroß.

Männerfaustgroß ist größer als tennisballgroß. Klingt auch gefährlicher. Tennisballgroß konnte ich sportlich nehmen.

Tennisballgroß ist größer als kirschkerngroß, viel größer, besorgniserregend größer.

Taubeneigroß war für mich unklar. Legen Tauben kleinere oder größere Eier als Hühner?

Kirschkerngroß ist süß, jedenfalls im Rückblick. Damals jedoch der erste Schrecken.

»Machen Sie doch einfach Urlaub«, hatte der Typ in Weiß zu mir gesagt, »in vierzehn Tagen müssen Sie wieder hier sein zum Vorstellen.«

*Vorstellen*, mich kennt er ja schon, er möchte einen Blick auf die Männerfaust werfen. Vorstellen. Guten Tag, Herr Männerfaust, oder darf ich vielleicht Herr Tennisball sagen oder leider eher Herr Kürbis?

Ich habe ihn angesehen wie einen Kürbis. *Machen Sie doch einfach Urlaub*. Wie soll das gehen? Urlaub plane ich generalstabsmäßig Monate im Voraus.

»Krankgeschrieben sind Sie auf jeden Fall«, hat er hinzugefügt, als ob mir meine Zweifel auf der Stirn stünden. Und sich dabei über den Bart gestrichen. Wer so einen Bart trägt, macht wahrscheinlich Urlaub im VW-Campingbus, ganz spontan, dachte ich.

Während der Taxifahrt, auf dem Rückweg nach Hause, blickte ich aus dem Fenster und ließ die Häuser an mir vorbeiziehen. Schöne Häuser, hässliche Häuser, Wand an Wand. Als ob sie mich umstellten, um gleich darauf über mir zusammenzustürzen. Ich bemühte mich, ruhig zu atmen, aber dieses Gefühl der Enge blieb. Zwischen den Häuserreihen waren nur wenige Meter Himmel zu sehen. Tiefblau, mit ziehenden Wölkchen darin. Schönwetterwolken, Sommerwolken, die einem zuriefen: Komm, leg dich auf eine Wiese und guck uns beim Dahinschweben zu. Leg dich ins Gras und sieh, was du in uns erkennen kannst.

Ich versuchte mich auf diesen kleinen blauen Streifen zu konzentrieren, aber rechts und links drängte sich grauer Beton ins Bild.

Der Taxifahrer beobachtete mich mit gerunzelter Stirn im Rückspiegel, wie ich da saß, im Sitz nach unten gerutscht, um besser in den Himmel blicken zu können. Eine Frau, die man vom Krankenhaus abholte und die dann im Wagen in sich zusammensackte; bestimmt nicht unbedingt das, was er brauchen konnte. Mühsam setzte ich mich also wieder gerade hin und versuchte, unbeteiligt ordentlich nach draußen zu schauen. Die auf mich einstürzenden Häuserfronten zu ignorieren. Dann sah ich ihn, den gelben Campingbus mit weißem Dach und Regenbogenaufkleber auf der Heckscheibe und dem großen Schild »Zu verkaufen« im Fenster. Mit seiner grellen Farbe sprengte er geradezu die graue Häuserfront.

Ich bat den Taxifahrer anzuhalten und stieg aus. Wie mechanisch wählten meine Finger die Telefonnummer, die mit dickem Stift auf den Pappkarton geschrieben war.

»Hallo. Ich interessiere mich für Ihren Campingbus.«

»Ja, gut.«

»Kann ich ihn mir ansehen?«

»Ja, klar.«

»Sind Sie auch dort, wo der Bus steht?«

»Äh, ja.«

»Dann würde ich mir den Bus gerne gleich anschauen.«

»Muss mich noch anziehen. Dann komme ich runter.«

Den Taxifahrer ließ ich warten. »Sie wissen aber schon, dass der Taxameter weiterläuft«, brummte er.

Ich nickte. Er sollte froh sein, dass ich nicht auf seinem Rücksitz zusammengebrochen war. Ich lehnte mich mit dem Rücken an eine der kühlen grauen

Häuserfronten. Hinter sich konnte man sie einigermaßen gut ertragen. Mein Blick war nach vorne gerichtet und heftete sich auf den gelben VW-Bus.

Ein junger Mann mit lilagebatiktem Hemd, weiter Cargohose und Schlappen an den Füßen trat aus der Haustür neben mir und stockte, als er mich sah. Klar, ich war nicht der typische VW-Bus-Käufer: graue Anzughose, weiße Bluse, grauer, schmal geschnittener Blazer – wohl eher der BMW-Typ. Ich stellte mich betont gerade hin und blickte ihm direkt in seine skeptischen Augen.

Als er die Seitentür des Busses öffnete, schlug uns ein muffiger Geruch entgegen.

»Baujahr 85, 360 000 km, ist aber schon ein neuer Motor, auf dem sind so etwa 100 000 gelaufen.« Er sah mich fragend an.

»Wie viel?«, fragte ich.

Wieder betrachtete er mich stirnrunzelnd. »2 900, hat noch fünf Monate TÜV.«

Ob er gerade den Preis erhöht hatte oder sowieso nicht daran glaubte, dass ich den Bus kaufen würde? Egal.

Ich sah mich im Inneren um. Abgewohnt, aber irgendwie gemütlich; in diesem Bus hatte man bestimmt schon viel Spaß gehabt.

»Fährt er sicher?«

»Seit dem neuen Motor fährt er eigentlich immer ordentlich. Ich bin ein Bastler, der Wagen ist so weit in Schuss, aber eine Garantie gibt's in dem Alter natürlich auf nichts.«

»Ich mache Ihnen einen Vorschlag. Ich zahle Ihnen 2000 Euro, und Sie leihen mir den Bus für 14 Tage.«

Er sah mich verblüfft an. »Wie? – Leihen – für 2000 Euro?«

»Ich möchte diesen Bus nur für 14 Tage leihen, dann kriegen Sie ihn zurück.« Ich sprach ganz langsam, wie zu einem kleinen Kind.

»Also, ganz ehrlich, dafür können Sie sich auch einen neuen Caravan mieten.«

»Ich will aber diesen Bus und jetzt sofort losfahren.«

»Jetzt sofort?«

»Jetzt sofort.« Wieder ganz langsam und mit weicher Stimme. Wobei ich nicht ganz sicher wusste, wen ich hier mehr überzeugen wollte: ihn oder mich. Dann wanderte mein Blick vom Bus zur wolkenhohen Häuserwand hinter mir und wieder zurück, zum gelben, häuserwändesprengenden Bus.

»Und wenn Sie dann einfach mit dem Bus weg sind?«

»Er ist ja ohnehin nicht viel mehr wert. Aber ich kann Ihnen auch noch ein Pfand dalassen.«

»Hm, klingt gut. Aber, ehrlich gesagt, da gibt's noch ein Problem. Ich muss noch nach Freilassing. Meine Mutter ist gestorben, und ich habe einen Termin beim Bestatter. Außerdem habe ich versprochen«, er zögerte, »ihre alte Kommode zu ihrer Schwester nach Füssen zu fahren. Dafür bräuchte ich ihn noch mal.«

Ich überlegte kurz. »Okay, dann fahren wir gemeinsam nach Freilassing, danach nach Füssen, und von dort aus fahre ich alleine weiter.«

Ich hatte nur eine ungefähre Ahnung, dass Freilassing nicht allzu weit entfernt war, und Füssen lag zumindest im Süden. Und Süden war gut. Solche gelben VW-Busse fuhren doch immer in den Süden. Da sind die Häuserfronten auch nicht so hoch.

»Echt wahr?« Er konnte das Angebot offenbar kaum glauben. Ich irgendwie auch nicht. Was tat ich hier eigentlich gerade?

War ich wirklich im Begriff, einen abgewrackten VW-Bus zu mieten? Ich, Frau-von-Technik-null-Ahnung. Solche Busse liefen selten mehrere hundert Kilometer, ohne dass sich jemand drunterlegen und daran herumschrauben musste. Ich hatte noch nie unter einem Bus gelegen. Könnte ich natürlich locker machen, mich unter ihn legen. Locker. Nur würde ich nicht wissen, was man dann darunter tun sollte. Trotzdem. Völlig egal. Ein Blick zur Häuserwand genügte mir, um ganz sicher zu sein. Ich musste raus aus dem Betonschlund.

Ich streckte ihm die Hand hin. »Echt wahr.«

»Ey, das ist das Verrückteste, was ich je erlebt habe.«

Ich musste grinsen. Da stand dieser Hippie vor mir mit seinen blonden Rastalocken und erklärte mir, dass mein Vorschlag das Verrückteste sei, was er je erlebt hatte. Dann konnte das alles doch gar nicht so schlecht sein. Oder?

»Äh, und wann kriege ich das Geld?«

»Wir fahren gleich an einer Bank vorbei.«

»Okay – Deal.«

»Deal.«

Das hatte ich noch nie zu jemandem gesagt. Kurz überlegte ich, mich jetzt noch cowboymäßig, mit gespreizten Beinen, hinzustellen. Nur nicht übertreiben. Aber ich fand mich gerade sehr cool.

Wir schüttelten uns die Hände. »Ich heiße Isabel, Isabel Drievers.«

»Rasso, Rasso Liebermann.«

»Liebermann – schöner Name.«

»Ja, bin ich auch, ein lieber Mann.« Er grinste. Und obwohl er den Scherz wahrscheinlich jedes Mal machte, glaubte ich ihm.


»Wie lange brauchst du, bis du fertig bist?« Es war sonst nicht meine Art, schnell und fraglos aufs Du überzugehen, aber alles andere wäre lächerlich gewesen. Ich konnte ja einen Rastaman nicht siezen.

»Fünf Minuten. Habe schon alles gepackt.«

»Gut, dann bezahle ich das Taxi und warte hier.«

Der Taxifahrer war erst mal sauer, als ich ihm erklärte, dass ich hierbleiben würde, beruhigte sich aber sofort wieder, als ich ihm einen 50-Euro-Schein gab – »stimmt so«.

Kurz lehnte ich mich an einen Baum und blinzelte in die Sonne da oben über den Häuserdächern. War das hier wirklich ich? Miss Perfect, Miss Plant-alles-ganz-genau. Und jetzt stand ich hier und tat einfach mal ganz spontan das, was ich wollte. Ohne über irgendwelche Folgen nachzudenken. Trotzdem fühlte es sich absolut richtig an. Ich entfloh den Häuserfronten. Auch wenn ich die Männerfaust natürlich mitnahm. Aber in einem gelben VW-Bus war bestimmt kein gutes Lebensklima für eine Männerfaust. Undenkbar. Peace. Keine Faust.

Mit ungewohntem Stolz begutachtete ich meinen Bus. Genauso einen hätte ich mit achtzehn haben wollen, um damit durch Sardinien zu fahren. Stattdessen war es ein weißer Polo gewesen, und ich war nur bis Jugoslawien gekommen. Danach gleich brav das Studium begonnen. Betriebswirtschaft. Damit das geregelte Leben kommen kann. Das erfolgreiche Leben.

Mit dem ich bis jetzt auch immer zufrieden war. Alles lief rund. Erfolg im Beruf. Der smarte Georg an meiner Seite. Ein perfektes Paar.

Dennoch, offensichtlich ein gutes Lebensklima für die Männerfaust in meinem Bauch. Oder war das unsinniges Psychologisieren? Schließlich kennen Metastasen keine Befindlichkeiten.

Ich stieg noch mal in den Bus hinein und ließ die Tür offen, um den muffigen Geruch hinauszulassen.

Die grün-gelb karierten Sitzbezüge waren schon ziemlich abgenutzt. In einer Ecke hatte der Bus einen eingebauten Gasherd. Ob der wohl funktionierte? Eine uralte, unordentlich zerknüllte Bettwäsche mit bunten Mustern kringelte sich auf der hinteren Sitzbank, die man zum Doppelbett umklappen konnte.

Auf dem Armaturenbrett lag ein Gelblicht, wie es zivile Polizeifahrzeuge nutzten, um es sich auf das Dach zu setzen. Falls es funktionierte, war es sicher nicht legal, es zu benutzen. Über die vorderen zwei Sitze waren neue Bezüge geworfen worden: oranger Grund mit weißen Blumen.

Es roch nach Jugend, Party, Unbedachtsamkeit, Abenteuer. Und natürlich muffig.

Zehn Minuten später war Rasso wieder da. In einer bunten Umhängetasche hatte er offenbar alles, was er brauchte.

Er streckte mir den Schlüssel entgegen, an dem eine rote Wollbommel hing. »Hier.«

»Ehrlich gesagt wäre es mir lieb, wenn du zuerst fährst.«

»Okay«, sagte er und setzte sich auf den Fahrersitz, ich daneben. »Wo soll's hingehen?«

»Erst mal nach Schwabing, zu mir.« Ich leitete ihn

die Straßen entlang. Unterwegs hielten wir an einer Bank, wo ich 2000 Euro abhob und ihm hinblätterte.

»Echt krass. Ich wusste gar nicht, dass man so viel Geld auf einmal abheben kann.«

Ich zuckte nur mit den Schultern, dann machte ich meine goldene Kette mit den kleinen eingearbeiteten Diamanten ab und streckte sie ihm hin. »Das ist dein Pfand. Hat 800 Euro gekostet.«

»Nein, ist schon okay. Ich vertrau dir. Hast auch recht, so viel mehr wert ist der Bus vielleicht gar nicht.«

Also zog ich die Kette wieder an. Georg hatte sie mir bei einem Juwelier in Hamburg gekauft, ohne Anlass, einfach weil sie mir so gut gefiel. An Groß-zügigkeit mangelte es Georg nicht.

Bei meiner Wohnung angekommen, ließ ich Rasso unten warten. Ich brauchte nicht lange. Die Kosmetiktasche nahm ich aus dem Krankenhauskoffer. Anschließend legte ich zwei Jeans, eine kurze Hose, ein paar T-Shirts, zwei Pullis, eine Regenjacke und Unterwäsche in eine Tasche. Die schwarze Sonnenbrille steckte ich mir aufs Haar, und aus dem großen Wandschrank holte ich noch meinen alten Schlafsack. – Wie viele Jahre der wohl schon unbenutzt war?

Ach ja, und einen Bikini packte ich schnell noch dazu. Süden, ich wollte ja in den Süden.

Mein Blick verfing sich an dem dunkelblauen

Stoff. Knapp geschnitten, Escada, ich wusste, dass er mir gut stand, obwohl es ziemlich lange her war, dass ich ihn das letzte Mal angehabt hatte. Wo im Süden war eigentlich das erste Meer? Italien? Frankreich? Wo fuhr so ein Bus die Menschen hin? Ich wusste es noch nicht. Aber der Bikini würde sich überall gut machen.

Kurz bevor ich das Haus verließ, schrieb ich noch schnell eine SMS an Georg: »Bin aus dem KKH entlassen, so weit alles okay, für vierzehn Tage krankgeschrieben, ich fahre weg, mache Urlaub, hoffe, du kannst das verstehen. LG Isabel«

Dann schaltete ich das Handy aus und legte es gut sichtbar auf den Tisch.

Ich mochte es nicht bei mir haben. Damals, als ich nach dem Abi mit so einem Bus nach Sardinien wollte, gab es noch keine Handys. Da war man dann auch einfach weg. Weg, unerreichbar und frei. Das war genau das, was ich jetzt brauchte. Kurz hatte ich gezögert. Ob Georg das verstehen würde? Ich war mir nicht sicher. Schließlich hatte er kein Problem damit, immer erreichbar zu sein. Aber wahrscheinlich hätte er das Gleiche auch von mir behauptet. Immerhin würde er das Handy sofort entdecken und sich dann zumindest keine Sorgen machen, wenn er mich nicht erreichte.

Ich ging zur Tür, warf einen letzten Blick auf unsere schicke Designerwohnung mit der blitzend weißen

Küche, dem riesigen Kochfeld inmitten der zum großen Wohnzimmer gerichteten Theke und dem langen
Esstisch mit der blühenden Orchidee darauf. Nein,
nichts hielt mich hier. Ganz weg.

Mit eiligen Schritten ging ich hinunter zu Rasso.

# Kapitel 2

Als wir auf der Autobahn waren, holte Rasso eine Packung Zigaretten aus seiner Jackentasche und war gerade im Begriff, sich eine anzuzünden, als er stockte und mich fragend ansah: »Äh, oder soll ich nicht rauchen?«

Ich zögerte. »Lieber nicht.«

Ich könnte ihm jetzt erklären, dass Tumore auch durch Rauchen entstehen können. Obwohl meine Männerfaust wahrscheinlich nicht davon herrührte. Ich hatte nie geraucht. Egal.

Er steckte die Zigaretten wieder in die Tasche.

Mit einem gleichmäßig ratternden Geräusch fuhren wir weiter. Von meinen Autos kannte ich nur noch ein stark gedämpftes Brummen und ein höchstens sanftes Mitschwingen im Ledersitz. Das laute, vibrierende Tuckern des Busses erinnerte mich an mühsame, lange Autofahrten in meiner Kindheit, bei denen man entweder unter unerträglicher gestauter Hitze oder unter Fahrtwind und lauten Geräuschen bei geöffnetem Fenster zu leiden hatte. Gedämpftes Leben, ein Selbstverständnis von Luxus.

Mir ging eine Studie durch den Kopf, die ich vor kurzem gelesen hatte und die besagt, dass Geld Menschen nur so weit glücklich macht, wie man es braucht, um sich damit lebensnotwendige Dinge kaufen zu können: Essen, Kleidung, ein ordentliches Dach über dem Kopf. Alles Geld, das darüber hinausging, macht die Menschen nicht glücklicher. Kein Zusatz-Glück also bei reichen Menschen.

Was bedeutete das für mich? Wie viel Prozent Glück war die Grundabsicherung, und bis zu wie viel Prozent Glück konnte ich kommen? Gefühlt hatte ich mindestens 30% Glück durch das abgesicherte Leben. Hieß aber, dass 70 % fehlten. Wo sollten die eigentlich herkommen?

Meine Gedanken flogen wirr durcheinander, wie die Landschaft, die an mir vorbeizog.

Entstehen Männerfäuste in diesen fehlenden 70%?

Als Kind war man doch ziemlich glücklich, wenn man nicht gerade eine besonders unglückliche Kindheit hatte. Wann verlor man diesen Zustand des kindlichen Glücks eigentlich?

Was hatte ich als Kind, als Jugendliche eigentlich für Wünsche gehabt?

Ganz früher, fiel mir ein, wollte ich Seiltänzerin werden. Wegen des Kinderbuchs, das ich so geliebt hatte. Da war ein kleines Mädchen eine Seiltänzerin. Sie zog ganz alleine in Frankreich von Dorf zu Dorf und tanzte über den Dächern. Ich weiß nicht mehr, um was es in dem Buch ging, aber ich erinnere mich vor allem an eine Zeichnung. Das Mädchen tänzelnd, ein Bein hochgezogen, auf ihrem Seil zwischen zwei Kirchturmspitzen. Und hinter dem kleinen Städtchen erstreckte sich ein endloses Lavendelfeld. Dieses Bild hatte ich mir eine Zeitlang fast täglich angesehen. Ich war versunken darin, hineingestiegen, hatte dort gelebt, über den provenzalischen Dächern, unter mir das violettwogende Lavendelfeld.

Dass Seiltänzerin als Lebensziel natürlich Unsinn war, wird einem irgendwann klar. Unternehmensberaterin werden zu können war großartig. Selbstverständlich, dass man diese Chance ergreift, wenn sie sich einem bietet.

Der Bus schüttelte mich unsanft durch und zog mich aus den schlafmüden, wirren Gedanken.

Fielen eine Klimaanlage und eine gute Federung noch in die Kategorie Lebensnotwendig, oder war das bereits Luxus? Seit wann hatte eigentlich fast jedes Auto eine Klimaanlage? Klimaanlage und Navigationssystem waren für mich die großartigsten Erfindungen der Moderne. Na ja, neben der Flügelbinde.

Eine Bodenwelle hob mich ein wenig hoch.

»Wo willst du eigentlich hin mit dem Bus?«

»Nach Frankreich, in die Provence.«

»Cool.«

Ehrlich gesagt, hatte ich mir das in dem Moment

ausgedacht. Ich hätte auch Italien, Gardasee oder Irland sagen können. Aber als es aus meinem Mund herauskam, klang es gut. Provence. Ich konnte plötzlich wieder die violetten Lavendelfelder sehen und ihren wundervollen Duft riechen. Das Mädchen, das so leicht darübertänzelte. Ja, das war genau das, was ich wollte, mit diesem gelben Bus in die Provence fahren.

»Du kannst dann am Bodensee vorbei und über die Schweiz fahren. Oder du nimmst die Strecke über Innsbruck und Italien, dann weiter bis nach Frankreich – das könnte aber vielleicht ein wenig länger sein.«

Ich hatte mir natürlich noch keine Gedanken über eine Reiseroute gemacht. Meine Orientierung war ziemlich schlecht, und die Autos, die ich sonst fuhr, hatten alle ein Navi. Aber in den Süden würde ich schon irgendwie kommen.

»Willst du lieber über die Schweiz oder über Italien fahren?«

Ich hatte keine Ahnung. »Hast du eine Landkarte hier?«

Rasso schüttelte den Kopf. Sein Mund verzog sich zu einem Grinsen: »Aber mein Bus war schon dort: Aix-en-Provence, Marseille, Avignon, Arles, bei den roten Bergen von Orange, Kajaktouren auf der Ardèche, kennt er alles, der findet den Weg.«

Ich musste lachen. »Kennst du den Film ›Herbie‹?

Das war so ein Käfer, der sprechen konnte und mit seinem Besitzer alles Mögliche erlebt hat. So wird das dann mit mir und dem Bus.«

»Klar kenne ich Herbie, einer meiner Lieblingsfilme!«, erklärte Rasso stolz.

Ich sah ihn zweifelnd an. »Dabei bist du mindestens zehn Jahre jünger als ich.«

Rasso hob die Schultern. »Herbie soll sogar das Vorbild für Knight Rider gewesen sein, die Serie fand ich auch super!« Dann stellte er seinen linken Fuß auf dem Sitz ab und saß in einer Art Yoga-Haltung. Schien aber gemütlich zu sein.

»Kenne ich nicht, Knight Rider.« Ich rutschte auch im Sitz hin und her, um eine bequemere Position zu finden. Im Sitzen drückte die Männerfaust auf meinen Magen.

»Wahrscheinlich siehst du dir eher Kunstfilme an, so französische Langweiler-Filme«, er warf mir einen fragenden Seitenblick zu.

»Nein, eigentlich auch nicht.«

»Was ist denn dein Lieblingsfilm?«

»Das bin ich nicht mehr gefragt worden, seit ich fünfzehn war.«

»Na, und?« Er ließ nicht locker.

»Keinohrhasen«, sagte ich herausfordernd. »Keine Ahnung. Und deiner?«

»Mit ›Keinohrhasen‹ kann ich nicht mithalten.« Er grinste mich breit an.

Mir fiel ein, wie ich als Jugendliche den Film »Der Himmel über Berlin« gesehen hatte. Dieser Film hatte mich so beeindruckt, dass ich ihn drei Mal angesehen hatte. Ich musste einfach immer wieder ins Kino, war süchtig nach diesen Bildern. Natürlich gehörte es damals irgendwie dazu, Wenders toll zu finden. Aber es war noch etwas anderes: Diese große Sehnsucht, die er ausdrückte. Zwei Engel liefen durch Berlin und konnten hören, was in den Köpfen der Menschen vorging. Und diese Gedanken waren meist so traurig. Manchmal langweilig, alltäglich, manchmal träumerisch, selten glücklich. Aber zwischen all diesen Orgien von inneren Monologen, getränkt von Melancholie, schimmerte eine Sehnsucht nach mehr heraus, nach dem »Himmel über Berlin«, der Freiheit und Lust versprach. Und tatsächlich wechselten die Bilder irgendwann von tristen schwarzweißen zu bunten. Ich weiß nicht mehr genau, wann, aber es muss wohl die Stelle sein, wo der Engel sich entscheidet, ein Mensch zu werden, auf dieser grauen, grässlichen Erde. Er gibt seine Unsterblichkeit auf, damit auch er das irdische Leben spüren kann, die Erfahrung des Menschseins machen kann. Vor allem aber verliebt er sich in eine wundervolle Seilakrobatin. Und dann wird alles bunt. Bruchstückhaft erinnerte ich mich an einen langen Monolog, bei dem man die ganze Zeit ihr eigenwilliges, aber schönes Gesicht in Großaufnahme sah, während sie über Liebe, das Leben und keine Ahnung was sprach. Ob er irgendetwas entgegnete, weiß ich nicht mehr. Aber ein Satz der Seilakrobatin hat sich mir ins Gedächtnis gebrannt, ich weiß noch, dass ich ihn mir mit riesigen schwarzen Lettern aufschrieb und über mein Bett hängte: »Ist das Leben unter der Sonne nicht bloß ein Traum?« Oder sagte es doch der Engel Damiel? Ich wusste es nicht. Aber dieses Plakat, das über meinem Bett hing, sehe ich heute noch.

Eine Zeitlang schwiegen wir beide.

»Ich war noch nie in Freilassing.«

»Da fährt man ja auch nur hin, wenn man da herkommt.«

»Deine Mutter ist gestorben?«

»Ja. Nach dem Tod meines Vaters vor vier Jahren wollte sie einfach nicht mehr. Und jetzt hat ihr Körper das auch eingesehen. Vor drei Wochen ist sie gestorben. Zum Glück hat sie aber alles vorbereitet. Vorsorgevertrag, weißt du, was das ist?«

»Nein, habe ich noch nie gehört.« Ich schüttelte den Kopf. Während er gesprochen hatte, sah ich ihn mir zum ersten Mal näher an. Seine dunkelblonden Haare hatte er zu Rastalocken gedreht, die ihm bis über die Schultern hingen. Trotzdem machte er einen gepflegten Eindruck, weder schmuddelig noch ungeduscht. Für mich hatten Rastafari-Typen und Schmuddel bisher immer zusammengehört. In seinem schmalen, länglichen Gesicht blitzten zwei wache blaue Augen. Immer schien er ein kleines Grinsen im Gesicht zu haben. Nicht mein Typ, so ganz und gar nicht. Aber nett, sympathisch.

»Meine Mutter hatte bestimmt zehn Termine beim Bestatter. Sie hat sogar das weiße Samtkissen ausgesucht, auf dem sie liegen möchte. Dazu einen sündhaft teuren Sarg und die Musiker, die bei der Beerdigung spielen. Alles genau geplant – und bezahlt.«

Ich konnte mir richtiggehend vorstellen, wie die alte Frau prüfend mit ihren Händen über einen Mahagonisarg strich und dann ein weißes Kopfkissen mit gehäkelten Spitzen probeweise hineinlegte. »Wow. Warum bereitet man seine eigene Beerdigung vor?«

»Na, weil sie's ja eh schon lange wollte. Und auch weil sie mir misstraut hat, dass ich alles so ordentlich mache, wie man das in Freilassing will. Die richtige Beerdigung, das ist was Wichtiges! Wäre nicht das erste Mal, dass ich Sachen nicht so gemacht habe, wie es sich in Freilassing gehört. Und das wollte sie bei ihrer Beerdigung einfach nicht riskieren.«

»Bist du traurig?«

»Schon. Sie war immer eine gute Mutter für mich, nur dass ich nicht ganz in ihre Welt gepasst habe.«

Wir hingen beide unseren Gedanken nach. Vielleicht sollte ich das auch machen, einen Vorsorgevertrag abschließen. Aber einen teuren Sarg und ein weißes Samtkissen wollte ich nicht. Eine Bekannte von mir wurde in der Nordsee bestattet, in einer Urne aus Salz. Vorher hatte ich mir das wunderschön vorgestellt, aber als die Urne vor uns dann plötzlich mitten auf dem Meer ins Wasser gelassen wurde und ins bodenlose Schwarz fiel, war es, als ob sie noch einmal gestorben sei, absolut endgültig, verschwunden im nie mehr zu erreichenden Nichts.

Man musste so weit hinausfahren, damit die Salzurne nicht sprudelnd wieder auftaucht – deswegen gibt es auch keine Beerdigung beispielsweise auf der Isar, habe ich mir sagen lassen. Man muss bis zum tiefsten Nichts des Meeres fahren.

Nein, dann doch lieber auf dem Land bleiben. Bei einem Baum. Man konnte sich auch einen Platz unter einem Baum vorbestellen, aber ebenfalls nur als Urnenstätte. Baum klingt besser, nicht so unerreichbar. Aber wer würde mein Grab schon besuchen. Georg? Eigentlich sollte es mir egal sein, wo ich begraben werde, ich würde es sicher nicht mehr mitbekommen.

Rasso riss mich aus meinen Gedanken, als er plötzlich auflachte: »›Und spar bloß nicht am Kissen. Wenn ich ewig lieg, dann bittschön weich‹, hat sie immer wieder zu mir gesagt, bis sie gehört hat, dass es diesen Vorsorgevertrag gibt. Darin ging sie ganz auf. Wahrscheinlich war ihr ansonsten auch einfach langweilig.« Er dachte kurz nach und fügte dann hinzu: »Und das Ganze, obwohl sie doch danach eingeäschert wurde.«

»Teurer Spaß für die wenigen Minuten.«

»O ja, aber eine schöne Beerdigung war's! Das Erbe ist damit allerdings futsch. Null und nichts.«

Komisch, Rasso wirkte nicht wie einer, der hinter dem Geld her war, dachte ich.

»Dabei könnte ich es gut gebrauchen«, sagte er ganz unvermittelt mit einem Stoßseufzer, als ob er meine Gedanken erraten hätte.

»Wofür brauchst du denn Geld?«

»Ich bin Musiker, Bassist und Sänger in einer Band. Weißt du, ich glaube an meine Musikkarriere, aber mir fehlt ein bisschen das Grundkapital. Ich müsste unsere Tour mitfinanzieren, das kostet einfach, und es kommt nicht immer gleich Geld rein. Die erste CD muss man eigentlich immer auf eigene Kosten produzieren. Ist alles nicht so ganz leicht in der Musikbranche. Ich bräuchte außerdem eine bessere Technik, damit wir wirklich mal auf große Tour gehen können. Und ich hätte gern einen neuen Bass. Der kann schon mal über 1000 Euro kosten.«

Ich nickte. Dafür brauchte er Geld. Um Musik zu machen. Seine Musik. Daraus entstand sein Glück. So kann also aus Geld Glück entstehen. Wenn man sich damit seine Träume ermöglichte, sich den Weg bereitete, um etwas zu finden, was man suchte. Seiltänzerin zu werden konnte man sich aber nicht kaufen.

Ich nickte noch mal, auch wenn Rasso das natürlich nicht sehen konnte. Männer haben ein weitaus eingeschränkteres Sichtfeld als Frauen. Während Frauen natürlich sahen, wenn der auf dem Nebenplatz sitzende Mann sich – beispielsweise – in der Nase bohrte, konnte das der Mann im umgekehrten Fall nicht sehen. Was Männer übrigens immer hochgradig verwunderte, wenn man sie darauf hinwies. Georg wollte das damals auch nicht glauben. Er hob dann an seiner Seite Finger hoch, und ich zählte sie, ohne zu ihm hinüberzusehen, Blick nach vorne auf die Fahrbahn gerichtet. Gleiches war ihm unmöglich. Damit konnte ich ihn überraschen. Fast ein wenig verärgern. Wir unterhielten uns die ganze Fahrt darüber. Ich erklärte ihm, dass ich gelesen hatte, dass dies weit in die genetische Vergangenheit zurückging. Der Mann als Jäger musste fokussieren, während die Frau als Sammlerin den breiten Blick brauchte. Deswegen finden Männer auch im Kühlschrank immer nichts, sie müssen jede Etage einzeln abscannen, während eine Frau sofort den ganzen Kühlschrank im Blick hat und sofort erkennen kann, wo die Butter steht.

Mit diesen Erkenntnissen konnte ich Georg wirklich mal beeindrucken. Derselbe Grund auch, warum Männer nicht mehrere Dinge gleichzeitig erledigen können, multitaskingfähig sind nur Frauen: gleichzeitig das schreiende Kind auf dem Rücken beruhigen, Beeren sammeln und die Umgebung nach Gefahren absuchen. Kann eine Frau. Ein Mann nicht. Der fokussiert sich auf seine Jagdbeute, bis er sie erlegt hat. Sonst sieht er nichts.

Georg hat gelacht, als ich das sagte. Ich glaube, er war stolz darauf, ein Mann zu sein.

Mich hatte die Einschränkung des männlichen Sichtfelds immer wieder aufs Neue verwundert.

Rasso und ich verharrten in unserem angenehmen Schweigen. Es gab selten Menschen, mit denen ich gut schweigen konnte. Bei Rasso aber hatte ich sofort die Vermutung gehabt, dass man es mit ihm gut konnte. Der Bus fuhr sein langsames Tempo und ruckelte mich mit seiner fehlenden Federung in einen unruhigen Schlaf. Das Rattern des Motors erinnerte mich an die Geräusche der letzten Tage.

»Sie haben bei Klaustrophobie ›ja‹ angekreuzt.« Der junge Radiologe sieht mich fragend an.

»Ich mag enge Räume nicht.«

»Na ja, wird schon gehen.« Er steht auf, nimmt kurz die Hände aus dem Kittel und weist mich in den nächsten Raum.

Ich muss meine Hose ausziehen, die Metallknöpfe könnten anfangen zu glühen, sagte die Schwester grinsend. Das T-Shirt darf ich anbehalten. Eine andere Schwester zeigt mir die Liege, auf die ich mich legen soll. Dahinter steht ein riesiges Gerät mit einer erschreckend kleinen, engen runden Öffnung. Wie ein Monster, das seinen kleinen Mund aufsperrt, um mich hinunterzuschlucken. Ich hatte mir vorher keine großen Vorstellungen von dieser Untersuchung gemacht.

Während die Schwester an der grünen Braunüle in meiner Hand das Kontrastmittel anschließt, das sie gleich einspritzen wird, beginnt die Panik in mir emporzuklettern.

Noch mehr, als sie mir einen Kopfhörer aufsetzt. »Das ist so angenehmer für Sie, es ist da drinnen sehr laut, wie unter einem Presslufthammer.« Dann schiebt sie mich hinein in die winzige Öffnung, durch die ich kaum hindurchzupassen scheine. Schnell die Augen schließen. Um Gottes willen nicht mehr öffnen. Wenn ich die Röhre direkt über mir sehe, müsste ich schreien.

Sofort beginnt der Lärm. Ein Presslufthammer, hatte sie gesagt, eher eine Technodisco mit ohrenbetäubendem, nervenzerfetzendem Beat.

Tatack, tatack, tatack.

Okay, denk an etwas. Ich sehe meinen Hund, den ich als Kind hatte. Er rennt über eine Wiese auf andere Hunde zu, und seine Ohren wippen wie in Zeitlupe auf und ab. Reinste Lebensfreude.

Tatack, tatack.

Denk an den Himmel. Ich konzentriere mich auf den Himmel, dessen Blau weiße Schlieren durchziehen, darunter mein Hund, der rennt.

Torock, torock, der Rhythmus hat sich geändert, tiefer, dumpfer, dröhnender. Aus dem Torock höre ich plötzlich Tod-Tod, Tod-Tod, Tod-Tod heraus. Unsinn, denk an deinen Hund, dann plötzlich Doktor, Doktor, Doktor, na, das ist ja immerhin besser, doch dann wieder Tod-Tod, Tod-Tod, Tod-Tod.

Und plötzlich Stille. Ein kleines, schrilles Zwitschern wie von Vögeln in der Ferne klingt in meinen Ohren. Ich bin nicht mal ganz sicher, ob es von der Maschine kommt oder nur der Nachhall des Lärms in der Stille ist. Vielleicht habe ich es ja jetzt überstanden. Ich habe kein Zeitgefühl mehr. Fünfundzwanzig Minuten, hatte mir die Schwester gesagt, ich weiß nicht, wie viel Zeit vergangen ist. Die Stille ist genauso schlimm wie der Lärm. Weil man wartet. Bloß nicht aus Versehen die Augen öffnen, dann müsste ich schreien. Einatmen, ausatmen, ruhig bleiben, du musst das aushalten.

Wumm, wumm, wumm, es geht wieder los, wieder ein anderer Ton. Was tut diese verdammte Maschine eigentlich?

Plötzlich habe ich das Gefühl zu spüren, wie das Kontrastmittel durch meine Venen eingeschossen wird, die Bahnen werden heiß, mein Bauch tut weh.

Nicht bewegen, das darf ich nicht. Einatmen, ausatmen. Ich kann nicht mehr. Ob ich doch den Notknopf in meiner Hand drücken sollte?

Durchhalten.

Einatmen, ausatmen.

Stille.

Das ist Psychoterror.

Ich glaube mich zu erinnern, dass man als Foltermethode Gefangene mit andauerndem Lärm beschallt hat. Ob man in diesem Lärm je einschlafen könnte? Ich glaube nicht, vor allem nicht, wenn das Geräusch wechselt.

Torock, torock, Tod-Tod, Doktor, Tod-Tod, Doktor.

Besinne dich. Zitiere! Ich suche in meinem Kopf nach etwas, das ich aufsagen kann. Der alte Goethe: Hat der alte Hexenmeister sich doch einmal wegbegeben! Und nun sollen seine Geister auch nach meinem Willen leben. Torock, torock. Ich drücke jetzt den Notfallknopf, ich kann nicht mehr. Nein, es kann nicht mehr lange dauern. Walle! Walle manche Strecke, dass, zum Zwecke, Wasser fließe und mit reichem, vollem Schwalle zu dem Bade sich ergieße.

In der Mitte der Ballade geht es, da ist mein Kopf beschäftigt. Ich verliere die nächsten Zeilen. Weiß sie nicht mehr. Torock, torock. In die Ecke, Besen! Besen! Seid's gewesen.

Piep, piep, piep. Stille.

Eine Tür.

»Sie haben es geschafft. Nicht bewegen. Ich hole sie erst raus.«

Nicht die Augen öffnen, Würgereiz unterdrücken.

Sie zieht mich heraus. Augen auf. O Gott, welche Erleichterung. »Das ist furchtbar gewesen.«

Etwas abfällig sieht sie mich an. »Jetzt ist es ja überstanden.«


»Es ist ja alles gut, nur ein Traum.« Rasso schüttelte mich am Arm.

Ich fuhr hoch. Besorgt sah er zu mir. »Was hast du denn geträumt, klang, als ob du gleich sterben würdest.«

Mühsam richtete ich mich auf. Das Torock verwandelte sich wieder in das rhythmische Klappern des VW-Busses. Aber mein Hals war wie zugeschnürt. Die Erinnerung an das Krankenhaus lähmte mich.

Ich antwortete Rasso nicht, der sogar seinen Fuß wieder hinuntergestellt hatte und mir besorgte Seitenblicke zuwarf. Wahrscheinlich fragte er sich, ob ich vielleicht doch nicht ganz zurechnungsfähig sei. Erst nach einigen Sekunden, in denen ich versuchte, meine Atmung gleichmäßig werden zu lassen, kam ich halbwegs zu mir.

»Habe ich lange geschlafen?«

»'ne halbe Stunde vielleicht.«

Ich rutschte im Sitz hoch. Mein Hals tat weh, vielleicht war mein Kopf zur Seite gefallen, beim Schlafen.

»Ist alles okay mit dir?«

»Ja, alles okay, ich habe nur schlecht geträumt.«

Er sah mich zweifelnd an. »Am nächsten Parkplatz halte ich an, ich bin auch müde und möchte mal eine rauchen.«

»Klar.«

Auf dem Parkplatz stellte Rasso sich erst mal neben den Bus und pinkelte in die Wiese. Eine Mutter, die mit ihrem Kind vorbeiging, warf ihm einen vernichtenden Blick zu, woraufhin Rasso entwaffnend freundlich Mutter und Kind zuwinkte. Empört zog sie ihren Sohn weiter, als der Kleine die Hand hob, um zurückzugrüßen.

Ich musste grinsen.

Dann stieg auch ich aus, ging auf die Toilette und spritzte mir Wasser ins Gesicht. Der Krankenhaus-Sound verfolgte mich immer noch, und ich ließ mir einige Minuten das kalte Wasser über die Finger laufen, um das Torock fortzuspülen.

Als ich zurückkam, parkte neben uns ein alter Hanomag, den seine Besitzer offensichtlich zum Camper umgebaut hatten. Auf dem Beifahrersitz war ein goldener Engel angeschnallt, eine Frauenfigur mit langen Haaren und weit ausgebreiteten Schwingen. Mit so einem Beifahrer konnte einem wohl nichts mehr passieren.

Zwei der Besitzer saßen mit Rasso im Schneider-sitz auf der Straße zwischen den Fahrzeugen, und gerade bekam er eine selbstgedrehte Tüte gereicht. Der süße Geruch von Gras stieg mir in die Nase.

»Setz dich zu uns, ich habe gerade ein paar nette Jungs kennengelernt«, sagte Rasso und streckte mir den Joint hin.

Ich setzte mich und nahm einen tiefen Zug. Mir wurde schwindlig, und ich fühlte mich gleichzeitig leicht. Ein seliges Grinsen breitete sich auf meinem Gesicht aus, und ich schaute mich um. Gerade kugelte aus dem Hanomag eine Frau in einem ausgeleierten dunkelgrünen Rippshirt und einem oben dunkelblauen und unten orange auslaufenden Rock mit gelben Sonnen und Monden. Langsam kam der Rock auf mich zu, und die Farben flossen ineinander. Blau in Orange, Orange zu Gelb. Ungeniert betrachtete ich die dünnen braunen Beine, die unter dem Farbwunder-Rock herauslugten und in selbstgestrickten Socken und Wanderschuhen steckten.

»Ich will auch mal.« Irgendjemand streckte ihr den Joint entgegen, sie legte ihre beiden Hände darum und inhalierte. Als sie ihren Kopf in den Nacken legte, verrutschte das breite gelb-grüne Band, das ihre wilden, langen Haare bändigte. Während ich weiter die Farben ihres Rockes bewunderte, redeten die anderen miteinander.

»Wo kommt ihr denn her?«, fragte Rasso.

»Sardinien. Acht Wochen. Aber jetzt geht uns das Geld aus, wir müssen zurück. Und der Hanomag stottert so, als ob er's nicht mehr lange aushält. Macht ganz komische Geräusche.«

»'n Hanomag«, Rasso dachte nach, »hat 'nen wassergekühlten Vierzylinder. Und das Roots-Aufladegebläse, da geht oft die Abdichtung hinüber. Manchmal frisst sich da was fest.«

»Verstehst du da was von?«, fragte der eine Typ.

»Ja, schon.« Rasso nickte.

»Kannst du's dir mal anschaun?«

Die beiden liefen zum Wagen und klappten die Motorhaube hoch. Ich schaute ihnen dabei zu, als säße ich in einem Kinofilm, als hätte das alles nicht wirklich etwas mit mir zu tun.

»Bist du seine Freundin?« Die Frau mit dem Mondenrock sah mich mit schiefgelegten grünen Katzenaugen an.

Mir war immer noch schwindlig, und ich ließ mich ins Gras zurückfallen. »Nein.«

»Du passt auch gar nicht zu ihm. Oder ist er dein junger Loverboy?«

»Nein.«

»Nicht sehr gesprächig, wie?«

»Nein, nur zum ersten Mal seit Jahren bekifft.« Auch die Farben des Himmels flossen aufgeregt ineinander. Was für ein Himmel. Am liebsten wäre ich in ihn hineingesprungen.

»Hast doch nur einmal gezogen.«

»Reicht mir.«

»Was machst du denn dann mit ihm?«

»Ich miete seinen Bus.«

»Du? Den Bus?«

»Ja.«

Sie musterte mich von oben bis unten. »Dafür bist du falsch angezogen.«

Ich blickte wieder an mir herunter und sah meine Kleidung nun mit ihren Augen: Spießerklamotten. Und dann starrte ich ihren blau-orangen Mondenrock an.

»Schenkst du mir deinen Rock?«

»Das ist mein Lieblingsrock!« Sie sah mich an. »Bist du krank?«

Ich nickte. Sie warf mir einen fragenden Blick zu und schien über meine Antwort nachzudenken. Schließlich begriff sie, dass ich es ernst gemeint hatte.

»Sehr krank?«

»Ja.«

Ihre grünen Augen legten sich einmal schief zur Seite, und dann zog sie ihren Rock aus. »Aber gib mir deine Hose, sonst hab ich nichts zum Anziehen.«

Also zog ich mich aus.

Kurz standen wir da, mitten auf dem Parkplatz, meine blassen und ihre braunen Beine, und tauschten die Kleidungsstücke. Sie legte ihre Hand an meine Wange, bevor sie sich umdrehte, meine Hose in der Hand, und wieder im Hanomag verschwand.

Ich schlüpfte in den Rock und hörte entfernt die Stimmen, die sich über technische Probleme und ihre Lösungsmöglichkeiten unterhielten, bis ich wegdämmerte.

»Hey, wir müssen weiter«, wieder holte Rasso mich aus dem Schlaf, und ich folgte ihm zu unserem Bus. Der Hanomag fuhr gerade los, und aus einem Fenster grüßte eine dünne braune Hand. Der goldene Engel schien mich anzulächeln und mir mit seinen langen Flügeln zuzuwinken.

»Schöner Rock.« Rasso musterte mich.

»Finde ich auch«, sagte ich und setzte mich auf den Beifahrersitz. Ich fühlte mich wohl.

# Kapitel 3

Heute war wirklich alles schiefgegangen. Dabei arbeitet er schon seit Jahren als Onkologe. Nun gut, das Überbringen der Krebsdiagnose fiel keinem Arzt leicht, aber er, er konnte es einfach besonders schlecht. All die Jahre hatten daran nichts geändert. Er redete darum herum, er drückte sich vor klaren Worten, er versuchte verzweifelt aus der Miene des Patienten abzulesen, wie viel Wahrheit der jeweilige Mensch vertrug und erfahren wollte. Doch meist landete er weit daneben. Wie oft hatte er darüber schon mit Kollegen debattiert. Mal sagte einem jemand: »Sagen Sie mir schonungslos die Wahrheit«, und wenn man es tat, brach derjenige zusammen und beschuldigte einen später, ihm das gesamte restliche Leben genommen zu haben. Teilte man jemandem die Prognose nur verschleiert mit, bekam man später Vorwürfe, das einzig Wichtige für ihn wäre doch gewesen, alles zu regeln.

Die einzig wahre Methode, es zu sagen, hatte keiner von ihnen, weil es sie einfach nicht gab. Aber diesmal, diesmal war doch wirklich alles schiefgegangen. Die Frau hatte gar nichts verstanden. Konnte sie aber doch auch nicht, bei seinem Herumgerede. Oder hatte sie den Grad ihrer Erkrankung doch begriffen, es vielleicht sogar schlimmer gemacht, als es eventuell war? So wie das junge Mädchen, das sich nach dem Besuch bei ihm das Leben genommen hatte. Nein, das durfte nicht wieder passieren, das könnte er nicht noch einmal durchstehen. Andererseits wäre es auch fatal, wenn sie das Ganze nicht ernst nehmen würde. Einfach vor der Wahrheit davonrannte. Immer noch von semimaligne ausgehen? Also von einem Tumor, der zwar wächst, aber zumindest keine Metastasen bildet.

Jedenfalls hatte er jetzt den Befund aus dem MRT in der Hand. Ganz klar war es zu erkennen: Neben dem wahrscheinlich semimalignen Magentumor hatte sie außerdem einen Hirntumor. Scharf zu sehen auf den Bildern. Der erklärte in jedem Fall ihre Kopfschmerzen, die Übelkeit und den Schwindel. Keiner konnte sagen, ob die Tumore etwas miteinander zu tun hatten oder nicht. Ob bereits Metastasen überall waren oder ob eine rasche OP noch eine Chance bot.

Es war ein Wettlauf gegen die Zeit.

»Du, ich habe einen Riesenkohldampf, habe heute noch nichts gegessen. Und mein Onkel hat hier in der Nähe ein Gasthaus, wo es die besten Käsespätzle der Welt gibt. Wie wär's? Wollen wir da was essen?«

Ich zuckte mit den Schultern: »Warum eigentlich nicht?«

Ich konnte nach all dem scheußlichen Krankenhausfraß auch mal etwas Ordentliches vertragen. Und so eine urige Mahlzeit in einem gemütlichen Landgasthof, das hatte ich seit ewigen Zeiten nicht mehr gehabt.

Rasso fuhr die Landstraßen entlang und zweigte schließlich in ein kleines Sträßchen ab, das uns auf eine Anhöhe führte.

Meine Gedanken flogen zurück zum Krankenhaus.

Als ich durch die großen Glasflügeltüren trete, frage ich mich, ob ich auch Handtücher eingepackt habe. Aber ja, für die geplanten sieben Tage ist alles perfekt gepackt, perfekt genug für einen Krankenhausaufenthalt. Nur was mache ich, wenn es doch länger dauert? Soll ich meinem Freund meine Wäsche mitgeben?

Ich hatte ihn in London im Kempinski kennengelernt.

Im Frühstücksraum war ausnahmsweise so wenig Platz, dass ich mich an einen Tisch setzen musste, an dem schon jemand saß. Groß, dunkelhaarig, schicker Anzug, mein Typ. Er bemühte sich auffällig um mich, erst recht, als wir nach fünf Minuten englischem Small Talk merkten, dass wir beide Deutsche waren. Am Abend führte er mich nach Covent Garden aus, erst in ein kleines Off-Theater, dann in ein Sushi-Restaurant und schließlich in ein echtes englisches Pub. Alles empfohlen von seinem damaligen Geschäftspartner, dem er erklärt hatte, er habe beim Frühstück die Frau seines Lebens getroffen. Das allerdings erzählte er mir erst viel später. Nach dem Pub gingen wir zurück in unser Hotel. Es war eine lange, heiße Nacht.

Der Lack ist ab, aber das wäre zu viel. So muss es ja nicht enden. Ein bisschen Ehre und Geheimnis müssen doch noch bleiben. Ob ich sie auch noch behalte, wenn ich wirklich krank werde? Denn für die anderen bin ich noch nicht krank, noch sieht man mir es nicht an. Dass mir manchmal das Laufen schwerfällt, bemerkt keiner. Er auch nicht. Manchmal stöhne ich im Schlaf, sagt er. Manchmal wache ich davon sogar auf. Erst vom Stöhnen, dann kommen die Schmerzen. Es drückt mich von innen auf, presst mir alles auseinander, nein, nach oben. Wenn ich sitze, bilden sich kleine Wülste um meinen Bauch. Wie ich das hasse. Mehr als alles andere.

Plötzlich war er also aufgetaucht, in meinem Leben. Georg. Alles wurde anders. Noch schneller. Unter der Woche lebten wir beide wie immer nur für die Arbeit, am Wochenende nur für uns. Da war ich noch ganz dünn, konnte ihm ungeniert meinen flachen Bauch entgegendrücken. Später habe ich das Licht gedimmt, dann gelöscht, und seine suchenden Hände wurden mir peinlich.

»Hier hat man einen wirklich wunderschönen Ausblick«, unterbrach Rasso meine Gedanken, »du brauchst jetzt ein bisschen Kraft für einen kurzen Anstieg, aber dann gibt's wirklich was Besonderes zu essen.«

Seltsamerweise fühlte ich mich so, als ob ich die Kraft auch hätte. Eigentlich so viel Kraft wie schon seit Wochen nicht mehr. Rasso ging mit mir einen kleinen Waldweg entlang, der recht steil anstieg. Ein Wegweiser führte uns zu einer Almhütte. Etwa eine halbe Stunde lang liefen wir bergauf. Obwohl es ein warmer Tag war, spendete der Wald uns Schatten, so dass ich nicht völlig außer Puste war, als wir endlich bei der Hütte ankamen. Wir setzten uns auf die Holzbank davor, und ich bewunderte den Blick in die Voralpenlandschaft. Der Almwirt kam heraus, stutzte kurz und breitete dann seine Arme aus. »Rasso, servus, das ist aber ein seltener Besuch.« Der urige Kauz in Lederhose umarmte Rasso unbeholfen, dann wandte er sich mir zu. »Und ein Mädel hast' auch dabei. Na, das ist ja 'ne Fesche.«

»Isabel«, stellte Rasso mich vor, und der Berg-
kauz schüttelte mir so fest die Hand, als ob er sie mir
gleich ausreißen wollte.

»Wir sind nur auf der Durchreise. Ich muss zur
Tante Irmtraud, und Isabel will in die Provence.«

»Provence«, er schüttelte missbilligend den Kopf,
»mei, was willst' denn da?«

Ich glaubte nicht, dass er auf die Frage eine Antwort erwartete. Außerdem wäre es mir peinlich gewesen zuzugeben, dass ich zu den Lavendelfeldern
meines Kinderbuchs wollte. Und meinen Wunsch,
dort eine Seiltänzerin zu treffen oder gar selbst eine
zu werden, konnte ich ihm wohl schwerlich nahe-
bringen.

»Wir hatten plötzlich Hunger, und als ich merkte,
dass wir hier ganz in der Nähe waren, musste ich an
deine Käsespätzle denken«, fuhr Rasso fort.

»Die kriegt ihr, eine extragroße Portion!« Fast war
er schon in der Hütte verschwunden, als er sich umdrehte und mehr befahl als fragte: »Und zwei Weiß-
bier dazu!«

Die zwei Biere kamen zuerst und kurze Zeit später
zwei riesige Suppenteller mit einem Berg von Spätzle
mit goldbraunen Zwiebelringen obendrauf. Obwohl
ich noch nie so gute gegessen hatte und mit so viel
Appetit wie lange nicht mehr, schaffte ich nur die
Hälfte. »Mädel, bist' krank, dass du so wenig isst?«,

fragte mich Rassos Onkel, der zu uns in die Sonne getreten war.

»Na, deine Portionen schaff ja ich kaum«, antwortete Rasso für mich.

Aber er verspeiste seine Spätzle und meinen Rest, den er ganz zwanglos von meinem Teller pickte, noch dazu. Was in dem dünnen Kerl so alles verschwinden konnte. Vielleicht hatte er schon länger nichts Warmes mehr gegessen, er wirkte nicht so, als ob er sich zu Hause in die Küche stellen und kochen würde.

Mein Blick begleitete den letzten der goldgelben Käsespätzle in Rassos Mund. Genüsslich lehnte Rasso sich zurück, klopfte sich auf den gefüllten Bauch und grinste mich an. »Super, gell!« So viel Zufriedenheit wegen ein paar Spätzle. Ich nickte lächelnd.

»Deine Mutter ist gestorben, ich hab's schon gehört.« Unbeholfen legte der Kauz seine Hand auf Rassos Arm.

Rasso nickte und schob noch einen letzten knusprigen Zwiebelring von meinem Teller in seinen Mund. »Und ich bring sie jetzt nach Hause.«

Ich stutzte, was meinte er damit?

»Die Irmtraud hat ihr ein Grab beim Großvater in der Familiengruft besorgt.« Gruft, wie das klang. In einer Gruft wollte ich nicht beerdigt werden. Aber wo sollte mein Grab sein? Neben dem meiner Eltern in Düsseldorf? Unter einem Baum begraben werden, die Asche ins Meer streuen, auf dem Waldfriedhof in München, damit Georg mich ab und an besuchen kann. Alles irgendwie absurd. Warum sollte ich das eigentlich auch entscheiden? Waren Beerdigungen nicht sowieso nur für die Trauernden da? Wer würde eigentlich um mich trauern und wie lange?

Ich zuckte zusammen, als etwas Nasses in meine Hand stupste. Es war die feuchte Schnauze eines mittelgroßen Hundes. Ich verstand die Aufforderung und begann ihn zu streicheln.

Der Hund war bunt gescheckt. Sein eigentlich weißes Gesicht war an den Augen mit einer braunschwarzen Maske überzogen. »Na, du kleiner Räuber«, sagte ich, während ich ihn hinter den Ohren kraulte. Vielleicht ein Australian Shepherd? Oder einfach alles wild gemischt?

»O mei, der Streuner ist schon wieder da«, der Kauz fluchte leise, »seit zwei Wochen taucht der ständig hier auf. Jetzt muss ich den noch selbst ins Tierheim bringen, bevor der mir die Hühner reißt. So ein Mist. Warum muss der ausgerechnet zu mir kommen? Such dir doch wen anderes.«

Der Hund ließ die Schimpftirade ungerührt über sich ergehen und rollte sich zu meinen Füßen ein.

Einige Zeit später brachen wir auf. Obwohl uns der Abstieg mit vollem Magen schwerer fiel als der Aufstieg, liefen wir zügig wieder ins Tal. Der Hund begleitete uns bis zum Bus.

Rasso füllte noch mal Öl in den Motor nach. »Der frisst wie Sau, du musst alle paar hundert Kilometer das Öl kontrollieren. Der Anzeiger funktioniert nicht immer, und wenn du ohne Öl fährst, ist es aus mit dem Motor«, warnte er mich. Sorgsam sah ich ihm dabei zu, in welche Öffnung er das Öl fließen ließ, um es mir merken zu können. Dann fuhren wir los. Am Ortseingang von Freilassing hielt Rasso vor einer Sparkasse. »Du, entschuldige, ich würde gerne noch deine 2000 Euro einzahlen. Ich fühle mich nicht wohl mit so viel Geld in der Tasche. Geht das?«

»Klar, mach nur«, sagte ich.

Wir stiegen beide aus, und Rasso öffnete die Seitentür, um an seine Tasche zu kommen. Mit fröhlichem Kläffen sprang uns der Streuner vom Berg entgegen. Begeistert hüpfte er um unsere Füße und wedelte mit seinem Schwanz. Wir folgten ihm verwundert um den Bus herum, während er zu einem Busch lief und dort sein Bein hob.

»Das gibt's doch nicht. Der muss in den Bus gesprungen sein, als ich gerade das Öl nachgefüllt habe«, vermutete Rasso.

Mittlerweile hatte er sich rücklings vor mir auf den Boden gelegt, wo er sich genüsslich von mir streicheln ließ.

»Der hat wohl die Bemerkung über das Tierheim von deinem Almöhi gehört«, grinste ich, »der
Arme.«

»O shit, wir müssen ihn nachher zum Berg zu-
rückfahren. Oder ihn selbst ins Tierheim bringen«,
entgegnete Rasso genervt.

Ich kraulte ihn weiter. »Armer kleiner Streuner.
Du hast bestimmt Durst, oder?« Nachdem ich ein
bisschen im Bus gekramt hatte, fand ich eine Schüs-
sel, die ich mit Wasser füllte und ihm ein paar Meter
weiter neben einer kleinen Mauer im Schatten hin-
stellte. Rasso brachte ein paar alte Zwiebacke, die
der Hund gierig verschlang.

Plötzlich krachte es, und ich zuckte zusammen.
Ein Geräusch wie ein Schuss. Im nächsten Moment
stürzte ein junger Mann mit Kapuzenpulli aus der
Tür der Sparkasse. Mit wildem Blick sah er sich um,
lief um den Bus herum auf uns zu und sprang dann
über die Mauer in den angrenzenden Garten, wo er
hinter Hecken verschwand.

Einen Augenblick später traten zwei Bankange-
stellte auf die Straße. »Wo ist der Mann hin?«,
schrien sie uns zu.

Rasso zeigte vage in Richtung der angrenzenden
Gärten. Dann schüttelte er fassungslos den Kopf:
»Das ist jetzt aber nicht, was ich denke, oder?«

Im selben Moment hörten wir in der Ferne Sirenen
heulen.

»Ich glaube schon, Rasso, das sieht nicht nur so aus, das ist ein Banküberfall.«

Der Hund presste sich plötzlich ängstlich an meine Beine.

»O nein, dann lass uns mal hier weg. Da müssen wir echt nicht mit reingezogen werden.«

»Wir sind aber Zeugen«, protestierte ich. Ich fand das alles richtig spannend.

»Nein, lass uns losfahren, ich erkläre es dir gleich im Bus.« Rasso eilte zum Wagen, zog die Seitentür zu, und als ich mich auf den Beifahrersitz setzen wollte, lag da bereits der kleine Hund und sah mich mit seinem treuesten Blick an.

»Also gut, rutsch rüber.« Als ob er mich verstanden hätte, bewegte er sich ein Stück zur Seite und ließ mir noch genug Platz auf dem Sitz.

Gerade als wir vom Parkplatz herunterfuhren, bogen drei Polizeiautos ein und hielten mit quietschenden Bremsen vor der Sparkassenfiliale.

»Also, eigentlich hätten wir jetzt aussagen müssen. Wir können den Täter doch beschreiben«, wandte ich noch mal ein.

»Ach, das können die Bankangestellten auch.«

»Jetzt mal ehrlich. Hast du Dreck am Stecken, oder warum wolltest du sofort weg?«

»Hm, nein, nicht wirklich.«

»Rasso, was soll das heißen? – Raus mit der Sprache.«

»Also, ich habe vom letzten Urlaub in Neapel noch eine Kiste Gras unten im Bus.«

»Was«, ich schrie fast, »du willst mir einen Bus verkaufen und lässt eine Kiste Gras drin?«

»Ist mir gerade erst eingefallen. Mensch, heute früh, als du ankamst, war ich so hundemüde, da konnte ich so schnell noch gar nicht denken.«

»Na super, ich habe einen Bus, vollgestopft mit Drogen.«

»Nicht vollgestopft, nur eine Kiste, und nur Gras.«

Er zuckte entschuldigend mit den Schultern. »Tut mir echt leid, hatte ich einfach vergessen. Aber so viele Bullen, vielleicht noch mit Hunden, das hätte uns einfach nicht gutgetan. Verstehst du?«

»O ja, jetzt verstehe ich das ganz genau. Eins sage ich dir, das Zeug kommt raus, und zwar sofort.«

»Okay«, Rasso schien selbst Angst zu bekommen, »okay.«

Er bog in einen Waldweg ab und nahm mehrere kleine Abzweigungen. Dann hielt er an und holte aus einem unauffälligen Außenfach an der Seite des Busses eine kleine Holzkiste. Der Hund sprang freudestrahlend um uns herum. Ihm schien der Ausflug in den Wald ausgesprochen gut zu gefallen.

Aus Neugier klappte ich das Kistchen auf und bestaunte die nicht unerhebliche Menge Gras darin. »Wie viel ist das?«

»Nicht mehr ganz das halbe Kilo, das es mal war.«

Ich roch daran.

»Mensch, jetzt tu nicht so, als ob ich ein Dealer wäre«, versuchte Rasso mich zu beschwichtigen, »das ist nur für mich, war halt billig in Italien. Habe ich einem abgekauft, der dringend Geld brauchte.«

»Aber wenn ich mich nicht täusche, ist der Besitz schon ein Straftatbestand. Keine Ahnung, ist das ein Jahr Knast wert?«

Rasso zuckte mit den Schultern. Wahrscheinlich war das nicht ganz unrealistisch.

»Das muss weg, sofort. Wir verbrennen es«, bestimmte ich, »es kann gut sein, dass die Polizei uns als Zeugen oder vielleicht sogar als Verdächtige sucht – dann will ich damit nicht erwischt werden.«

Rasso seufzte, obwohl er es wohl selbst einsah.

»Das hat mich 1000 Euro gekostet.«

»Ach so, dafür hast du also Geld.« Ich sah ihn kritisch an.

»Mein Freund und ich, wir haben's uns geteilt. Ich wollte es ihm demnächst noch bringen.«

»Wie kann man so bescheuert sein, sein letztes Geld für so was auszugeben und damit auch noch über die Grenze zu fahren.«

Rasso zuckte zerknirscht mit den Schultern.

»Hast ja recht. – Du hast aber auch an der Tüte gezogen, vorhin«, sagte er dann mit einem schelmischen Grinsen.

»Egal, das hier wird jetzt jedenfalls verbrannt«,

entschied ich und stapfte energisch in den Wald hinein. Rasso trottete hinter mir her und beobachtete mich, wie ich einige dürre Zweige, die herumlagen, sammelte und zu einem kleinen Haufen stapelte. Darauf schüttete ich das Gras. »Gib mir dein Feuerzeug.«

»O Mann, es ist aber schon verdammt schade darum. Können wir es nicht eingraben und später holen?«

»Hör zu, du hast mich damit fast ins Gefängnis gebracht, jetzt wird's verbrannt.« Ich nahm ihm das Feuerzeug ab und entzündete das kleine Bündel. Streuner schnupperte erst sehr interessiert, aber als die Hölzer zu brennen anfingen, verschwand er hinter mir.

Wir standen schon eine ganze Weile um das kleine Feuer herum, als mir auffiel, dass das vielleicht keine so gute Idee gewesen war. Es roch so intensiv nach Gras, wie ich es vorher noch nie erlebt hatte. Es roch, als ob man in einer einzigen riesigen Haschischwolke gefangen wäre.

Plötzlich hörte ich hinter uns laute Wortfetzen und Schritte. Ich legte meinen Zeigefinger auf den Mund und winkte Rasso zu mir ran. Mit leisen Schritten traten wir den Rückzug an und versteckten uns im dichten Unterholz.

»O wow, hier riecht's so gut«, hörten wir eine junge weibliche Stimme. »Da zieht sich aber einer heftig einen rein. Da gehen wir hin.«

Von unserem Versteck aus sahen wir, wie zwei Jugendliche sich der Lichtung näherten und an unser kleines Feuer traten. Offensichtlich ein Pärchen. Wobei wir die beiden gerade gestört hatten, war klar. Sie hatte ihre Bluse aus der Hose heraushängen, und in seinen Haaren hing noch der halbe Wald. Streuner sprang laut bellend um das Feuer und die Neuankömmlinge herum.

»Ist das hier nur ein Feuer?«, fragte das Mädchen.

»Das ist ein Gras-Feuer – das ist eine riesige Menge Gras«, der Junge war offensichtlich begeistert.

»Ja, Wahnsinn, und das ganze Zeug verbrennt da gerade.«

»Mensch, halt mal deine Nase drüber, das ist besser als die größte Tüte.« Der Junge kniete sich über das Feuer und atmete tief ein.

Das Mädchen hockte sich neben ihn und nahm ebenfalls einen tiefen Zug. Ich winkte Rasso zu, und wir zogen uns leise, Schritt für Schritt, zurück. Hinter uns wurde das Gejohle immer lauter, die beiden waren offensichtlich bereits völlig high.

»Die haben jetzt das größte Fest ihres Lebens, auf meine Kosten«, stöhnte Rasso, als wir außer Hörweite waren.

»Hauptsache, sie haben uns nicht gesehen«, antwortete ich lapidar.

Als wir am Bus ankamen, tauchte auch Streuner wieder auf. Ich öffnete ihm die Schiebetür und ließ ihn hineinspringen, als mein Blick auf eine große schwarze Sporttasche fiel. Die hatte ich vorher nicht gesehen. »Ist das deine?«, fragte ich Rasso, der mir über die Schulter blickte. »Nein, das muss deine sein.«

»Quatsch, ist es nicht.«

Rasso blickte mich fragend an, zog die Tasche zu sich und öffnete sie, offensichtlich in der Erwartung, dort gleich ein schwarzes Höschen oder etwas anderes herauszuziehen, womit er mir beweisen konnte, dass die Tasche natürlich mir gehörte.

Wir sahen es gleichzeitig.

Sie war voller Geld. Eine riesige Menge Geld, fein gestapelt in sorgfältigen Bündeln, umwickelt mit Papierbanderolen.

Ich war sprachlos. Das waren jetzt einfach ein paar Überraschungen zu viel.

Rasso hingegen flippte total aus. »Geil, das ist so geil«, er nahm Bündel für Bündel heraus. Als sich eine der Banderolen löste, segelte ein ganzer Hunderter-Regen auf ihn herab.

»Das ist ein Traum, das ist mein Traum, davon habe ich immer geträumt. Das ist geil, so geil.« Rasso tanzte herum, die Hände voller Geldscheine.

»Seit ich dich getroffen habe, habe ich nur noch Glück. Ein Wahnsinn.« Er packte mich um die Hüfte und wirbelte mich durch die Luft, als wäre ich ein kleines Kind. Dann brach er in Freudengeheul aus.

»Sei doch leise, sonst hören uns noch die zwei am Feuer«, zischte ich, als er mich endlich losließ.

»Die hören gar nichts mehr, nur noch die Engel singen.« Er hüpfte immer noch auf und ab. »Das ist so geil, ich bin reich. Das ist wie im Märchen, ich verbrenn mein letztes Gras und krieg dafür 'nen Goldschatz.«

Bevor er zum nächsten Jubel ansetzen konnte, sagte ich: »Das ist das Geld vom Banküberfall.«

»Hä, wie?« Rasso sah mich fragend an.

»Denk doch mal nach«, entgegnete ich leicht genervt von seiner Begriffsstutzigkeit, »der Täter ist an uns vorbeigerannt. Vielleicht wusste er, dass die von der Bank schon den Alarmknopf gedrückt hatten. Wahrscheinlich ist irgendetwas schiefgegangen. Und er wollte die Beute loswerden, also hat er sie in den offenen Bus geworfen, bevor er um ihn rum- und an uns vorbeigerannt ist.«

»Hm, echt? Geld von dem Banküberfall?« Rasso schien kurzfristig auf den Boden der Realität zurückgeholt.

»Das ist mir egal. Ich weiß nicht, woher es kommt. Ich habe nichts angestellt. Es liegt in meinem Bus. Jetzt gehört es mir«, sagte er dann mit trotzigem Unterton.

»Nein, wir fahren zur Polizei und bringen es zurück.«

»Und du meinst, die glauben uns? Wir stehen, so

abgewrackt, wie wir gerade aussehen«, er warf einen kritischen Blick auf mich, »beim Banküberfall direkt vor dem Gebäude, fahren weg, wenn die Polizei kommt, und haben dann das Geld. Kein Wort glauben die uns. Für die sind wir Mittäter, hundertprozentig.«

Das leuchtete mir ein. Hundertprozentig. Und festgenommen zu werden, darauf hatte ich jetzt wirklich keine Lust. Und keine Zeit.

Ratlos setzte ich mich auf den Boden des Busses und ließ meine Füße nach draußen hängen. Streuner sprang mir auf den Schoß. »Und was jetzt?«

»Wir fahren hier erst mal weg. Nach Füssen.«

Mir fiel einfach nichts Besseres ein, also stimmte ich zu.

Gerade als ich einsteigen wollte, tauchte zwischen den Büschen eine Gestalt auf: ein altes Männlein in weißer Kutte. Verwundert starrte ich den Typ an. Gandhi, schoss mir durch den Kopf. »Hm«, sagte er in hohem spitzen Ton und wieselte um uns herum. Als er versuchte, in den Bus zu spähen, zog Rasso mit einer schnellen Handbewegung den Reißverschluss der Tasche zu. Was nichts daran änderte, dass er noch immer mitten in einer Flut von Hundertern stand.

»Und sie werden kommen, das göttliche Paar, geboren aus dem wohlduftenden Feuer, verbreiten sie

Gold und Reichtum um sich, allzeit begleitet von der göttlichen Seele in Tiergestalt«, sagte das Männchen mit einer Fistelstimme. Es lief um uns herum, schnupperte in der gras-rauch-triefenden Luft, blickte auf Streuner, der ihm starr entgegensah, und beobachtete uns halb kritisch, halb erfreut. »Und Mond und Sonne werden gleichzeitig strahlen«, triumphierend deutete er auf meinen Rock. »Und die Welt erhebe sich und folge dem göttlichen Paar. Dies ist das Wort Jahwes.«

Erwartungsvoll blieb er vor uns stehen. »Prophezeiung des Zefanja.«

Als wir nicht antworteten, erklärte er: »Ich bin sein Jünger, Jünger Zefanjas, seit mehr als 50 Jahren.«

»Wer soll das sein – Zefanja?«, fragte Rasso erstaunt.

»Ein apokalyptischer Prophet des Alten Testaments«, erläuterte Gandhi, »und deswegen suche ich auch das göttliche Paar.«

Fassungslos starrte ich ihn an. Mitten im Wald tauchte dieser Guru auf und hielt uns für ein göttliches Paar.

Rasso winkte genervt ab. »Also wir sind's nicht.«

»Duftendes Feuer – seit Jahrzehnten habe ich darüber nachgedacht, was mit dieser Prophezeiung gemeint sein könnte. Und Sonne und Mond gleichzeitig, ich habe immer bei Sonnenfinsternissen auf euch gewartet. Aber jetzt, jetzt seid ihr da.« Mit diesen Worten warf er sich auf den Boden.

Rasso zuckte zusammen, als befürchtete er einen Angriff auf die verstreuten Hunderter, doch der Alte hatte sein Gesicht im Waldboden versenkt und rührte sich nicht mehr.

Ich sah Rasso fragend an, der aber zuckte nur hilflos mit den Schultern und begann, das umherliegende Geld einzusammeln.

»Wir müssen los«, rief er mir zu.

Da kam Leben in unseren Gandhi, der sich wieselflink aufsetzte und fistelte: »Ich folge euch, göttliches Paar!«

»O nein, das geht leider wirklich nicht, wir haben es etwas eilig«, entgegnete ich.

»O ja, ihr habt viel zu tun, die Welt muss gerettet werden. Ich werde euch helfen. Ich bin euer Diener.«

»Nein, wirklich, Sie verstehen das falsch«, hob ich noch mal an, doch Rasso zog mich fort, machte eine eindeutige Handbewegung und winkte mir zu, einzusteigen.

Als ich mich auf den Beifahrersitz setzte, sah ich, wie das Männlein hinten in den Bus sprang.

Rasso wurde sauer: »Raus da, wir müssen fort, und du verziehst dich jetzt.«

»Ich werde euch folgen, immerdar«, kam prompt die Antwort unseres Gandhis, der sich im Lotossitz mit verschränkten Beinen auf den Boden des Busses setzte. »Kinder, es ist die letzte Stunde! Und wie ihr gehört habt, dass der Widerchrist kommt, so sind nun schon viele Widerchristen geworden; daran erkennen wir, dass es die letzte Stunde ist. 1. Johannes 2,18«, fügte er hinzu.

Ohne Gewalt würden wir den wohl nicht mehr aus unserem Bus bekommen. Rasso war mittlerweile wieder ausgestiegen und stand nun vor dem Alten. »Mann, wir müssen jetzt sofort abhauen. Also raus mit dir!« Rasso war wütend.

»Wenn sie euch aber in einer Stadt verfolgen, so flieht in eine andere. Wahrlich, ich sage euch: Ihr werdet mit den Städten Israels nicht zu Ende kommen, bis der Menschensohn kommt. Matthäus 10,23.« Gandhi blickte Rasso freudestrahlend an. »Ich fliehe mit euch. Ich bin euer Jünger.«

Im selben Moment hörte ich ein Rascheln im Wald. »Rasso, wenn wir nicht schnell abhauen, dann kommt das Pärchen auch noch.«

»Scheiße, Scheiße, Scheiße.« Rasso schmetterte die hintere Tür zu und sprang, gefolgt von Streuner, auf den Fahrersitz.

Fluchend fuhr er los. Eine halbe Stunde später waren wir auf der Autobahn.

Ich schaltete Bayern 3 im Radio ein, und bereits nach wenigen Minuten hörten wir unsere Nachricht:

»Soeben wird ein Banküberfall in Freilassing gemeldet. Der Bankräuber überfiel eine Sparkassenfiliale und flüchtete zu Fuß mit etwa 50 000 Euro. Er wird beschrieben als Mitte 20 und etwa 1,80 Meter groß. Er trägt Jeans und einen dunkelgrauen Kapuzenpulli. Wir bitten in diesem Zusammenhang die Fahrer eines gelben VW-Busses, ein etwa 30–40 Jahre altes Pärchen, sich als Zeugen auf dem nächstgelegenen Polizeirevier zu melden. Der VW-Bus parkte während des Überfalls direkt vor der Filiale.«

»Das ist ein Trick, die suchen uns!« Rasso fluchte.

»Ich weiß nicht. Vielleicht doch wirklich nur als Zeugen?«

»Aber unser Kennzeichen haben die nicht, sonst hätten die uns schon!«

Im Radio ging der Bericht weiter. »Der Täter, der sich, vermutlich zu Fuß, auf der Flucht befindet, wird noch im Freilassinger Stadtgebiet vermutet. Die Bevölkerung wird gebeten, in ihren Häusern zu bleiben und sachdienliche Hinweise sofort weiterzugeben. Ein Polizeigroßeinsatz hat soeben begonnen, der gesamte Freilassinger Stadtbereich wird abgesucht.«

»Du, weißt du was, vergiss Füssen, wir machen erst mal, dass wir hier wegkommen. Am besten Richtung Norden, da sucht uns keiner. Flüchtige wollen doch immer über die Grenzen in den Süden.«

Gerade wollte ich das Radio ausdrehen, als wir abermals aufhorchten:

»Eine weitere Begebenheit aus Freilassing wurde unserer Redaktion soeben aus gutunterrichteten Kreisen mitgeteilt.«

»Das ist eine Umschreibung dafür, dass sie den Polizeifunk abgehört haben«, kommentierte Rasso.

»Zwei Jugendliche wurden im Wald wegen Drogenbesitzes festgenommen. Sie waren nicht nur stark berauscht, sondern wurden zudem mit einer schweren Rauchvergiftung ins Füssener Krankenhaus eingeliefert. Aufgrund ihres Zustands waren sie nicht vernehmungsfähig. Ihre Aussage, sie hätten mit mindestens fünf Kilo Haschisch ein Freudenfeuer entfacht, das ihnen ein göttlicher Hund schenkte, scheint auf ihren Zustand zurückführbar.«

# Kapitel 4

Ich schaltete das Radio ab und musste lachen, einfach lachen, lachen, bis mir der Bauch schmerzte. Obwohl Rasso mich zuerst etwas seltsam ansah, konnte er sich irgendwann meinem Lachkrampf nicht mehr entziehen, so dass wir beide prusteten und kicherten, bis wir kaum noch atmen konnten. Ich fühlte mich befreit. In einem Drogenbus mit einem Guru und mit 50 000 Euro aus einem Banküberfall. Absolut befreit. Was sollte Schlimmeres passieren?

Mir war so leicht wie am Tag der OP.

Am Morgen sitze ich in einem OP-Flügelhemdchen in meinem Bett, mit OP-Unterhose und »Vorlage«. Außerhalb von Krankenhäusern spricht kein Mensch von »Vorlage«. Warum nennen Menschen manche Dinge an anderen Orten anders?

Bevor sie mich verabschiedet, verabreicht mir die Schwester ein Beruhigungsmittel. Das kenne ich schon, es funktioniert herrlich bei mir. Ich werde von einem jungen Mann abgeholt, aber ich dämmere schon hinweg und mache mir um nichts mehr Sorgen, nicht einmal mehr darum, dass ich im Flügelhemdchen durch die langen Gänge geschoben werde.

Das richtige Wort für alles finden. Das Zauberwort. Hier im Krankenhaus sind die Worte auch sehr lang, wahrscheinlich im verzweifelten Bemühen, alles richtig zu bezeichnen; wenigstens das muss unbedingt richtig sein.

Chefarztbehandlung, Einbettzimmer, Einwegspritze.

Mir wird ganz leicht. Ich habe das Gefühl, nicht mehr geschoben zu werden, sondern zu schweben.

Wortaneinanderreihungen haben wir viele, wirklich lange Einwortwörter mit vielen Buchstaben haben wir im Deutschen gar nicht so viele.

Schmetterling hat 13 Buchstaben, Krankenhaus 11, semimaligne auch 11, der Schmetterling gewinnt. Lymphknotenmetastasen hat 21.

Die Namen der umliegenden Ortschaften flogen an mir vorbei, kurze Namen, lange Namen: Rieden am Forggensee, Illertissen, Unterelchingen – auch ein sehr schöner Name, Wasseralfingen; kurze Namen gab es weniger: Buch, Pfuhl – der kürzeste Ort war Oy.

»Oy klingt schön, so kurz und lustig – wollen wir da vielleicht halten?«

Rasso sah mich schräg an: »Nein, wirklich nicht, wir müssen noch weiter fahren.«

Mir war so leicht.

Rasso fuhr. Und ich hatte den Eindruck, das Geld machte Rasso auch leicht. Anders als mich. Mir wurde angesichts der Katastrophe leicht, weil ich plötzlich selbst die größte Katastrophe als nicht mehr so gewaltig empfand. Torock, rumorte der Bus.

Rasso war leicht.

Torock.

Dem Guru war sowieso leicht.

Torock.

Ich liebte das Torock dieses Busses. Es fuhr mich hinein ins Abenteuer, in ein Leben voller Überraschungen und Lachen, ein Leben, an dem ich bisher immer nur vorbeigerast war.

Vorbeigerast an den Wäldern, in denen das Gras verbrannte, vorbeigerast an den verrückten Menschen, vorbeigerast an Musik, vorbeigerast an der Natur, vorbeigerast an allem, was ich wirklich mag. Vorbeigerast an Seiltänzerinnen. Vorbeigerast am Leben.

Torock, wie der Herzschlag meines neuen Lebens.

Torock.

Dabei hatte ich es oft beobachtet, dieses Leben, fiel mir ein. Immer wenn ich mit meinen Eltern in Düsseldorf über die Kö lief, blieb ich bei jedem Straßenkünstler stehen. Sie faszinierten mich. Die Maler, die ihre Kunstwerke für wenige Stunden oder Tage mit Kreide auf die Straßen malten. Einmal hatte ich eine Kirche auf den Pflastersteinen bewundert. »Das ist Sacré-Cœur«, hatte mein Vater mir erklärt. Später wollte ich deswegen immer nach Paris, zu dieser Kirche meiner Träume.

Und ich war dort. Mit Georg, auf den Stufen von Sacré-Cœur, aber wir hatten keine Zeit mehr, hineinzugehen. Wir schoben es auf, beim nächsten Besuch in Paris. Wir würden doch noch so oft nach Paris kommen. Aufgeschoben. Und plötzlich war es nicht mehr sicher, ob ich noch mal nach Paris kommen würde. Blödes Aufschieben.

Als Kind hatte man meine Wünsche auch immer »aufgeschoben«, mich weitergeschoben. Keine Zeit für Seiltänzerinnen und Straßensänger.

Auch die »Goldmänner«, die ganz golden gekleidet und geschminkt waren und wie erstarrt dastanden, mochte ich. Immer wollte ich so lange bleiben, bis sie sich endlich bewegten, doch meine Eltern wollten nicht warten. Ihnen waren die Goldmenschen zu langweilig.

Am meisten aber liebte ich die Sänger. Einzelne Männer mit Gitarre, mal eine Frau mit einer Geige oder eine Band. Ich beobachtete sie genau, ich lauschte ihrer Musik, aber ich sah ihre Rucksäcke und fragte mich, wie das wohl sein mag, von Stadt zu Stadt zu ziehen. Wie viel Geld wohl am Abend in ihren Hüten war? Genügte es für ein Zimmer? Schliefen sie in ihren Schlafsäcken unter freiem Himmel? »Isabel, wir haben keine Zeit mehr, so kommen wir nie los«, schimpfte dann meine Mutter und zog mich weiter.

Jetzt saß er neben mir, mein Musiker. Ich würde ihn nicht aufschieben. Ich würde ihm zuhören.

»Rasso, spielst du mir was vor?«

»Gerne.«

Er fuhr weiter.

»Jetzt?«

»Jetzt sofort.«

Rasso fragte nicht einmal nach, er fuhr einfach zum nächsten Rastplatz, hielt an, holte seine Gitarre heraus, setzte sich damit ins Gras und spielte.

Grinsend begann er mit den ersten Akkorden von *Stairway to heaven*. Wir lachten beide in einvernehmlichem Einverständnis über das Klischeehafte und doch Wunderschöne dieses Liedes. Dann begann er aus diesen Led-Zeppelin-Tönen heraus zu improvisieren, es wurde schneller, rockiger, funkiger, obwohl dennoch das alte Lied durchschimmerte, dann wieder sanfter, balladenhafter. Rasso war völlig in seinem Gitarrenspiel versunken.

Ich beobachtete ihn und spürte, wie sehr er nur im Jetzt lebte. Er hatte nicht gezögert, einfach anzuhalten und zu spielen, er hatte nicht gefragt.

Rasso improvisierte weiter. Ein Lied, bei dem balladenhaft-sehnsüchtige Passagen mit rockigen, fetzigen abwechselten. Ich kannte das Lied irgendwoher.

»Was ist das?«, fragte ich leise.

Ohne aufzublicken, antwortete Rasso: »Alanis Morissette: *Guardian.*«

Genau, dieses tolle Lied! In irgendeinem Hotelzimmer hatte ich abends MTV im Fernseher laufen lassen und war völlig gebannt, als ich dieses Musikvideo sah. Alanis Morissette schien wie aus meinem Wenders-Film geklettert. Mit wehenden schwarzen Haaren saß sie mit Engelsflügeln über Berlin und sang sich die Seele aus dem Leib. Sanft, traurig, ruhig, sehnsüchtig schwollen die Musik und ihre Stimme an zu schreiender Lebenslust, rockigem Lebenswahnsinn.

Die Töne trugen mich fort, bis ich verwundert feststellte, dass Rasso aufgehört hatte zu spielen und mich aufmerksam ansah.

»Du machst so was sonst nicht?« Es war mehr Feststellung als Frage.

Ich hätte ihn jetzt fragen können, was er mit »so was« meinte.

Ich schüttelte den Kopf und sah in den Himmel. »Nein.«

»Aber jetzt.«

»Aber jetzt.«

Eine Weile saßen wir noch da und hingen unseren Gedanken nach. Dann standen wir auf, setzten uns in den Bus und fuhren wortlos weiter.

»Hinter uns fahren die Bullen.«

Aus meinen Gedanken gerissen, schreckte ich auf und blickte in den Seitenspiegel.

»Was soll ich machen?«

Ich zuckte mit den Schultern. »Also abhauen ist keine gute Idee, falls dein Bulli nicht noch einen versteckten Antrieb à la James Bond besitzt.«

Rasso verzog nur den Mund, ihm war offensichtlich nicht nach Lachen zumute.

Der Wagen fuhr in gleichmäßigem Tempo hinter uns, allerdings verringerte sich der Abstand zu uns immer mehr.

»Die kontrollieren jetzt die TÜV-Plakette«, behauptete Rasso.

»Können die das aus der Entfernung überhaupt sehen?«, fragte ich.

»Können die. Mich haben die Bullen schon mal aus dem Verkehr rausgezogen, weil sie meinen abgelaufenen TÜV gesehen haben.«

»Aber er hat noch TÜV, oder?«

»Ja, verdammt, habe ich dir doch gesagt.«

Der Wagen klebte immer noch hinter uns.

»Kinder, es ist die letzte Stunde! Und wie ihr gehört habt, dass der Widerchrist kommt, so sind nun schon viele Widerchristen gekommen; daran erkennen wir, dass es die letzte Stunde ist. 1. Johannes 2,18«, zitierte plötzlich lautstark unser Guru aus den hinteren Reihen.

Hatte er das nicht vorhin schon mal gesagt? Sein Vorrat an Bibelzitaten war vielleicht doch beschränkt. Ob die bayerische Polizei tatsächlich der Antichrist war?

In dem Moment setzte der Wagen zum Überholen an und fuhr auf gleicher Höhe. Wir konnten sehen, wie die zwei Beamten unseren Bus auch von der Seite musterten. Rasso winkte den beiden freundlich zu. »Verdammt, provozier die nicht auch noch«, zischte ich ihm zu.

»Ich bin doch nur freundlich«, erwiderte er verdutzt.

Doch da hob der eine Beamte ebenso freundlich die Hand, der Polizeiwagen beschleunigte und zog an uns vorbei.

Erst als er ein ganzes Stück weit vor uns war, wagten Rasso und ich uns langsam zu entspannen.

»Ich glaub, die Bullen sind weg«, stellte Rasso erleichtert fest.

Von hinten tönte Gandhis Fistelstimme: »Denn Hunde haben mich umgeben, und der Bösen Rotte hat mich umringt; sie haben meine Hände und Füße durchgraben. Psalm 22,17.«

»Na ja, der Bösen Rotte scheint jedenfalls weitergezogen zu sein«, stellte ich fest.

»Dann suchen die uns doch noch nicht«, meinte Rasso.

»Oder jedenfalls nicht hier«, schränkte ich ein.

Als das Autobahnkreuz Biebelried auftauchte und wir nun schon zum dritten Mal die Suchmeldung im Radio gehört hatten, entschied Rasso, dass es dennoch besser sei, vielleicht noch mal die Richtung zu wechseln, und nahm die A3 Richtung Westen.

Als wir kurz vor Würzburg waren, sagte Rasso: »Jetzt weiß ich, wohin wir fahren. Ich zeig dir eine der schönsten Stellen Deutschlands!«

Er lachte und fuhr fort: »Ich war früher hier in der Nähe jedes Jahr auf einer ganz speziellen Party: *The Honky Tonk Night*. Ein paar Jugendliche haben das ganze Jahr über dieses Festival vorbereitet und organisiert. Der Gewinn daraus ermöglichte es ihnen wiederum, den Rest des Jahres selbst feiern zu gehen. Das war das Beste überhaupt. Ich kam damals hierher, weil ich einen Cousin habe, der hier lebte. Ich glaube, ich war fünf Jahre nacheinander auf der *Honky Tonk*. Und übernachtet haben wir an einem Ort, der ist so abgefahren, dass ich ihn dir unbedingt zeigen muss.«

Mehr sagte Rasso nicht.

»Wahrscheinlich braucht ihr kein irdisches Essen, aber ich habe Hunger«, kam plötzlich eine Fistelstimme von hinten. Den Guru hatten wir fast vergessen.

»Das ist das erste Sinnvolle, was du sagst«, brummte Rasso und bog an der nächsten Tankstelle ein. Wir kauften zwei Sixpacks Bier, eingeschweißte

Nürnberger Würstchen, Kartoffelsalat und Senf. Dazu eine ganze Tüte voller Brötchen. Und eine Tüte saure Ringe, die Rasso und ich mit Begeisterung schon im Wagen aßen. Als wir dem Guru die sauren Fruchtgummiringe nach hinten reichten, nahm er sich gleich eine ganze Handvoll. Das kleine Männlein hatte offensichtlich wirklich Hunger.

Auf unsere Fragen, was er denn eigentlich täte und ganz speziell da mitten im Wald zu suchen hatte und wohin er wollte, antwortete er nur kryptisch mit »Bin auf dem Weg«, »War beim Meditieren«, »Bin immer dort, wo der Heilige Geist zu finden ist«.

Rasso fuhr den Bus über die Bundesstraßen und an einem idyllischen Weg am Main entlang, dann bog er rechts ab. Ich hätte kaum die kleine Abzweigung erkannt, die uns in den Wald hinein- und auf einem kleinen, kurvigen Schotterweg den Berg hinaufführte. Rasso hielt an, nachdem wir oben auf dem Berg am Rand einer Wiese angekommen waren. »Hier ist es.« Stolz schwang in seiner Stimme mit, als ob der Ort ihm gehörte.

Ich sah zuerst gar nichts außer hohen Buchen. Erst als ich, gefolgt von Streuner, der es offensichtlich super fand, wieder im Wald gelandet zu sein, ausstieg, sah ich hinter der Wiese eine Mauer und eine steinerne Burg aufragen. Gerade ging die Sonne unter und ließ ihre Strahlen blutrot auf das alte Gemäuer fallen. Die Burg stand da und strahlte eine gelassene

Beständigkeit aus. Sie war schon Jahrhunderte hier und würde wohl auch weitere Jahrhunderte dort stehen bleiben. Sie hatte alle Zeit der Welt.

»Ruine Schönrain, darf ich vorstellen: Isabel Drievers – mein Glücksbringer –, und«, er warf einen schiefen Seitenblick auf das Männlein, das sich erst einmal an einem Baum erleichterte, »Gandhi.« Dann warf er beide Arme hoch in Richtung des gegen den Abendhimmel aufragenden Burggiebels: »Und das hier ist Ihre Hoheit, Ruine Schönrain.«

Ich lief über die Wiese zu der beeindruckenden Burgruine. Dieses Gemäuer hatte sicherlich schon viel erlebt. Es standen die Außenseiten und einige der inneren kleineren Mauern, so dass man sich gut vorstellen konnte, wie prächtig diese Burg einmal gewesen seien musste. Wir besichtigten die Ruine und stiegen dann den engen, guterhaltenen Turm hinauf. Von oben hatte man einen wundervollen Blick auf den Spessart und über die Wiesen, durch die sich der Main schlängelte.

»Die Grafen von Rieneck wohnten hier. Die wussten schon, wo es schön ist«, sagte Rasso.

Ein magischer Platz, ging mir durch den Kopf. Wald, Wiesen, Wasser, eine uralte Burg, die sich über allem erhebt, den Jahrhunderten trutzt, ihre Steine Wind, Regen und Sturm entgegenstreckt. Und mit Gleichmut allem standhält. Dem Rauen, dem Schönen, dem Wechsel.

Ich spürte, wie sich beim Anblick der alten Steine eine tiefe Ruhe in mir ausbreitete. Wegen welcher Kleinigkeiten ich mich all die Jahre gehetzt hatte. War es mir wirklich wichtig, dass all diese Firmen, die ich beraten hatte, noch mehr Geld verdienten? Mit möglichst noch weniger Personal? Wie viele Sonnenuntergänge hatte ich verpasst, während ich an irgendeinem Ort der Welt saß, von dem ich nur den Flugplatz und ein Büro kannte. Waren das wirklich meine Sorgen gewesen? Georg und ich hatten uns sogar abends darüber den Kopf zerbrochen. Ich hatte diese Gespräche immer gemocht, ich liebte seine Brillanz und unser schnelles, präzises Denken, wenn wir Strategien besprachen.

Aber es waren nicht meine Probleme gewesen, die ich da mit ihm teilte. Nicht mein Ich.

Rasso saß neben mir und war völlig in den Anblick des roten Sonnenballs, der gerade im Main versank, vertieft. In seinem Kopf schienen die Gedanken nicht durcheinanderzuwirbeln.

Ich beschloss, es auch einmal auszuprobieren, das An-nichts-Denken. Einfach nur den Moment zu genießen und mit dem Feuerball in den Fluss einzutauchen. Fast vergaß ich dabei unseren Hunger, bis uns der von unten aufziehende Duft von gebratenen Würstchen wieder in die Realität zurückholte. Wir sahen uns verwundert an und liefen die gewendelte Treppe wieder hinunter.

Vor der Burg, auf einem Feuerplatz, den offenbar schon andere genutzt hatten, hatte Gandhi ein kleines Feuer angefacht, um das drei kleine Stöcke mit jeweils einem aufgespießten Würstchen steckten. Daneben standen der Kartoffelsalat, die Brötchentüte und das Bier. Gandhi hatte sogar aus dem Bus drei Plastikteller und Gabeln geholt und alles bereitgelegt.

»Ich spüre hier die Gegenwart des Heiligen Geistes«, sagte er mit einem Grinsen, das seinen weitgehend zahnlosen Mund freilegte, und fügte hinzu: »Gutes Karma.«

Unser Gandhi war wohl einer von diesen Gurus, die sich aus allen Religionen das zusammensammelten, was ihnen gerade passte: Karma, Heiliger Geist, Zefanja – seine ureigene Weltreligion. Irgendwie gefiel mir das.

Wir setzten uns um das Lagerfeuer und aßen sämtliche Würstchen und den Salat auf. Über uns wurden langsam die ersten Sterne sichtbar. Selten hatten mir Würstchen, Kartoffelsalat und Bier so gut geschmeckt. Streuner bekam auch seinen Teil, den er gierig verschlang. Er schien alles zu mögen. »Und jetzt ist es Zeit für eure bewusstseinserweiternden Stoffe«, brummelte Gandhi, als wir alle drei satt waren. Rasso und ich sahen uns fragend an.

»Ihr habt so viel Gras, dass ihr es sogar zum Feuermachen benutzt. Schließlich hat der Duft mich über einen Kilometer zu euch geführt. Von dem Zeug könnten wir jetzt etwas vertragen.« Gandhi sah uns auffordernd an.

»Nein«, meinte Rasso, »da hast du Pech gehabt. Leider.«

Er nahm noch einen Schluck Bier. »Das ist alles weg, futsch, verbrannt, in den Äther, zu den göttlichen Sphären ...«

»Geopfert?«, fragte Gandhi vorsichtig.

»Sozusagen«, bestätigte ich.

Gandhi betrachtete uns skeptisch: »Wenn ihr selbst opfert, seid ihr vielleicht doch nicht göttlich?«

»Wer weiß«, antwortete Rasso grinsend, der offensichtlich mittlerweile Gefallen an seiner göttlichen Rolle gefunden hatte.

Missmutig starrte Gandhi vor sich hin. Dann zog er seinen Umhang um sich und griff nach einer weiteren Dose Bier.

Als es kühler wurde, holte ich mir meinen Schlafsack und legte mich damit ans Lagerfeuer. Streuner kuschelte sich an mich.

# Kapitel 5

## Georg

Es war fast dreiundzwanzig Uhr, als er nach Hause kam. Er war verflixt müde. Sie hatten heute eine große Präsentation vor der versammelten Geschäftsführung eines Großkonzerns gehabt. Und es war nicht gut gelaufen. Gar nicht gut. Fünfundvierzig Folien, die hätten in ein, zwei Stunden präsentiert sein sollen. Es dauerte mehr als vier Stunden, alle diese Detailfragen, natürlich vom Personalratsvorsitzenden. Außerdem hatte er zu Isabel ins Krankenhaus gehen wollen, aber er hatte es noch nicht einmal geschafft, sie anzurufen. Siedend heiß fiel ihm ein, dass sie erzählt hatte, dass sie vielleicht heute entlassen werden könnte. Scheiße, wenn sie bereits zu Hause war, alleine, in ihrem Zustand. Er mochte keine Krankheiten. Sie auch nicht.

Langsam fuhr er sich durch die Haare und erschrak, als er spürte, dass sich in seinem Nacken Schweißtropfen bildeten. Schon der Gedanke an Krankheit machte ihm Angst. Panische Angst. Wenn er jetzt noch im Büro gewesen wäre, dann hätte er diesen Gedanken sofort verdrängt und sich die nächste Akte zum Bearbeiten geholt. Aber er stand in diesem Moment vor der Wohnungstür.

Als er aufschloss, fiel sein Blick auf das Namensschild: »Drievers & Krailsheim«. Hätte auch der Name einer Kanzlei sein können. Neutrales Schild, neutrale Schrift. Keine Schnörkel. Kein *My home is my castle*-Schild, das an der Tür baumelte. Nicht einmal die Vornamen. Zwei getrennte Namen, nur durch ein &-Zeichen miteinander verbunden.

Er drehte den Schlüssel um.

Drievers & Krailsheim. Langsam war es an der Zeit, dass sie sich beide der Wahrheit stellten.

Zögernd öffnete er die Tür. »Isabel?«

Keine Antwort, keine Jacke hing am Garderobenhaken. Sie war noch im Krankenhaus.

Er machte sich eine Flasche Weißwein auf und goss sich am Küchentresen ein Glas ein, von dem er sofort einen großen Schluck nahm. Hunger? Nein, eigentlich nicht. Im Kühlschrank herrschte außerdem gähnende Leere. Einfach den Fernseher einschalten und sich berieseln lassen. Ablenken von diesem missratenen Tag. Aber zuvor musste er noch Isabel anrufen. Er holte sein Handy aus der Tasche und wählte ihre Nummer. Er musste jetzt endlich den Mut fassen und mit ihr über die Krankheit sprechen. Was passieren könnte. Was sie tun konnten. Wie Isabel damit umgehen wollte. Er würde es jetzt tun.

Direkt neben ihm klingelte es. Verwundert folgten

seine Ohren und Augen dem hellen Ton. Das Handy lag neben dem Herd. Isabels Handy. Und nun sah er auch ihre Nachricht auf seinem Display …

Nach der ersten Verwunderung breitete sich Wut in ihm aus. Die spinnt. Kann doch nicht einfach losziehen, ohne Adresse, ohne Handy.

Nach der ersten Hälfte der Weinflasche kamen die Sorgen. Warum machte sie so etwas? Sie konnte offensichtlich auch nicht mit der Krankheit umgehen. Krank sein kam in ihrer beider Weltbild nicht vor. Krank waren die anderen, die Schwachen. Was geschah, wenn man wirklich krank war? Und sie war wirklich krank. Der Arzt hatte ihn bei seinem letzten Besuch beiseitegenommen und sehr klare Worte gesprochen, Worte, die er bisher immer wieder verdrängt hatte. Große OP. Die Prognose schlecht. Die Schmerzen würden zunehmen. Was war man bereit, auf sich zu nehmen, im Verhältnis zu den kleinen Chancen.

Vierzehn Tage Ruhe, bevor sie sich mit der großen OP auseinandersetzen sollte. Trotz aller Gefahren. Aber nur wenn sie wolle. Sie müsse nicht.

Eigentlich hatte er in den letzten vierundzwanzig Stunden versucht, nicht über diese Worte nachzudenken. Hatte sie verdrängt. War eigentlich gar nicht seine Art. Oder doch? Vielleicht verdrängte er ganz gerne unangenehme Wahrheiten.

Und sie? Hatte sie sich mit allem klar und analytisch auseinandergesetzt, wie immer? Hatte der Arzt ihr alles mit denselben Worten gesagt? Oder gar nicht? Vierzehn Tage Ruhe vor der Wahrheit? Eigentlich hatte er keine Ahnung. Keine Ahnung von Operationen, keine Ahnung vom Entfernen von Lymphknoten, keine Ahnung von Chemo. Da fielen einem alle Haare aus. Das war im Grunde das schlimmste Bild, das er vor Augen hatte. Und das ewige Kotzen. Hatte er mal in einem Film gesehen. Er ärgerte sich selbst über diesen Gedanken, es ging doch um Isabel. Die Frau, die immer alles schaffte, alleine. Das liebte er an ihr. Und nun plötzlich das Bild einer Frau, der die Haare ausfielen. Georg nahm einen großen Schluck des kühlen Weißweines, schwenkte das Glas und betrachtete, wie der Wein in runden Bogen an der Glaswand entlangfloss. Er mochte das Weibliche an Isabel. Viele Beraterinnen in dieser Männerdomäne passten sich äußerlich ihren Kollegen an. Isabel war zwar immer korrekt gekleidet, aber blieb auch immer Frau dabei. Seine Isabel.

Er hätte sich gewünscht, sie säße nun bei ihm, er könnte ihr auch ein Glas Wein einschenken. »Ein guter Wein!«, würde er zu ihr sagen, »Ein toller Abgang.« Nun, das Letzte sollte er besser vielleicht nicht sagen. Er barg sein Gesicht in den Händen.

Und wenn der Arzt es ihr gesagt hatte und sie es nicht verkraftete? Einfach abhauen, das war wirklich nicht ihre Art. Lief sie jetzt alleine in München

herum? Ob er sie suchen sollte? Alle Freunde durch-
telefonieren? So viele waren es nicht. Sie arbeiteten
beide viel zu viel, um einen großen Freundeskreis zu
pflegen. Den sie hätten haben können, bestimmt.
Nur hatten Sie keine Zeit dafür.

Er schaltete den Fernseher an, um sich abzulenken. Nach der zweiten Hälfte der Weinflasche wurde er wieder sauer. So etwas Bescheuertes von ihr,
einfach abzuhauen.

# Kapitel 6

Als ich am nächsten Morgen aufwachte, schliefen Rasso und Gandhi noch tief. Eine letzte Glut glimmte in der Feuerstelle, auf die beide gestern Nacht wohl noch mal gut nachgelegt hatten. Auch wenn der Morgentau auf dem Gras hing, war es nicht zu kalt. Der Schlafsack hatte mich gut warm gehalten.

Mein knurrender Magen hatte Hunger auf ein richtiges Frühstück.

Ich lief zum Bus und stellte fest, dass Rasso den Schlüssel hatte stecken lassen. Streuner begleitete mich und sprang auf den Beifahrersitz, sobald ich die Tür geöffnet hatte. Ich kletterte auf den Fahrersitz, drehte den Schlüssel mit der roten Bommel und fuhr los. Es gab nur diesen einen Waldweg, ohne Verzweigungen, so dass ich nicht falsch fahren konnte. Unten bei der Bundesstraße angelangt, versuchte ich mir die Abzweigung gut einzuprägen. Keine Ahnung, welche Richtung besser war. Aus ideologischen Gründen bog ich nach links ab. Sich einen Mondenrock anzuziehen und nach rechts zu orientieren, schien mir falsch. Ich fuhr den Main entlang, hier musste doch irgendwann mal eine Bäckerei kommen. Steinbach hieß das nächste Dörfchen. Doch statt einer Bäckerei gab es nur ein paar Häuser, eine Kirche, ein Schloss und einen Anglerladen. Ich fuhr weiter nach Lohr am Main. Auch hier keine Bäckerei. Aus lauter Verzweiflung parkte ich den Bus zu Beginn einer Fußgängerzone. Irgendwo musste es doch verflixt noch mal einen Kaffee für mich geben. Gefolgt von Streuner, lief ich durch die Fußgängerzone; Fachwerkhäuser und Geranien auf allen Seiten. Endlich entdeckte ich eine Bäckerei. Ich bestellte einen extragroßen Milchkaffee, ein Croissant und eine Butterbrezel. An einem der Stehtische aß ich alles genüsslich auf. Heute hatte ich Appetit. Obwohl diese leichte Übelkeit, die mich in letzter Zeit permanent zu begleiten schien, auch jetzt spürbar war. Als ob mein Magen Schwierigkeiten hätte, mit dem ihm zugeführten Essen noch zurechtzukommen. Aber im Moment war der Hunger einfach größer.

Plötzlich zog etwas an meinem Rock. Ich sah mich um und blickte in das schokoladenverschmierte Gesicht eines blondgelockten kleinen Mädchens. »Du, dein Rock ist schön«, sagte es, wobei ihr Kleinkinderlispeln aus dem »schön« ein »sön« machte. »Hm, dein Kleid aber auch«, antwortete ich. »Nein, mein Kleid ist rosa, mit ganz vielen Rüschen, das ist doof«, erklärte die Kleine.

Dann betrachtete sie mich in aller Ruhe von unten bis oben und nahm noch einen Bissen von ihrem Schokohörnchen. »Du bist nicht von hier«, stellte sie fest, bohrte mit einem Finger die Schokolade aus dem Hörnchen und schleckte ihn ab.

Eine junge Frau, die bis jetzt an der Theke bestellt hatte, warf mir einen kritischen Blick zu und rief sie zu sich: »Lenchen, du sollst keine fremden Menschen ansprechen, komm sofort her.«

»Tüss!« Lenchen grinste und winkte, und ich winkte zurück.

Ich kaufte eine ganze Tüte voller Croissants und Butterbrezeln sowie drei weitere große Milchkaffees und schlenderte an dem Rathaus vorbei zurück durch die Fußgängerzone. Brunnen, Apotheke, Buchhandlung, hier gab es auf hundert Metern alles, was man fürs Leben brauchte. Als ich gerade in den Bulli einsteigen wollte, zog mich wieder etwas am Rock. Das kleine Mädchen stand hinter mir. Offenbar war sie in die gleiche Richtung gegangen.

»Wenn ich groß bin, dann will ich auch so einen Rock haben und so einen Hund und so einen Bus«, flüsterte sie mir zu und rollte mit ihren blauen Augen.

»Lenchen«, rief in dem Moment die Mutter entsetzt, »komm jetzt!«

»Tüss«, sagte die Kleine wieder, und ich antwortete: »Tüss.«

Dann öffnete ich die Tür und verstaute die Kaffees

und die Tüte mit den Croissants und Brezeln. Gleichzeitig wollte das kleine Mädchen direkt neben mir in einen VW Passat einsteigen, aber ihre Augen waren immer noch auf mich gerichtet. Vielleicht wollte sie einen Blick in meinen Bus werfen, jedenfalls öffnete sie mit Schwung die Tür und knallte sie dabei voll gegen meinen Bus. Während ich noch gar nicht reagierte, schrie die Mutter auf: »Oh, Lena, nein!«

Dann rannte sie um ihr Auto und begutachtete die riesige Macke. »O Gott, nein, das ist ein Versicherungsschaden, o Gott, ich habe doch so eine hohe Selbstbeteiligung.« Ich hatte noch gar nichts gesagt, als ich schon sah, wie ihr Tränen in die Augen traten.

»Lenchen, was hast du da nur angerichtet?«

Ich besah mir noch mal den Kratzer, der ziemlich tief war und bestimmt über eine Länge von zehn Zentimetern ging. Dann blickte ich auf die Frau, die erfolglos versuchte, ihre Tränen zurückzuhalten, und stotterte: »Also, das muss ich wohl meiner Versicherung melden. Das tut mir leid.«

Man hätte tatsächlich den Schaden aufnehmen müssen, aber eigentlich konnte ich auch für die Reparatur aufkommen. Mir machte das nichts aus. Ihr offensichtlich schon. »Nein, ist doch nur ein kleiner Kratzer«, sagte ich und lächelte sie an, »nein, passt schon!«

Die Frau sah mich an wie jemanden von einem anderen Planeten.

»Das ist ein Riesenkratzer, lang und tief.«

»Ist okay so. Ist nicht sein erster Kratzer.« Dabei klopfte ich dem Bulli auf die Seite wie auf die Flanke eines großen, dicken Elefanten.

»Wie, wollen Sie, dass ich Ihnen Bargeld gebe?«, fragte sie jetzt zögernd.

Ich schüttelte den Kopf. »Nein, gar nicht. Es ist okay. Kein Problem!«

Sie blickte mich lange an. »Wie kann ich Ihnen dafür danken?«

»Gar nicht«, wiederholte ich, »es ist gut.«

»Mama, die Frau hat Hunger«, mischte sich Lenchen ein.

Ich grinste und schüttelte den Kopf: »Nein, wirklich nicht!« Vielleicht hielt die Kleine mich für eine Landstreicherin?

Die Frau hatte zwischenzeitlich nachgedacht: »Darf ich Sie zum Frühstück einladen?«

Ich wollte schon dankend ablehnen, schließlich hatte ich gerade gegessen und heißen Kaffee dabei, da war es mir schon rausgerutscht: »Warum nicht?«

Hatte ich das wirklich gesagt?

Die Frau schien sich jedoch darüber zu freuen.

»Dann fahren Sie einfach hinter mir her. Wir wohnen nur fünf Minuten von hier.«

Ich stieg in den Bus und fuhr los. Mittlerweile hatte ich zwar schon Geld aus einem Raubüberfall in unserem Wagen gefunden, war kurzzeitig im Besitz fast eines Kilos Haschisch gewesen, fuhr mit einem Hippie und einem selbsternannten Guru an Orte, zu denen ich nie gewollt hatte, aber verwunderlicherweise fand ich das, was ich gerade tat, am allerseltsamsten. Ich ließ mich von einer Fremden zum Frühstück einladen.

Kurz überlegte ich, ob ich einfach in eine andere Richtung weiterfahren sollte, aber warum eigentlich?

Ich fand es nur seltsam, weil es »sich nicht gehörte«. Bisher hatte ich immer getan, was man tun soll, was sich gehört. Warum nicht einfach tun, wozu ich Lust hatte? Jetzt und hier. Jemand hatte mich eingeladen, und ich nahm die Einladung an. So einfach war das.

Meine Mutter hätte freundlich nickend abgesagt. So machte man das. Höflicherweise. Höflichsein bringt wenig Chancen auf echte Freunde. War man höflich, schuf man erst mal eine Distanz, die dann nur langsam und schwer abzubauen war. Ich hatte keine Lust mehr, meine Wünsche aufzuschieben. Vielleicht auch keine Zeit mehr dazu. Jetzt leben, alles nachholen, was ich bereits all die Jahre aufgeschoben hatte. Auf keinen Fall wie meine Eltern leben und das ganze Leben aufschieben. Bis man starb. Meine Eltern hatten kaum Freunde, ein paar Bekannte. Waren Freunde nicht jene, zu denen man kommen konnte, wenn es einem schlechtging? Davon hatte ich auch zu wenig. Ehrlich gesagt, gar keine. Bisher hatte ich aber auch keine Sorgen gehabt, es ging mir ja nicht schlecht.

So ein Unsinn. Es ging mir schlecht, offensichtlich schon seit Jahren, ohne dass ich es bemerkt hatte. Da war ein Loch in mir, ein schwarzes Nichts, das sich ausbreitete, mich überspülte mit Langeweile und Sinnlosigkeit, mich von innen aushöhlte, mich auffraß. Das war das Loch gewesen, in dem die Männerfaust Platz fand.

Jedenfalls hatte ich keine Lust mehr auf Höflichkeit. Genau dieses Lenchen und ihre Mutter, vielleicht könnte ich sie einfach ein wenig kennenlernen, etwas Nettes mit ihnen erleben. Vielleicht könnten wir Freunde werden, vielleicht auch nicht. Aber herausfinden konnte ich es nur, wenn ich einfach mal ja sagte. Ich grinste. Es war, als ob das Geheime, wild Lebensbejahende des Busses bereits auf mich abgefärbt hatte.


Lenchens Mutter fuhr um ein paar Ecken und bog dann in eine kleine Straße in einem Neubaugebiet ein, wo sie schließlich vor einer kleinen Doppelhaushälfte stehen blieb. Wir stiegen beide aus. Ob sie wohl mittlerweile Zweifel bekommen hatte, jemanden wie mich, oder jemanden der so aussah wie ich gerade, einzuladen? Aber sie nahm mich beim Ellbogen und sagte: »Kommen Sie, Kommen Sie rein.«

Sie sah meinen zweifelnden Blick auf Streuner und

fügte hinzu: »Der Hund darf auch mit rein. – Kein Problem!«

Dann führte sie mich in ein kleines Wohnzimmer mit Blick auf einen winzigen Garten, der aber immerhin Platz für ein Trampolin bot. Der Esstisch war bereits gedeckt, für vier Personen, mit Blümchengeschirr.

»Setzen Sie sich, setzen Sie sich«, wies sie mich an, und ich setzte mich an einen nicht eingedeckten Platz. Kurz darauf stellte sie Teller, Tasse und Besteck vor mich, goss mir den bereits fertigen Kaffee aus der Thermoskanne ein, legte die Brötchen in einen Brotkorb und rief dann: »Matthias, Niklas, Frühstück!«

Ein verschlafener, aber immerhin angezogener Mann kam die Treppe herunter und erstarrte, als er mich sah.

Lenchen erklärte: »So einen Bus, wie die hat, will ich auch mal haben!«

Die Frau drehte sich nun um. »Also, das ist mein Mann Matthias, und das ist ...?«

»Isabel Drievers«, stellte ich mich vor, stand auf und schüttelte dem völlig verwirrten Mann die Hand.

»Setz dich«, bestimmte die Frau freundlich, und der Mann folgte dieser Anweisung.

»Unser Lenchen hat dieser Frau mit unserer Autotür eine Riesenschramme gemacht, in ihren VW-Bus. Und weißt du, was sie gesagt hat?«

Der Mann sah mich entsetzt an.

»Es ist okay, kein Problem, hat sie gesagt!«

Ich zuckte mit den Schultern. »Es ist ein VW-Bus, ein älterer, nicht der erste Kratzer.«

»Und da habe ich sie zum Frühstück eingeladen.«

Der Mann fasste sich langsam.

»Das ist aber wirklich nett von Ihnen«, stammelte er, bevor er noch mal nachfragte, »und Sie wollen wirklich nichts? Nichts von der Versicherung und nichts von uns?«

»Nein, wirklich nicht, es ist okay«, wiederholte ich.

»So was habe ich noch nie gehört. Wissen Sie, wir kämpfen gerade sehr mit den Finanzen. Das Haus war teurer als geplant. Und Lenchen braucht eine Zahnbehandlung. Wenn jetzt noch irgendetwas passiert wäre, wir hätten es im Moment nicht zahlen können.«

Ich winkte ab: »Es ist nichts passiert«, und nahm einen Schluck Kaffee.

In diesem Moment kam ein verschlafener, etwa zwölfjähriger Junge im Pyjama die Treppe runtergeschlappt und setzte sich an den Tisch, ohne mich überhaupt wahrzunehmen. »Ich will zwei Eier«, sagte er zu seiner Mutter, die das nickend quittierte. »Und Sie?«, fragte sie mich, »Auch ein weichgekochtes Ei?«

»Sehr gerne«, antwortete ich.

Kurze Zeit später saß ich zwischen dieser Familie, als ob ich eine alte Bekannte wäre. Der Sohn erzählte von seinem Fußballspiel gestern, Lenchen bekleckerte sich überall mit Marmelade, ihre Mutter huschte hin und her, brachte Eier, wischte Lenchen die Marmelade vom Gesicht und lachte über Niklas' Erzählungen vom verlorenen Fußballspiel.

Ich lehnte mich zurück. Diese Frau war etwa so alt wie ich. Das hätte auch ich sein können. Oder eben nicht. Ich wollte nie Kinder, hatte ich jedenfalls immer behauptet. Vielleicht aber lag es nur daran, dass ich nie den passenden Mann dafür gefunden hatte. Ich beobachtete, wie Matthias sein Ei löffelte und stolz seine Kinder ansah. Nein, so einer war bei meinen Freunden nie dabei gewesen.

Ich war hin- und hergerissen. Natürlich war eine Familie etwas Wundervolles, aber ob ich eine solche Mama hätte sein können?

Ich hatte doch nie einen ausgeprägten Wunsch nach eigenen Kindern verspürt. Einige meiner Freundinnen nahmen, kurz bevor sie dreißig wurden, quasi jeden Mann. Hauptsache, irgendeiner spielte den Familienpapa und Ernährer. So war ich nie gewesen. Aber ich war auch keine von denen, die behaupteten, dass Kinder für sie ein Alptraum wären. Ich habe einfach nie richtig darüber nachgedacht. Auf jeden Fall nicht mit Georg. Es war wie eine unausgesprochene Vereinbarung zwischen uns. Wir waren ein

Business-Paar, unabhängig, erfolgreich. Kein Wort von Hochzeit oder Familienplanung. Wäre spießig gewesen.

Aber wenn ich ehrlich bin, dann hatte es geschmerzt. Ich hätte ihn geheiratet. Bei unserer Reise nach Venedig, da hatte ich ihn erwartet, den Hochzeitsantrag, der nicht kam. Ob er darüber nachgedacht, gezweifelt hatte? Ich wusste es nicht.

»Und Sie, wohnen Sie hier?«, riss mich Matthias aus meinen Gedanken.

»Nein, ich komme aus München, ich bin nur auf der Durchreise.«

»Und wo wollen Sie hin?«

»Hm, eigentlich will ich in die Provence, aber der Mann, dem der Bus gehört, der wollte noch einen Umweg fahren, und nun lasse ich mir hier von ihm die Gegend zeigen.«

Ich fand, die Erklärung ging irgendwie noch als ungelogen durch.

»Das klingt gut.« Matthias sah mich aufmerksam an. »Bettina, ist das nicht toll, es gibt Menschen, die nehmen sich einfach noch Zeit und fahren mit einem VW-Bus, wohin sie gerade Lust haben – so klingt das jedenfalls.«

Ich zuckte vage mit den Schultern. Eher wohin es uns verschlug, weil die Polizei hinter uns her war. Aber das würde ich ihm so jetzt nicht sagen.

»Bettina«, Matthias war ganz gefangen von dem Gedanken, »das möchte ich auch mal wieder mit dir machen. Zwei, drei Wochen Zeit haben und einfach so drauflosfahren, ohne Ziel, einfach so, das wäre schön.«

Bettina nickte. »Ja, aber mit den Kindern ist das schwierig. Da braucht man ein Ziel. Einen Freizeit- park oder einen See oder so. Und man kann auch nicht so lange Strecken fahren.«

»Ich würde in dem Bus schon fahren!«, meldete sich Lenchen.

»Wie sieht er denn aus?«, fragte Niklas. Dabei sah er von seinen Eiern auf und mich an, als ob er mich eben erst wahrgenommen hätte.

»Gelb«, erklärte ich und hielt ihm die Schlüssel hin, »wollt ihr mal gucken?«

Die Kinder waren sofort verschwunden.

»Und wie lange reisen Sie jetzt?«, fragte Bettina mich.

»Eigentlich nur vierzehn Tage«, erklärte ich und fügte dann hinzu, »aber vielleicht nehme ich mir einfach noch länger Zeit.«

Die beiden erzählten mir von ihren früheren Cam- pingurlauben in Südfrankreich, dann stürmten auch schon die Kinder wieder zur Tür herein.

»Voll krass, der Bus«, erklärte Niklas, »saucool.«

»Und, Mama, da sind weiße Blümchen auf den Sit- zen«, bemerkte Lenchen.

Ich grinste. Warum konnte ich mit diesem Bus gleichermaßen Kinder wie Eltern beeindrucken? Er hatte irgendetwas, einen geheimen Charme, ein »Karma« würde der Guru vielleicht sagen. Das VW-Bus-Karma versprach Freiheit und Abenteuer. Und es hatte bereits auf mich abgefärbt.

Als ich aufbrach, fiel mir der Abschied richtig schwer. Aus dem Rückspiegel konnte ich sehen, wie alle vier mir hinterherwinkten.

Auf dem Weg zurück verfuhr ich mich mehrfach. Ich war froh, als ich es schließlich doch schaffte, den richtigen Waldweg zu finden. Die beiden Männer saßen ums wieder entfachte Feuer und sahen mich ziemlich wütend an.

»Mensch, ich dachte, du bist abgehauen«, warf mir Rasso an den Kopf.

»Ich habe Frühstück geholt«, erklärte ich und reichte den beiden den mittlerweile kalten Kaffee und die Tüte mit dem Gebäck.

»Hättest doch was sagen können. Ich habe mir Sorgen gemacht.«

»Rasso, sorry, ich wollte dich nicht wecken.«

»Mann, irgendwie hätte ich sogar verstanden, wenn du dich abseilst.«

Ich schüttelte den Kopf.

»Ah, guter Kaffee, gutes Hörnchen«, seufzte Gandhi, genüsslich das Croissant in den Kaffee tunkend.

Auch Rasso stimmte das mitgebrachte Frühstück versöhnlich.

»Rasso, ich muss dir noch was beichten.«

Er sah mich kritisch an. »Was denn?«

»In deinem Bus ist jetzt ein Kratzer. Ziemlich tief und ziemlich lang.«

»Bist du wo gegengeschrammt?«

»Ein Kind hat mir eine Autotür reingehauen. Ich konnte nichts von denen verlangen. Aber ich komme für den Schaden auf.«

Rasso winkte ab. »Hab immer 'nen Rost- und Lackierstift dabei. Jeder Kratzer eine Geschichte. Dieser wird mich ab jetzt immer an dich erinnern.«

Ich wollte noch protestieren und ihm sagen, dass ich das auf jeden Fall bezahlen würde, aber er hatte sich schon abgewandt und sprach mit Gandhi. Es war ihm nicht wichtig.

In dem Moment ging mein Herz für ihn auf. Ich umarmte Rasso kurz von hinten und sagte: »Danke. Du bist ein richtig guter Mensch!« Rasso blickte mich etwas verwundert an und grinste nur kurz.

Während ich ihn noch beobachtete und, zum ersten Mal ganz bewusst, sein freundlich offenes Gesicht wahrnahm, unterhielt er sich weiter mit Gandhi.

Und strömte dabei eine Leichtigkeit aus, die mich bereits infiziert hatte.

Als die beiden Männer ihr Gespräch beendet hatten, wandte Rasso sich wieder zu mir. »Und was machen wir jetzt?« Rasso sah mich fragend an.

»Ich muss jetzt dringend mal duschen.«

Rassos Frage war wohl eher grundsätzlich gemeint, aber ich bekräftigte nur: »Ich war gerade in dem Städtchen Lohr, und da war ein Schwimmbad ausgeschildert.«

Rasso nickte: »Okay, keine schlechte Idee.«

»Und ansonsten würde ich gerne den Tag hier verbringen.«

»Auch gut«, stimmte Rasso zu, setzte danach zu einer Frage an, stellte sie aber doch nicht.

Gandhi sah uns beide an: »Ihr braucht zu essen und zu trinken, ihr müsst duschen, und ihr habt keine bewusstseinserweiternden Stoffe mehr. Er aber sagte zu ihnen: ich sah den Satan wie einen Blitz vom Himmel fallen. Lukas 10,18.«

»Nein, jetzt ist aber Schluss, der Satan sind wir auch nicht«, antwortete Rasso ungewohnt heftig.

»Suchende, nur Suchende«, stellte Gandhi seufzend fest.

Etwas später fuhren Rasso und ich nach Lohr ins Schwimmbad. Gandhi schüttelte nur verächtlich den

Kopf, als wir ihn fragten, ob er auch mal duschen wolle. Also ließen wir ihn mit dem Hund im Wald zurück.

Im Schwimmbad stand ich lange unter der Dusche und genoss das warme Wasser, das über meinen Körper lief. Dann wusch ich den Mondenrock, er sollte am Zaun trocknen, während Rasso und ich noch einige Bahnen im 50-Meter-Becken zogen.

Ich hatte meinen schicken dunkelblauen Escada-Bikini an. Jetzt also Schwimmbad in Lohr statt Mittelmeer. Ich fühlte mich wohl hier, neben Rasso, egal ob mit oder ohne schicken Bikini. Rasso konnte einem das Gefühl geben, dass einfach alles okay war, dass ich okay war.

Ein Gefühl, das ich von Georg so nicht kannte, okay sein. Georg fand mich sexy und klug und repräsentativ. Aber für all das musste ich auch ständig so sein. Nicht nur da sein, okay, sondern eben klug und sexy und repräsentativ.

Ich hob den Kopf. Ich war erschöpft.

Rasso prustete eine Fontäne Wasser aus seinem Mund: »Mir reicht's.«

Wir stiegen aus dem Wasser und ließen uns auf den warmen Steinen am Beckenrand trocknen.

Bevor wir gingen, kauften wir noch Currywurst mit Pommes und als krönenden Abschluss eine Brausetüte.

»Mensch, das ersetzt einem fast das beste Gras«,

kicherte Rasso, als er das erste Brausebonbon auf seiner Zunge zergehen ließ. Schließlich fand ich in dem Kiosk sogar noch die Leckmuscheln mit Bonbon drinnen, die es schon in meiner Kindheit gab und die wir genüsslich ausschleckten.

Ich sah Rasso an: »Du, das mit dem Kratzer macht dir wirklich nichts aus?«

Er blickte mir ernst in die Augen: »Absolut gar nichts. Mir bedeutet Materielles nichts, wirklich nicht. Der Bus ist mein Weggefährte, an dem ich hänge. Egal wie er aussieht. Eine Frau, die ich liebe, liebe ich ja auch nicht weniger, wenn sie Falten bekommt.«

Wow, das war das Schönste, was ich seit langem gehört hatte.

»Und, gibt es eine Frau, die du liebst?«

»Im Moment ziemlich kompliziert. Ich war zwei Jahre mit einer Frau zusammen: Caro. Musikerin, Sängerin in unserer Band. Aber jetzt hat sie sich in einen anderen verliebt. Ich kann sie aber nicht einfach loslassen. Ich liebe sie immer noch.«

Ich sah in Rassos treue Augen und konnte mir das gut vorstellen. Ich legte ihm tröstend meine Hand auf den Arm.

»Mach dir keine Gedanken, es kommt, wie es kommt. Entweder sie will zu mir zurück oder ich werde lernen, sie nicht mehr zu lieben.«

Auch das glaubte ich Rasso. Er ließ die Dinge geschehen.

Georg und ich waren Menschen, die Sachen in die Hand nahmen, dirigierten, entschieden. Rasso dagegen ließ passieren. Und akzeptierte, dass es Dinge gab, die man nicht verändern konnte, die man einfach hinnehmen musste.

Zufrieden machten wir uns schließlich auf den Rückweg.

Auf der Bundesstraße war Stau. Ich seufzte: »Ich habe gar keine Lust, bei der Hitze jetzt hier rumzustehen.«

»Hm«, meinte Rasso und grinste mich an, »dafür habe ich eine Lösung.« Er nahm das gelbe Signallicht von der vorderen Ablage, wickelte ein Kabel ab und setzte es auf das Wagendach. Dann schaltete er ein kleines Kästchen an, damit das Licht zu blinken begann. Brav fuhren die anderen Autos beiseite und bildeten eine Gasse für uns, durch die wir hindurchfuhren.

»Du spinnst total!«

»Nein, das mache ich immer. Auf dem Land halten die mich wahrscheinlich für den Notarzt. Kein Problem, klappt jedes Mal.«

Tatsächlich fuhren wir bis zum Anfang des Staus, wo gerade die Aufräumarbeiten nach einem Unfall beendet waren.

»Super, nicht?«

Ich war der Typ, der sich immer brav hinten anstellte. Wartete, wo man warten sollte. Ich war einfach korrekt, wollte nicht zurechtgewiesen werden, ich wollte das Richtige tun. Eine Ausnahme gab es: beim Skifahren drängelte ich gerne in der Schlange vor. Hier war das legitim. »Aktiv anstehen« nannte ich das, auf der Piste war es sportlich. Ich musste in mich selbst hineinlachen bei diesem Gedanken. Vielleicht hätte ich öfter im Leben mal »aktiv anstehen« sollen, mich beim Leben vordrängeln.

Aber ansonsten war ich der Typ »warten«.

Und Rasso? Der Typ »mal-sehen,-was-mir-gerade-einfällt-und-Spaß-macht«.

Rasso drehte die Musik laut auf, kurbelte das Fenster herunter, und wir tuckerten zu unserer Ruine.

»Weißt du, das ist ganz okay. Das ist mein Freier-Weg-Licht.«

Freier-Weg-Licht. Man musste nur das richtige Wort finden, das Zauberwort, und plötzlich veränderte sich die Tatsache. Vielleicht müsste ich für die Männerfaust auch nur das richtige Wort finden.

Normalerweise bezeichnet man Dinge in sich und an sich mit niedlichen kleinen Namen. Meine Freundin nannte ihr im Bauch heranwachsendes Kind »Gummibärchen«, weil dies der Schatten auf dem ersten Ultraschallbild andeutete. Mein Ultraschallbild sah immer klumpig aus, für die Ärzte interessant waren die Abgrenzungen: scharf abgegrenzt wahrscheinlich gutartig, unscharf abgegrenzt eher bösartig. Sarkom möglich, raunte der Professor zu der jungen Ärztin neben ihm. Krank bin ich vielleicht, dumm nicht. Bei jedem Arzt dieselbe Frage: Kollegin? – Nein, Doktor der Betriebswirtschaft. Ah, Erleichterung, Kollegen sind immer problematisch zu behandeln. Also, wo war ich, Körperteilen nette Namen geben. Gar nicht zu sprechen von den unsäglichen Namen, die Männer und Frauen den zwei beliebten weiblichen Ausformungen geben. Hans und Franz, Susi und Strolch, Bimm und Bamm. Gar den Genitalien. Lingam, Pinselchen, Schniedelwutz. Oje.

Vielleicht hätte ich es mein Tennisbällchen nennen sollen, Dickerchen oder Moppelchen, dann hätte es sich geliebt gefühlt und wäre nicht weiter entartet. Aber es war eben ein Klumpen, ziemlich schwarz, auf dem Ultraschallbild. Kein Gummibärchen.

Mein Tennisbällchen, mein Kirschkernlein. Alles nur Einstellungssache. Wo etwas entartet, ist vorher schon etwas schiefgelaufen, das weiß doch jeder Heilpraktiker.

# Kapitel 7

*Georg*

Am nächsten Morgen ging es ihm richtig dreckig. Sein Kopf brummte. Wo waren nur die Aspirin-Tabletten? Isabel hatte immer noch nicht angerufen. Eine ganze Nacht lang nicht. Schon seltsam. Dieser Tag würde kein guter werden. Jetzt ging es erst mal ins Büro, und dann würde er das Projektteam zur Schnecke machen. Bei der nächsten Präsentation hatten sie jedes verdammte Detail, jede Hintergrundkleinigkeit zu kennen. Oder es gab eine schlechte Bewertung. *Up or out*, das Leben in Top-Unternehmensberatungen ist kein leichtes.

Georg hoffte auf diesen Abend. Vielleicht war sie ja da, einfach wieder zurück, zur Vernunft gekommen. Und dann würden sie über alles reden. Sich der Situation stellen. Der Krankheit stellen. Und Lösungen suchen. Es gab für alles eine Lösung. Man müsste sich da reinarbeiten. Wo gab es die besten Tumorärzte der Welt: USA? Kein Problem, da würden sie hinfliegen.

Aber Isabel war nicht da, und es war verdammt leise in dem großen, schönen Apartment. Nicht dass sie laut gewesen wäre, aber wenn sie da war, verströmte sie diesen leichten Geruch von Weiblichkeit, überall. Und sie war sehr präsent. Da, auch wenn sie im anderen Zimmer war. Viel weicher, als sie beruflich vermuten ließ. Bei ihm hatte sie sich fallengelassen. Und, ganz selten, er sich auch bei ihr. Jetzt war sie schon den zweiten Abend fort. Aus einem Impuls heraus setzte er sich an den Schreibtisch und telefonierte die wenigen gemeinsamen Bekannten, die sie hatten, durch. Er kam nicht mal auf eine zweistellige Zahl. Keiner hatte etwas von ihr gehört. Reichlich dämlich kam er sich vor. Nach der eigenen Freundin fragen zu müssen. Und zu erklären, wenigstens ein bisschen. Von Isabels Krankheit, vielleicht eine Kurzschlusshandlung und dass er sich Sorgen mache. Hatte er überhaupt schon jemals seinen Freunden erzählt, dass er sich Sorgen machte? Er konnte sich nicht erinnern. Sorgen waren auch nie nötig gewesen, geschäftliche Probleme, ja, aber die musste man ja auch nicht mit Freunden teilen. Und echte persönliche Probleme hatte er keine. Kurz fragte er sich, ob Isabel eigentlich mit irgendeiner ihrer Freundinnen über wirklich Persönliches gesprochen hatte. Er wusste es nicht.

Warum hatten sie so wenige Freunde? Und selbst die sie hatten, waren eher Bekannte. – Weil sie so viel arbeiteten. Da blieb keine Zeit. Und sie liebten beide ihre Arbeit. Darüber sprachen sie miteinander, am Abend, bei einem Glas Wein. Sie tauschten sich über ihre Klienten, über die Sachverhalte, über Zahlen und über Lösungsmöglichkeiten aus. Sie waren beide verbissen in ihren Beruf, erfolgreich und stolz darauf. Was würde sie tun, wenn sie nicht mehr arbeiten konnte? Wie damit umgehen? Wie würde er damit umgehen?

Lange starrte er zum Fenster hinaus. Er hatte Isabels Anwesenheit immer als so selbstverständlich empfunden. Vielleicht als zu selbstverständlich. Meist waren sie beide unter der Woche unterwegs und kamen nur am Wochenende zusammen. Nur selten geschah es, dass er, wie jetzt gerade, für die Ausarbeitung eines Projektvorschlags für eine Firma, die ganze Woche zu Hause war.

Und Isabel war auch da, wenn er von einem Projekt zurückkam, bei dem er nachts nicht alleine geschlafen hatte. Meist hatte sie eingekauft, feine, teure, ausgesuchte Lebensmittel, einen guten Wein. Oft kochte er dann, und sie saß an der Theke gegenüber und beobachtete ihn dabei. Wenn sie da gewesen wäre, hätte er Hunger gehabt.

Es gab immer in den Firmen Frauen, die sich für ihn interessierten. Schon allein der Habitus des dunklen, teuren Anzugs, der Mann, der in die Firma kam und alles umkrempeln und neu entscheiden würde. Viele Frauen standen auf Männer mit Macht. Und er liebte ab und an andere Frauen als Isabel. Aber nur körperlich, das war Sex. Isabel war der Hafen, die Sicherheit, die kluge Frau. Eine Nacht konnte er sich gut und gerne mit einer hübschen Blondine vergnügen. Aber am Wochenende wollte er nach Hause zu Isabel. Zu einem gediegenen Zuhause, einer gediegenen, klugen, stilvollen Frau. Hatte er sie als zu selbstverständlich hingenommen? Einmal hatte sie seinen Anzug genommen und ein langes blondes Haar davon abgezupft. Aber sie hatte sich dabei nicht zu ihm umgedreht. Wie beiläufig war die Handbewegung gewesen. Als ob es ein Staubkorn wäre. Kein Wort. Kein Vorwurf.

Undenkbar dagegen, dass sie etwas mit anderen Männer hatte. Nicht sie. Sie ruhte in sich. Und sie liebte ihn, oder?

Plötzlich schnürte sich ihm die Kehle zu. Er hätte sie nicht als selbstverständlich hinnehmen sollen. Mit verzweifelter Verwunderung stellte er fest, dass das, was er spürte, Sehnsucht war. Er vermisste sie. Schmerzlich.

Und er machte sich Sorgen um sie, wirklich Sorgen.

# Kapitel 8

Als wir vom Schwimmbad zur Ruine zurückkamen, sah alles ein wenig anders aus. Auf der Wiese standen vier kleine Zelte, um die einige ältere Menschen zwanglos herumliefen. Das alles hätte mich nicht allzu sehr verwundert, wenn nicht ein paar von ihnen nackt gewesen wären.

Als wir ausstiegen, sah ich, dass neben einer alten, nackten Frau mit riesigen flachen Hängebrüsten ausgesprochen vergnügt unser Gandhi saß.

Mit begeisterter Fistelstimme rief er uns zu: »Gutes Karma. Auf jeden Fall seid ihr mir von Gott geschickt worden, um mich hierherzubringen. Gute Schwingungen. Nette Menschen hier.«

Auf einem der Zelte prangte eine Aufschrift:

*If people were meant to be nude,*
*they would have been born this way.*
*Oscar Wilde*

Leuchtete irgendwie ein.

Rasso setzte sich neben Gandhi, ohne weiter von

der nackten Frau Notiz zu nehmen. »Kommt, macht euch frei«, forderte die Alte uns auf.

Dabei war ich so froh, meinen sauber gewaschenen Mondenrock zu haben. Ich schüttelte leicht den Kopf und beobachtete, wie diese Gruppe von Menschen offensichtlich gerade dabei war, die Wiese als Campingplatz in Beschlag zu nehmen. Wie Teenager beim Ausflug. Nur eben manche davon nackt.

Schließlich kamen alle zusammen und machten sich gemeinsam auf den Weg zur Ruine.

»Sonnenuntergang. Zeit für Nackt-Yoga«, erklärte die Alte mit den Hängebrüsten, »kommt, macht mit.«

Und dann zog Rasso sich auch aus. »Isabel, stell dich nicht an, das sind Nudisten, das ist doch schön.«

Ich sah ihn zweifelnd an.

Die Ältere hob die Augenbrauen. »Naturisten sind wir, das ist etwas ganz anderes. Wir glauben, dass Nacktheit eine harmonisierende Wirkung hat, und zwar besonders Nacktheit in der Natur. Ziel ist das Leben in Harmonie mit den Erscheinungen der Natur. Wir wollen Wind, Regen, Schnee und Sonne auf der Haut fühlen!«

Eine jüngere Frau kam an mir vorbei und strich mir lachend über die Schulter. »Mach doch einfach bei unserem Yoga mit, ob angezogen oder nackt, es tut gut. Gwyneth Paltrow macht auch Nackt-Yoga!«, zwinkerte sie mir zu.

Also folgten wir der Gruppe in das Innere der Ruine. Ein Mann begann die Übungen vorzumachen und mit sanfter Stimme dazu die Anweisungen zu geben. »Wir beginnen mit dem Sonnengruß, streckt eure Arme dem Himmel entgegen, die Berghaltung, der gestreckte Berg – Utkatasana –, atmet tief und bewusst ein und lasst euch dann mit einem Atemzug und gestrecktem Rücken nach unten fallen. Berührt die Erde. Genießt die Bewegung. Versucht euch mit Händen und Füßen fest zu erden.« Auch Gandhi, immer noch in sein weißes Tuch gewickelt, machte mit. Atmen, bewegen, dehnen, atmen. Die Sonne ging über den Ruinenmauern unter. Atmen, strecken, ziehen, atmen. Mein T-Shirt störte mich in der Bewegung. Ich zog es aus. Und fühlte mich nicht einmal seltsam dabei. Ich folgte den Bewegungen des Mannes und denen der Leute um mich herum. Fließende Bewegung, sportlich, aber nicht schweißtreibend. Irgendwie natürlich, als ob man sich dem Rhythmus der Natur anpasse. Atmen, dehnen, atmen. Mir gegenüber stand ein Baum, dessen Äste sich sanft im Wind bewegten. Ich fühlte mich fast ein wenig wie dieser Baum. Unwillkürlich musste ich grinsen. Nur wenige Tage in einem VW-Bus unterwegs, und schon fühlte ich mich wie ein Baum! Oje, was war aus mir geworden. Ich lachte laut auf. Nein, es wurde aus mir keine Nackt-Bio-Esoterikerin, aber es war schön, in der freien Natur Yoga zu machen.

Der Mondenrock störte kein bisschen, so als wäre er dafür gemacht. Bewegen, atmen, dehnen, halten. Meine ungedehnten Beine schmerzten. Ein Blick in die Runde zeigte mir, dass die umstehenden Alten weitaus gelenkiger waren als ich. Peinlich. Nur Rasso kam bei gestreckten Beinen auch nicht mit den Händen auf den Boden.

Ich hatte schon lange keinen Sport mehr gemacht. Außer Skifahren. Früher hatten Georg und ich Tennis gespielt, doch in letzter Zeit kaum mehr, bestimmt schon zwei Jahre nicht. Warum eigentlich? Georg ging öfter ins Fitness-Studio. Obwohl ich es auch probiert hatte, war das nichts für mich. Weder sich von Gerät zu Gerät zu bewegen, um einen einzelnen Muskel bis zum Geht-nicht-mehr zu beanspruchen, noch die seltsamen gemeinsamen Radfahr- oder Gymnastik-Stunden. Hatten sie dort nicht auch Yoga angeboten? Das jedenfalls hatte ich nie ausprobiert. Eigentlich hatte ich auch den Eindruck, dass Georg lieber alleine zum Sport ging. So musste er keine Rücksicht auf mich nehmen und konnte sich ganz nach seiner Fasson auspowern. Was ihm wichtig war, ihm guttat. Aber was tat mir gut?

Das hier jedenfalls tat mir gut.

Mein rechtes Bein stand vorne, der hintere linke Fuß quer. Mein linker Arm zeigte nach vorne oben in den Himmel hinein. »Krieger 1 – Virabhadrasana«, erläuterte der Mann unsere Position. Ich atmete tief ein. Krieger, ja, ich fühlte mich wie ein Krieger. Ich konnte es doch aufnehmen mit allen Dingen in der Welt und auch mit dem Ding in mir. Ich bin ein Krieger. Einatmen, Kraft tanken, ausatmen, loslassen. Der Arm zieht noch ein wenig länger und höher, direkt in den Himmel hinein. Krieger. Virabhadrasana.

Ich sah mich um, die anderen waren längst bei einer anderen Übung, aber ich verharrte im Krieger. Diese Stellung gefiel mir! Das tat mir gut. Einatmen, ausatmen – so wollte ich bleiben und diese Position genießen. Ein Krieger!

Plötzlich durchschoss mich ein Schmerz. Ich zuckte zusammen. Als ob in meinem Magen etwas aufgebrochen war. Meine Hände fassten nach meinem Bauch, wie um ihn zusammenzuhalten. Es war ein gleißender Schmerz. Ich hörte etwas von »Einatmen und Ausatmen« und versuchte gegen das Stechen in meinem Magen anzuatmen. Mit jedem Atemzug ließ die Intensität des Schmerzkrampfes in meinem Magen ein wenig nach. Nach einigen Minuten konnte ich wieder ruhig atmen. Der Schmerz war fort.

Als die anderen wieder mit einem Sonnengruß die Arme nach oben nahmen, fiel ich mit ein und senkte dann langsam die Hände gefaltet vor meiner Brust. Namaste.

Nach etwa einer Stunde beendete der Lehrer die Stunde.

Trotz der Schmerzattacke fühlte ich mich wohl, vielleicht immer noch nicht wie Gwyneth Paltrow, aber gut.

Im Anschluss lud uns der Yogatrainer zum Abendessen ein – vegan. Salate aus Blüten und Blättern: Sauerampfer, Brennnessel, Kapuzinerkresse und vieles, das ich überhaupt nicht kannte, aber es schmeckte richtig lecker. Dazu gab es Sojabratlinge, Tortillas aus Weizenmehl, Bärlauchaufstrich und zahlreiche Dinge, die ich nicht hätte benennen können. Jeder hatte offenbar etwas vorbereitet, das jetzt aufgeteilt wurde. Rasso und ich aßen mit großem Hunger. Ich blickte mich um. Die Gruppe entsprach auch nicht dem Bierbauch-FKK-Schema, das ich vor Augen hatte. Alle wirkten gut durchtrainiert, braun, natürlich, gesund und fit. Keiner störte sich daran, dass ich angezogen blieb. Und keiner wurde in irgendeiner Weise anzüglich bei all der Nacktheit. Nun ja, nur Gandhi und die hängebrüstige Frau rückten im Laufe des Abends näher und näher, bis sie irgendwann zusammen im Wald verschwanden.

Die Unterhaltungen schwirrten hin und her, von Yoga und Pilates über gesunde Ernährung, Astrologie und Astronomie bis hin zur aktuellen Politik. Eine große, freie Familie. Kein Alkohol, fiel mir irgendwann auf. Dennoch wurde die Stimmung ausgelassen und fröhlich, ohne zu überdrehen.

Wann hatten Georg und ich eigentlich zuletzt

Freunde eingeladen? Silvester war ein ehemaliger Studienfreund von Georg mit seiner neuen Freundin gekommen. Ich hatte bereits seine Frau nicht leiden können, aber die Freundin sah genauso aus wie die Frau, war aber noch mal doppelt so überdreht. Während ich das Essen fertigmachte, eine wundervolle Forelle, erzählte sie mir, dass als Nagelfarbe Schlamm total out sei, während Blau- und Grüntöne der neueste Trend wären. Und dann streckte sie mir ihre Nägel hin, auf denen auf hellblauem Untergrund doch tatsächlich zwei Rentier-Köpfe gemalt waren. Meine mangelnde Begeisterung schien sie überhaupt nicht zu bemerken. Um elf Uhr wünschte ich mir so sehr das neue Jahr herbei, das dann nach einer Stunde, die sich wie eine Unendlichkeit anfühlte, auch endlich kam. Nach einer weiteren unendlichen Stunde verabschiedeten sich die beiden, nachdem ich mehrmals ungeniert gegähnt hatte. Georg meinte, ich hätte mich nicht wie ein guter Gastgeber benommen. Und dass ich seine Freunde alle nicht leiden könnte. Und genau so ist das auch, obwohl ich das vor Georg laut verneint hatte.

Wir hatten nicht viele Freunde. Wenn Georg Menschen einlud, hatte das meist einen beruflichen Hintergrund. Oft waren es Geschäftspartner, denen er Projekte verkaufen wollte oder verkauft hatte. Mir erschien das als Einstieg für eine echte Freundschaft immer hinderlich. Außerdem waren sie einfach nicht die Menschen, die ich mir als Freunde wünschte. Menschen, denen man seine Sorgen mitteilen konnte, bei denen man sich ausweinen durfte, mit denen man albern kichern konnte, bei denen man auch mal loslassen konnte. Es war lange her, dass ich solche Freunde gehabt hatte. Vor der Zeit mit Georg.

Jedenfalls war die Rentier-Nagellack-Frau sicher keine potentielle Freundin. Georg und ich versöhnten uns in dieser Silvesternacht, als er selbst zugeben musste, dass diese Frau von allen weiblichen Begleitungen seines Freundes mit Abstand die schrecklichste gewesen war. Definitiv nicht mein schönstes Silvester. Das hatte ich nämlich während meines Auslandsjahrs in Paris erlebt. Paris hatte ich nur gewählt, um endlich Sacré-Cœur zu sehen. Und es nie bereut.

Ich war gerade erst angekommen und wollte eigentlich alleine zu den Champs-Élysées laufen, als eine Gruppe Studenten an mir vorbeikam und mir einer von ihnen eine Sektflasche hinstreckte, aus der ich einen Schluck trank. Er nahm mich einfach mit, wir flanierten durch die Straßen, zogen durch Kneipen, tanzten im schummrigen Licht der Bars und auf der Straße. Irgendwo aßen wir mitten in der Nacht mexikanische Tapas. Er ließ mich die Augen schließen und fütterte mich mit Curryhähnchen-Spießen, Kapern, Oliven, Thunfisch-Päckchen und Auberginen-Auflauf. In den frühen Morgenstunden ging ich mit zu ihm nach Hause. Er nahm mich an der Hand und führte mich in ein altes Haus mit einem Treppenaufgang, wie ihn nur Pariser Häuser haben können: die Zwischenstockwerke waren mit schwarz-weißen Steinfliesen gekachelt und die weiße Marmortreppe wand sich bis zu seiner Wohnung im obersten Stock. Parkettboden, hohe Wände, Stuckdecken tanzten um mich herum, als wir uns das erste Mal im Flur seiner Wohnung liebten, das zweite Mal auf dem Holztisch der Küche und das dritte Mal auf den auf den Boden liegenden Matratzen seines Schlafzimmers. Ich kannte seinen Namen noch immer nicht.

Als ich spätnachmittags neben ihm aufwachte, war mir das so peinlich, dass ich mich anzog und ging. Ich lief ein paar Straßen, als ein Taxi an mir vorbeifuhr, welches ich anhielt und mich nach Hause fahren ließ. Wahrscheinlich war ich immer noch betrunken.

In der Woche darauf begann ich ihn zu suchen, aber ich fand weder seine Wohnung noch ihn wieder. Ich hatte mir überhaupt nicht gemerkt, in welchem Viertel von Paris er gewohnt hatte, ich fand einfach nicht mehr dorthin, obwohl ich jedes Wochenende durch Paris streifte in dem verzweifelten Versuch, ihn zu finden.

# Kapitel 9

## Georg

Als er die Wohnung betrat, bestätigten sich seine Befürchtungen: Sie war nicht da. Auch am zweiten Abend nicht. Kein Lebenszeichen. Aber ein Blinken des Anrufbeantworters. Na also. Wurde aber auch Zeit. Er war gespannt, wie sie versuchte, das zu erklären. Er würde sicher nicht sofort alles entschuldigen. Das ging nicht, einfach auf und davon, einfach abhauen, ohne ihm Bescheid zu sagen. Sie war in einer Ausnahmesituation, aber das war nicht okay. Nicht ihre Art. Das konnte sie ihm nicht antun, das war nicht einfach so entschuldbar.

Er drückte den Abhörknopf.

Es war das Krankenhaus. Dr. Satori. Er bat um dringenden Rückruf. Scheiße.

Doch, er hätte ihr verziehen. Sofort. Wenn sie sich nur endlich melden würde. Wenn ihr nur nichts zugestoßen wäre.

Eigentlich wusste er schon, was der Arzt mitteilen wollte. Die Befunde, jetzt mussten die weiteren Befunde da sein. Gut oder schlecht. Gutartig oder bösartig nennt man das. Sie hatte ganz genau gewusst, dass sie jetzt die endgültigen Befunde bekommen würde. Diese seltsamen Schwindelanfälle, die sie in letzter Zeit gehabt hatte, die ständigen bohrenden Kopfschmerzen. Er hatte sich schon Sorgen gemacht, ob sie medikamentenabhängig wurde, aber sie hatte einfach nur versucht, diese wahnsinnigen Kopfschmerzen einzudämmen. Wahrscheinlich hatte er sie in ihren Sorgen auch nicht ernst genug genommen. Doch, aber sie wollte ja gar nicht darüber reden. Sie teilte ihm sachlich die jeweiligen Ergebnisse mit, mehr nicht.

War sie fortgegangen, um sich nicht den Befunden stellen zu müssen? Aber eigentlich war das nicht ihre Art.

Oder hatte sie ihn verlassen? Weil er sich nicht genug um sie gekümmert hatte? Aber er war doch immer da gewesen. Mit Champagner im Krankenhaus. Vielleicht hätte er sie häufiger fragen sollen, wie es ihr wirklich mit dem allen geht. Andererseits war er nicht der Typ für Gefühlsduseleien, das wusste sie doch. Nein, die Wahrheit war, er war vor allem kein Typ für Krankheiten. Sein Bruder Konrad war gestorben, als sie beide Kinder waren. An Leukämie. Dieses langsame Dahinsiechen, die Schmerzen. Er wollte das nicht noch mal mit ansehen, wie langsam das Leben aus einem Menschen wich. Sein Bruder hatte anfangs so gekämpft, am Schluss war er einfach gegangen. Sie hatten ein gemeinsames Zimmer, und er hatte jedes Röcheln in der Nacht gehört. Gemerkt, wenn sein Bruder vor Schmerzen nicht schlafen konnte. Er war noch wach geblieben und hatte gelauscht, ob er nun endlich ruhig atmete oder ob er selbst im Schlaf noch vor Schmerzen stöhnte und weinte.

Und das Schlimmste war, dass er damals erleichtert war, als Konrad gestorben war. Weil er so nicht mehr jede Nacht die Angst haben musste, sein Bruder könnte im Bett nebenan sterben, ohne dass er es mitbekam. Monatelang hatte ihn diese Angst wach gehalten. Hatte er auf Konrads Atemzüge aufgepasst, bei jeder Veränderung war er zu ihm geschlichen. Zu viel für ein Kind. Und dennoch hatte dieses Gefühl der Erleichterung bei der Todesnachricht ihn bis heute verfolgt. Er wollte das nicht noch mal. Er hielt es einfach nicht noch mal aus. In einem ersten Impuls hätte er sich am liebsten von Isabel getrennt, als die Diagnose kam, das war die Wahrheit.

Aber das hatte sie doch gar nicht merken können, er war so wie immer zu ihr. So aufmerksam wie immer. Mit Champagner ins Krankenhaus!

War er schuld, dass sie gegangen war? Wollte sie ihm den Weg erleichtern, damit er nicht wieder hilflos bei einem Tod zusehen müsste? Hatte sie viel mehr gespürt und gewusst, als er dachte und für möglich gehalten hätte?

Sein Kopf fiel nach vorne. Erst als er bemerkte,

dass seine Tränen auf den Anrufbeantworter tropften, hob er den Kopf wieder hoch und schniefte wie ein kleines Kind.

Isabel, ich mach alles besser. Komm wieder, Isabel, bitte. Hauptsache, es geht dir gut. Wir stehen das gemeinsam durch. Ich schaff das. Ich helf dir. Komm zurück, Isabel.

# Kapitel 10

Am nächsten Tag, als ich mich endlich aufraffen konnte aufzustehen, hatten unsere nackten Freunde längst gefrühstückt. Dennoch wurde mir gleich ein heißer Tee gereicht, als ich aus dem Bus kam.

Rasso saß schon in der Runde. Während ich im Bus geschlafen hatte, hatte er auch diese Nacht im Schlafsack am Lagerfeuer verbracht.

»Wollen wir heute weiterziehen?«, fragte er mich.

»Ja.«

Es wurde später Vormittag, bis wir aufbrachen. Als wir Gandhi mitteilten, dass wir bald losfahren würden, meinte er, dass er bei Gertrude – offenbar die Hängebrüstige – bleibe. Uns war das recht.

Dann sah er uns frech an: »Und ich sprach zu ihnen: Gefällt's euch, so gebt her meinen Lohn; wenn nicht, so lasst's bleiben. Und sie wogen mir den Lohn dar, dreißig Silberstücke. Sacharja 11,12.«

»Jetzt sollen wir dich dafür bezahlen, dass wir dich mitgenommen haben?« Rasso sah ihn fragend an.

»Gutes Karma habe ich euch gebracht. Genau den rechten Weg geführt.«

»Oder wir haben dich den rechten Weg geführt«, wandte ich ein.

»Nein, nein, ich habe euch geführt, göttliches Paar.«

Ich wollte ihm gerade erklären, dass das jetzt wirklich dreist war, als Rasso einfach lachte, aus dem Bus ein Bündel Hunderter nahm und ihm gab: »Hier, Weggefährte.«

Streuner sprang zu uns in den Bus, und wir fuhren los.


»Bist du religiös?«, fragte Rasso mich, wie aus dem Nichts.

Ich öffnete meinen Mund, schloss ihn wieder, dachte nach und schwieg.

»Was hast du gesagt, manchmal ist es hier im Bus schon ganz schön laut«, fragte Rasso nach.

»Gar nichts.«

»Du glaubst an gar nichts?«

»Nein, ich habe nur noch gar nichts gesagt.«

Der Bus war wirklich laut. Rasso fuhr etwas langsamer, und das Torock wurde damit sanfter, so dass wir uns besser unterhalten konnten.

»Ich bin evangelisch aufgewachsen. Meine Eltern waren jeden Sonntag in der Kirche. Ich bin immer nur mitgegangen. Einmal hat mich dann eine Freundin in eine katholische Kirche mitgenommen. Der Weihrauch. Stehen, beten, knien. Das Gold. Das fand ich toll. Als ich nach Hause kam und meinen Eltern erzählte, dass ich jetzt immer mit meiner Freundin in ihre Kirche gehen wollte, gab es einen riesigen Ärger, und sie erklärten mir tagelang die Fehlinterpretationen des katholischen Glaubens. Leiblich zum Himmel fahrende Maria, gottähnlicher Papst, Ablässe. Danach war ich bekehrt, zum Gar-nichts-mehr-Glauben. Das war's dann mit meiner Religiosität.«

Mir schmerzte der Rücken. Ob das Ding wohl auch an meinem Rücken zog?

»Und du?«

»Klar, ich bin katholisch, strikt katholisch erzogen. Und ich glaube auch. Aber vielleicht nicht immer so, wie meine Mutter sich das vorgestellt hat. Ob der Gott, Jahwe, Allah heißt oder Teil von allem ist, das ist mir egal, das kann ich auch gleichzeitig denken. Dass aber eine übergeordnete Macht da ist, ja, das glaube ich.« Er grinste. »Da bin ich ein bisschen wie unser Gandhi.«

Wenn ich meine Hand mit gespreizten Fingern auf das Fensterglas legte, dann zog die Außenwelt wie in kurzen Sequenzen an mir vorbei. Zwischen jedem Finger ein einzelner Ausschnitt, eine Fotografie. Ein Baum, ein Haus, ein in seiner Position erstarrter Mensch. Man sah die Welt plötzlich ganz anders, wie angehalten.

»Ich fahre dich jetzt zu einem Ort, da fängst du das Glauben an!«, erklärte Rasso plötzlich. »Das musst du einfach sehen. Das ist ganz nahe hier.«

Ich reagierte nicht.

Ein Stein, ein Stück Himmel, ein stehender Fahrradfahrer, ein Hund, ein Ast.

Ich wollte immer so weiterfahren. Nicht ankommen.

Rasso betrachtete mich kurz von der Seite, fuhr weiter und hing seinen eigenen Gedanken nach.

Ein Stück Wald. Ein Stück Feld. Ich verlor die Zeit. Und das war herrlich so. Egal ob eine Minute oder eine Stunde.

»Hier ist es. Von hier aus laufen wir«, riss Rasso mich aus der Zeitlosigkeit wieder heraus.

Als ich die Hand von der Scheibe nahm, fügten sich die Einzelteile der Welt wieder zu einem Ganzen zusammen. Wir parkten am Rand einer kleinen Straße, die uns in einen Wald hineinführte. Neben uns verlief ein Bach. Ich hatte keine Ahnung, wo wir waren. Rasso führte mich etwas abseits von einem Weg auf einem kleinen Steg über das Wasser hinweg zu einem schmalen Waldweg. Auch hier schien er sich auszukennen. Wieso kannte er überall eine schöne Stelle?

»Du machst jetzt gerade eine Wallfahrt«, stellte Rasso fest.

Ich sah ihn skeptisch an.

»Ja, das ist ein Wallfahrtsweg. Wir gehen nach Mariabuchen. Die großen Prozessionen laufen drüben, auf der anderen Seite des Baches, den Weg entlang und halten an den Marienstationen an.«

Ich konnte die Straße auf der anderen Seite des Bächleins gut einsehen. Wir hingegen liefen neben einer Ansteigung, geschützter, tiefer im Wald. Streuner war begeistert über diesen Ausflug und rannte aufgeregt schnüffelnd hin und her.

»Dort drüben gehen die, die mit Gott gehen, aber hier, meine Liebe«, er grinste mich an, »begegnen wir gleich dem Teufel.«

»Aha.« Wo immer auch Rasso mich nun wieder hinführte, es fühlte sich abenteuerlich an.

»Das hier ist die Teufelskanzel.«

Ich bog um eine kleine Biegung und sah neben mir aus dem Waldboden ein großes rotes Steinmassiv herausragen, das tatsächlich etwas Kanzelartiges bildete.

»Mir kommt's gar nicht teuflisch vor.«

»Ach, dir ist nicht mehr zu helfen. Wer nicht an den Teufel glaubt, glaubt auch nicht an Gott.« Rasso gab mir einen spielerischen Klaps auf den Hinterkopf. »Na, lass mal deiner Phantasie freien Lauf.«

Er sprang auf den Stein, ging in die Knie, streckte seine Arme gekrümmt nach vorne und rief: »Satanisten, kommt her, kommt näher. Das Böse, es ist weit vorgedrungen. Nicht mehr viel kann uns aufhalten.«

Dann winkte er mich näher, und ich schlich halb grinsend, halb widerwillig zu ihm.

»Bald, bald haben wir sie alle gefangen. Sie sind alle schon in unserem Netz. Sie eilen sich, sie jagen dem Geld nach, den flüchtigen Genüssen, sie dienen uns mehr und mehr. Bald sind wir am Ziel.« Die Steine gaben den Worten einen leichten Nachhall, und es klang einfach gruselig.

»Komm runter, das ist mir unheimlich.«

Bereitwillig sprang Rasso von der Teufelskanzel hinunter auf den Weg.

»Das macht die Magie des Ortes. Das war schon immer so, ich habe wirklich das Gefühl, ich könnte böse werden, wenn ich da oben stehe.«

Ich bekam eine Gänsehaut. Es war ein Gefühl, wie in einen Abgrund zu sehen. Ob es wohl wirklich etwas wie Himmel und Hölle gab? Wo würde ich sein nach dem Tod? Wäre ich irgendwie gläubig, wäre es bestimmt leichter für mich, dem Tod entgegenzusehen. Vielleicht würde der Schrecken dadurch etwas gemildert werden. Oder müsste ich mich dann zu sehr fürchten, doch in die Hölle zu kommen? Summierte ich mein Leben auf, hatte ich mehr Gutes oder Schlechtes getan? Was überhaupt hatte ich getan, das blieb? Vor allem, hatte ich die Lebenszeit, die mir gegeben war, gut genutzt?

»Komm weiter, eine Biegung später ist alles vorbei.«

Tatsächlich, kaum dass wir ein paar Schritte weiter waren, legte sich meine Gänsehaut, und der Wald
erschien mir wieder einfach nur noch schön. Es roch
nach Moos, nach feuchtem Waldboden und nach Far-
nen. Plötzlich musste ich grinsen. Zu Hause hatte ich
einen Badezusatz, der hieß »Tannenwald«. – Nein,
der echte Wald war besser. Da lag ich jeden Abend
in meinem Badezusatz »Tannenwald« und hatte so
lange nicht mehr in einem echten Wald gelegen.

Wir liefen schweigend weiter, bis ich auf einmal ein
altes steinernes Gutshaus sah.

»Das ist die Buchenmühle. Da trinken wir jetzt
einen Kaffee.«

Rasso führte mich zu dem alten Gemäuer, das bestimmt schon viele Jahre hier am Bach stand und jetzt
offenbar als Restaurant und Hotel genutzt wurde.
Auf der Terrasse setzten wir uns in bequeme Korb-
stühle und bestellten einen Cappuccino für mich und
einen Espresso für Rasso.

»Wer geht denn hier mitten im Wald in ein Hotel?«

»Ach, ich denke, da gibt es schon welche. Ge-
schäftsreisende, die es hier ruhig haben wollen. Oder
vielleicht auch Wallfahrer. Oben ist die Kirche Mariabuchen.«

Rasso grinste plötzlich schelmisch. »Ich habe hier
auch mal übernachtet. Allerdings nicht im Hotel,
sondern auf dem Parkplatz. Mit meinem Bulli.«

Rassos Augen flackerten, und es war offensichtlich, dass er ein Lachen unterdrückte.

»Was?«, ich sah ihn herausfordernd an, »Da war doch was, oder?«

»Eine doofe Geschichte.«

»Ich mag doofe Geschichten.«

»Nein, also damals war sie gar nicht lustig.«

»Aber vielleicht heute. Erzähl.«

»Ne.«

»Zier dich nicht.«

Er warf seine Rastalocken über die Schultern und grinste mich an: »Okay, aber beschwer dich nachher nicht. Du hast es so gewollt. Es ist eine Bulli-Geschichte.«

Ich stützte meinen Kopf in die Hände und sah ihn erwartungsvoll an.

»Vor etwa drei Jahren war ich hier in der Nähe. Wie gesagt, ich war ja öfter hier in der Gegend wegen meines Cousins. In einer Dorfdisco, ›das Schlösschen‹ genannt. Frag mich jetzt nicht, ob das ein Schlösschen war. Ich hab keine Ahnung mehr, wie es von außen aussah. Innen jedenfalls war eine kleine Tanzfläche. Dort habe ich eine Frau kennengelernt. Katrin.«

»Die aus den Discos heißen immer Katrin«, fügte ich scheinbar ernsthaft nickend hinzu.

»Genau«, grinste Rasso zurück, »Katrin also. Gegen drei Uhr nachts sind wir dann zu dem kleinen

Wald hier gefahren. Hier auf dem Parkplatz habe ich mit dem Bulli geparkt. Ganz am Ende, eigentlich schon im Wald. Fand ich idyllisch. Obwohl wir nicht nach draußen gesehen haben ...«

Rasso trank einen Schluck, und ich sah plötzlich den jungen Mann in ihm, der seine Dorfschönheit aufgabelte und noch in der gleichen Nacht Spaß mit ihr hatte. Vielleicht in dem Moment echt und tief verliebt. Ob er damals schon diese Rastalocken gehabt hatte?

»Ich muss jetzt nicht sagen, dass wir zusammen ferngesehen haben, oder? Jedenfalls ging es bis etwa morgens um sechs. In so einem Bulli, na ja, der wackelt ganz schön mit.« Rasso räusperte sich. Er sah richtig niedlich aus, wenn er sich so zierte.

»Irgendwann gegen Morgengrauen zog sie sich an und verließ den Bulli. Ich bin nackt hinterher. Man hätte niemals in der Früh dort einen Menschen vermutet. Weil wir irgendwann im Laufe des Abends auch draußen am Baum ... ohne dass ein Mensch ... egal.«

Ich musste laut lachen. Ich hatte das Bild vor Augen. Dorfschönheit nach draußen, Rasso hinterher.

»Jedenfalls saßen plötzlich vier Männer gegenüber auf einem gefällten Baumstamm und klatschten Applaus, als wir aus dem Bulli stiegen, der bis gerade eben noch verräterisch gewackelt hatte. Ich war erschrocken, ging sofort zurück und hörte dann von weitem jemanden ›Katrin, was machst du hier?‹ fragen. Durch die Windschutzscheibe sah ich einen Mann schreiend auf den Bulli zulaufen. Ich bin sofort losgefahren, wie bescheuert, die kleine Straße lang bis nach Lohr. Die nächste Stadt. Ich war aber immer noch nackt. Und dort stand ich dann an der Ampel neben einem Polizeiwagen, der mich prompt auf die Seite gewunken hat.«

Mit gespielter Verzweiflung fasste Rasso sich an den Kopf.

»Das hat mich dann vierzig Mark gekostet. Erregung öffentlichen Ärgernisses. Das Problem war, der Polizeibus von denen war genauso hoch wie mein Bulli.«

Schelmisch grinste er mich an: »Aber – die vierzig Mark waren es mir wert.«

Ich lachte: »Und, von Katrin jemals wieder etwas gehört?«

»Ein letzter Kontakt, per SMS. Ich habe nie erfahren, ob es der Ehemann war oder wer auch immer. Nur, dass die Männer dort sonntagmorgens Pilze sammeln wollten.«

»Super Geschichte.«

»Also, glaub mir, die Geschichte ist nur im Nachhinein lustig!«


Wir tranken unseren Kaffee aus und liefen dann zum Bus. Die Sonne warf Strahlen wie einzelne Schwerter durch das Laub der Bäume hindurch. Ganz genau wusste ich plötzlich, dass ich nichts anderes wollte, als hier in diesem Bus sein, Geschichten erleben und Geschichten hören und immer weiter fahren. Und irgendwann den einen finden, der mit mir bis ans Ende meiner Tage mit diesem Bulli fährt.

# Kapitel 11

*Georg*

Georg saß im Büro. Er blickte von seinen Unterlagen auf, konnte sich einfach nicht konzentrieren. Wo mochte Isabel jetzt sein? Immer noch konnte er nicht fassen, dass sie einfach abgehauen war. Geflohen vor der Krankheit, geflohen vor der Diagnose, vor der letzten Bestätigung. Aber mit Sicherheit auch vor ihm. Sonst hätte sie ihm gesagt, wo sie hinwollte. Er hätte sie doch gehen lassen. Wer weiß, möglicherweise wäre er mitgekommen.

Vielleicht hätte er sich einfach vierzehn Tage Urlaub genommen und wäre irgendwo mit ihr hingeflogen. Sie hätten die Zeit genießen können, entspannen, nichts tun, reden.

Aber wahrscheinlich hätte er es nicht getan. Vielleicht war es sogar nett von ihr gewesen, ihn gar nicht erst vor diese Entscheidung zu stellen. Die Arbeit, die verflixte Arbeit. Arbeitete er zu viel? Der Job ging immer vor, aber das war doch bei ihnen beiden so. Oder nicht? Doch, vor einem halben Jahr, da wollte sie Urlaub mit ihm machen. Sie hatte ihm ein paar Vorschläge im Internet gezeigt, eine kleine

Finca auf Mallorca. Er hatte das abgelehnt. Er steckte mitten in einem großen Projekt. Mallorca, Finca, Strand und Natur – das war nicht sein Ding. Aber sie hatte doch Verständnis gehabt, oder?

Sein Blick wanderte zum Telefon. Das ihn geradezu vorwurfsvoll ansah. Er hatte Isabels Arzt noch nicht zurückgerufen. Er wollte die Diagnose gar nicht hören. Und erst recht nicht dem Arzt erklären, warum er nicht mit Isabel sprechen konnte. »Tut mir leid, ich habe keine Ahnung, wo meine, wahrscheinlich todkranke, Freundin ist.« Das klang toll. Alles im Griff hatte er wohl auch nicht mehr. Er wandte sich von dem vorwurfsvollen Telefon ab. Dieses Gespräch musste bis morgen warten. Vielleicht meldete Isabel sich ja heute Abend bei ihm.

Ob sie sich einsam fühlte? So einsam, wie er sich gerade fühlte. Eigentlich war sie unglaublich mutig, einfach so aufzubrechen. Er war eher der Typ, der alles plante. Aber sie doch eigentlich auch? Veränderte die Krankheit sie? Oder wurde einem mit Blick auf ein mögliches früheres Ende erst klar, was einem wirklich wichtig war?

Was war ihr eigentlich wirklich wichtig? Irgendwie wusste er das nicht genau. Der Gedanke erschreckte ihn. Warum wusste er das nicht?

Vor einer Woche noch hätte er es jedem erklären können. Isabel und ihm war die Arbeit wichtig. Weil es der interessanteste, herausforderndste, entscheidendste Job überhaupt sein konnte. Weil es wunderbar war, den Tag zusammen mit den brillantesten Köpfen des Landes und mit den Wirtschaftsbossen der großen Unternehmen zu verbringen. Weil es Spaß machte, die richtige Lösung, die richtige Strategie für ein Unternehmen zu finden. Und weil sie nebenbei ein luxuriöses Leben führen konnten, wenn auch die Work-Life-Balance wohl nicht immer so ausgeglichen wie bei anderen war. Dafür standen er und Isabel. Wenn aber die Zeit plötzlich endlich wurde, merkte man vielleicht, dass etwas anderes im Leben wichtiger war.

Georgs Blick streifte die grauen Aktenordner auf dem schicken modernen Designerschreibtisch. Er nahm einen Schluck aus seiner Kaffeetasse und blickte in den kleinen Ausschnitt Himmel, den ihm sein Bürofenster bot. Vielleicht weil er nicht einmal wusste, was ihm selbst wichtig war.

Wann hatte er sie verloren? Irgendwann musste er sie verloren haben. Sonst wäre sie jetzt nicht einfach fort.

Er hatte es nicht bemerkt, wann es passiert war.

# Kapitel 12

Als wir zum Bus kamen, trauten wir unseren Augen nicht: Im Wageninneren war eine Gans. Wir hatten die Tür aufgelassen, damit sich die Hitze nicht so staute, und nun plusterte sich direkt in der Türöffnung eine große Gans auf. Streuner bellte laut, versteckte sich aber schnell hinter unseren Beinen, als die Gans zu zischen begann und drohend mit ihren Flügeln flatterte. So ein Tier war ganz schön groß.

»Scheuchst du sie raus?«, fragte ich und drehte mich zu Rasso um. Die Antwort stand ihm ins Gesicht geschrieben. Mit aufgerissenen Augen starrte er das Tier an: »Nein, auf keinen Fall.«

»Das ist ein Vogel, Rassolein«, versuchte ich zu vermitteln.

»Vergiss es. So ein Viech hat mich mal gebissen. Die sind schlimmer als jeder Kampfhund. Vergiss es, ich geh keinen Schritt näher.« Rasso blieb stehen, Streuner bellte wie wahnsinnig, hüpfte hin und her, aber auch er wagte sich keinen Schritt näher an das Tier heran. »Gib mir mal die Autoschlüssel.« Rasso reichte mir die Schlüssel, ohne dabei die Gans auch nur einen Sekundenbruchteil aus den Augen zu lassen.

»Das hier ist jetzt kein Western, die zieht keinen Colt, wenn du wegschaust«, lachte ich.

Rasso reagierte nicht einmal.

Seufzend nahm ich die Schlüssel, summte die Melodie von »Spiel mir das Lied vom Tod« vor mich hin und ging auf den Bus zu. Dann stieg ich auf den Fahrersitz und ließ den Motor an. Das würde die Gans schon vertreiben.

Fehlanzeige, sie ignorierte mich einfach, hatte sich wieder gemütlich hingesetzt und beobachtete Rasso und den Hund. Irgendwie musste ich sie doch vertreiben können! Ich drehte das Radio auf – volle Lautstärke. Keine Reaktion.

Also drehte ich mich um und ging mit gebücktem Kopf und wedelnden Händen im Bus auf sie zu. Auf einmal hatte ich ihre volle Aufmerksamkeit. Sie plusterte sich wieder auf und zischte mich an. Eindeutig auf Angriff gepolt. Rassos Reaktion schien mir jetzt durchaus verständlich. Schnell trat ich den Rückzug an und stieg aus. Mein Blick fiel auf einen Wasserschlauch, der ein paar Meter weiter im Gras lag. Nicht ohne die Gans aus den Augen zu lassen, hob ich den Schlauch auf und richtete ihn auf den Bus. Rasso war noch ein paar Schritte zurückgewichen und stand grinsend mit verschränkten Armen da: »Nun hast auch du die Ernsthaftigkeit der Situation erkannt. – Den Gegner niemals aus den Augen lassen. Richtig so!«

Ich würdigte ihn keines Blickes, sondern drehte den Schlauch auf. Ein zarter Sprühregen ergoss sich über die Gans, die erneut ihre Schwingen ausbreitete und offensichtlich die Dusche genoss.

Plötzlich stand die Wirtin aus der Buchenmühle vor uns. Ob sie uns schon länger beobachtet hatte? Jedenfalls grinste sie nur, zupfte von einer Semmel, die sie in der Hand hielt, ein paar Krumen ab und warf sie auf den Boden. Die Gans sprang sofort aus unserem Bulli und begann zu fressen. Als die Wirtin das halbe Brötchen ein paar Meter weiter warf, watschelte die Gans hinterher.

Ich flitzte zum Bulli und schloss die Tür. In einem großen Bogen kam Rasso zur Beifahrertür und sprang, dicht gefolgt von Streuner, auf den Sitz neben mir.

»Mörder, das sind echte Mörder.«

»Ne, das war 'ne Gans.« Ich fuhr los. »Hast du eine Gänsephobie, oder was?«

»Ich weiß nur, zu was die fähig sind!« Rasso schüttelte sich.

»Man muss wissen, wo der Feind ist. Gänse sind Mörder.« Ich blickte ihn von der Seite an. Eigentlich müsste ich mich in ihn verlieben. An ihm war alles liebenswert. Er hatte es nie nötig, irgendeine Fassade aufzubauen. Georg hätte zumindest versucht, sich männlich zu geben, und hätte im Zweifelsfall dann behauptet, kein Mensch der Welt hätte es mit dieser Kampfgans aufnehmen können. Wenn Rasso Angst hatte, hatte er eben Angst und zeigte das auch genauso. Wenn er sich freute, freute er sich. Wenn er lebte, lebte er ganz. Ein Mann zum Verlieben. Absolut. Es war genau das, was ich mir von einem Mann wünschte, wurde mir klar. Kein James Bond, sondern Ehrlichkeit, Echtheit.

Aber ich verliebte mich nicht. Er war ein Kumpel, ein allerbester Freund, kein Mann für mich. Er brauchte wahrscheinlich seine Sängerin, die mit ihm von Gig zu Gig zog. Ja, die brauchte er. Das würde schon werden. Es kommt, wie es kommt, würde Rasso sagen.

»Du, ich muss jetzt nach Freilassing zurück, wegen des Bestatters, du weißt schon. Ist es okay, wenn wir wieder in den Süden fahren?«

»Glaubst du, jetzt suchen sie uns nicht mehr?«

Rasso grinste. »Ich glaube, in Freilassing vermutet uns jetzt keiner mehr. Und außerdem, ich muss halt.«

Ich zuckte mit den Schultern. »Okay.« Mir erschien die ganze Situation immer noch unwirklich. Waren wir ernsthaft vor der Polizei geflohen? Würde mir wirklich jemand einen Banküberfall zutrauen? Immerhin war die Beute noch hinten im Bus. Wir hatten das Geld nicht mal gezählt. Im Radio war von 50 000 Euro die Rede. Ob es wirklich so viel war? Irgend so etwas musste es sein. Ich hatte keine Lust, es zu zählen. Lieber keine Fingerabdrücke darauf hinterlassen.

Welch absurde Situation. Vielleicht könnten wir das Geld einfach anonym zurückgeben, dann wäre alles gut. Ob allerdings Rasso damit einverstanden wäre, bezweifelte ich. Egal, erst einmal zurück nach Freilassing. Irgendwann musste ich das Geld zurückgeben, eigentlich war mir das klar.

Ich ließ die Landschaft an mir vorbeiziehen und hörte die seltsame Musik, die Rasso einlegte. Als er meinen fragenden Blick sah, erklärte er mir: »Das ist LL Cool J – kennst du den?«

Ich schüttelte den Kopf.

»Das ist meine Musik. Pop-Rap. So was mache ich auch. – Beastie Boys kennst du aber?«

Vage zuckte ich mit den Schultern, den Namen hatte ich wohl schon mal gehört.

»Das ist gute Musik mit einem guten Beat. Und mit echt guten Texten.«

»Also alles gut«, grinste ich.

»Und wer singt jetzt in deiner Band?«

»Das ist das Problem. Im Moment niemand. Caro mag nicht mehr mit mir singen.«

»Sag mal, hast du eigentlich um sie gekämpft?«

Rasso warf mir einen kritischen Seitenblick zu: »Gekämpft? – Ich bin doch kein Ritter mit Schwert und Degen!«

»Du kannst auch Worte benutzen statt den Degen«, lachte ich, »hast du ihr gesagt, wie sehr du sie liebst? Hast du ihr das Blaue vom Himmel versprochen? Sie gefragt, ob sie das Leben mit dir teilen will?«

»Ach, sie weiß doch, dass ich alles für sie machen würde.«

»Manchmal muss man das aber auch sagen. Und immer wieder. Ihr Blumen kaufen. Und Liebeslieder singen …«

Rasso sagte ein paar Minuten lang nichts mehr.

»Ich bin kein guter Kämpfer. Ich bin einfach gegangen, als der andere kam.«

»Wenn es wichtig ist, muss man aber kämpfen.«

Rasso antwortete nicht, aber ich konnte sehen, dass er nachdachte.


Wir nahmen die Abfahrt nach Freilassing, und ich hatte das Gefühl, in eine heile Welt einzutauchen. Felder, Bauernhäuser, sogar ein Mädchen im Dirndl fuhr uns auf einem Fahrrad entgegen. Der kleinen Hauptstraße folgten wir nur kurz. Mir fiel ein Flugzeug auf, das fast auf der Kirchturmspitze zu landen schien.

»Der Flughafen ist sehr nahe«, kommentierte Rasso, »hier ist es sogar verboten, Luftballons bei Hochzeiten steigen zu lassen. Das Helium gefährdet angeblich den Flugverkehr.«

»Wirklich?«

»Ja, aber weiße Tauben darf man steigen lassen.«

»Ach, die werden dann wohl nur von den Flugzeugen gebraten?«

Rasso lachte laut und bog in eine kleine, ruhige Nebenstraße ein. Er hielt an einem traditionellen Bauernhäuschen, von dessen Fensterbänken standesgemäß rote Geranien hingen.

Rasso parkte direkt vor dem Haus und winkte mich hinein. »Das ist das Haus meiner Mutter.«

Streuner legte sich in den Garten, als ob er schon immer das Haus bewacht hätte.

Hinter der Eingangstür standen wir in einem engen, verwinkelten Flur. Auf einigen Haken hingen zwei Jacken und eine Strickweste. Als ob sie noch nicht wüssten, dass ihre Besitzerin sie nie mehr tragen würde.

Im kleinen Wohnzimmer dominierte der Eichenschrank mit dem Fernseher in der Mitte. Und auf dem dunklen Esstisch war fein säuberlich die Häkeldecke ausgebreitet.

»Schon seltsam, dass das jetzt nicht mehr mein Zuhause sein soll«, sagte Rasso plötzlich. »Ich wollte immer nur weg von hier, aber nur solange es da war. Verstehst du, was ich meine?«

Ich zuckte mit den Schultern.

»Wovon soll ich denn jetzt weg, wenn es das alles nicht mehr gibt?«

»Musst du dir halt dein eigenes Zuhause einrichten.«

»Schon, aber das klingt dann nach Frau und Familie, und das will ich nicht, jetzt jedenfalls noch nicht.«

Ich fragte mich wieder einmal, wie alt Rasso eigentlich sein mochte, aber Männer hatten ja ewig Zeit für die Entscheidung, ob sie eine Familie haben wollten oder nicht.

»Leben deine Eltern noch?«, fragte Rasso.

»Nein«, sagte ich, »beide nicht mehr.«

»Was machst du eigentlich beruflich?«

»Ich bin Consultant, Unternehmensberaterin.« Fast hätte ich gesagt, ich *war*.

»Das habe ich noch nie kapiert, was die machen.«

»Wir gehen in eine Firma hinein und betrachten die Prozesse. Wenn man als Außenstehender, unvoreingenommen und mit sehr viel Branchen-Knowhow, etwas analysiert, kann man schnell Fehler entdecken, die in Firmen oft seit Jahren gemacht werden. Das tun wir und erklären, wie es weitergehen soll.«

»Ich dachte, Unternehmensberater holt man nur, um die Leute rauszuschmeißen.«

»Ganz so ist es nicht. Wir sind extrem gut informierte sachliche Branchenanalysten – der Rest sind Vorurteile.«

Ich kannte die üblichen Sprüche, die man uns Unternehmensberatern entgegenhielt: Kaputtrechner, Zerstörer, Menschenverachter. Normalerweise schmetterte ich sie mit ein paar wohleingeübten zynischen Kommentaren ab. Diesmal schluckte ich diese Erwiderungen herunter.

»Also keine Rausschmeißer?«

»Nur manchmal, wenn das eben gerade wirtschaftlich ansteht. Ja, manchmal braucht man uns auch als Buhmann. Aber das ist meistens nicht unsere Hauptarbeit.«

»Weißt du was, meine Mama hätte dir einen Eierlikör angeboten. Den trinken wir jetzt.« Rasso öffnete eine Schranktür neben dem Fernseher, hinter der eine Bar mit eingebautem Spiegel versteckt war. In den Siebzigern war das bestimmt topmodern gewesen. Neben einigen geschliffenen Kristallgläsern stand eine einsame Eierlikörflasche. Rasso nahm zwei Likörgläser und schenkte uns ein. Wir setzten uns an den Tisch und stießen an.

»Auf deine Mama.«

»Mama, auf dich. Und darauf, dass du mit Papa jetzt an einem Tisch sitzt und einen himmlischen Eierlikör trinkst.« Ich lehnte mich zurück. Was für eine schöne Vorstellung eigentlich. Mama und Papa sitzen am Tisch und trinken einen himmlischen Eierlikör. Mit wem säße ich da oben am Tisch? Mit Georg bei himmlischem Champagner? Irgendwie war das schwer vorstellbar. Mit meinen eigenen Eltern? Eher nicht. Bei mir wäre da ein schwarzer Fleck an meiner Seite, ich konnte mir nicht ausmalen, neben wem ich da oben für immer und ewig sitzen wollte. Aber alleine auch nicht. Es war, als ob da neben mir unter einem nebligen Umhang jemand saß, den ich noch nicht erkennen konnte.

Das war ein Gedanke, der mir plötzlich wirklich Angst bereitete, nicht nur zu sterben, sondern dann einsam zu sein, allein gelassen, nicht zu wissen, zu wem ich mich dann gesellen möchte. Wahrscheinlich lag es ja auch nicht in meiner Entscheidungsgewalt. Aber es wäre eine schöne Vorstellung gewesen, sich auszumalen, an der Seite welcher anderen Seele man dann wäre. Wieso war da bei mir nur ein schwarzer Fleck?

Mir wurde ganz kalt. Ich rief mich selbst zur Ordnung, zurück zum Thema Unternehmensberater, da war es nicht so düster und kalt.

Ich griff den Faden wieder auf: »Nein, die Vorurteile sind schon auch berechtigt. Manchmal werden wir nur geholt, weil die Vorstände Angst haben, die negativen Maßnahmen, von denen sie längst wissen, dass sie getroffen werden müssen, auch umzusetzen. Dann holt man uns, erklärt uns von vornherein die Situation, wir analysieren natürlich noch ein wenig herum, und dann geben wir die Einschnitte als unser Ergebnis aus. Dahinter können sich die Geschäftsführer verstecken. Wir sind danach wieder fort und gelten als die Bösen.«

Rasso nickte, obwohl ich den Eindruck hatte, als ob ihn das nicht wirklich interessiere. Ich fragte mich plötzlich, ob mich diese oft vorgetragenen Erklärungen eigentlich selbst interessierten.

»Und du, was machst du außer Musik noch?«, fragte ich ihn.

»Ich wollte eigentlich nach dem Abi Psychologie studieren. Aber irgendwie war das echt weit entfernt vom Leben. Und die Typen, die das studieren, sind alle selbst Psychos. Das war irgendwie nichts für mich. Im letzten Jahr habe ich dann mit dem Studium aufgehört. Ich möchte einfach gerne nur Musik machen. Mit meiner Band haben wir in München und Umgebung immer wieder mal Auftritte. Aber so richtig zum Geldverdienen reicht es eben auch nicht. Eine Zeitlang habe ich früh und mittags einen Behindertenbus gefahren. Und im Naturerlebniszentrum in Pullach mache ich Waldführungen. Halt erst mal ein bisschen Geld verdienen. Mal sehen.«

Er schenkte uns nach.

Während er seinen Eierlikör schlürfte, wanderten seine Augen durch das altmodische Wohnzimmer, als ob er darin nach seiner Mutter suchte.

»Meine Mutter war stolz auf mich, als ich das Abi hatte, wenn auch mit zwei Ehrenrunden, und frag nicht, wie. Sie hätte gerne gesehen, dass ich Medizin oder so was studiere. Aber das ist echt nichts für mich. Ich brauche was mit Menschen und so, und nicht ganz so viel Stress. Schade, dass sie noch mitbekommen hat, dass das mit meinem Studium nichts geworden ist. Das hat ihr Sorgen gemacht. Ich habe ihr immer Sorgen gemacht. Meinem Dad nicht, der war Automechaniker und wollte, dass ich das auch mache.«

»Hast du aber nicht?«

»Ich fand es ja auch immer ganz gut, mit ihm unterm Auto zu liegen und zu schrauben. Aber als Beruf – nein.« Rasso nahm noch einen Schluck Eierlikör, goss nach und fügte dann hinzu: »Den Bus, den haben wir zusammen immer wieder repariert. Eigentlich bin ich irre froh, dass ich ihn jetzt vielleicht doch nicht verkaufen muss, ist irgendwie auch eine Erinnerung an meinen Vater. Aber im Moment brauche ich wirklich mal Kohle, ich kann sonst die Miete nicht mehr zahlen.«

Er lehnte sich zurück.

»Außerdem hatte ich auch das Gefühl, ich sollte ihn verkaufen.«

Ich sah in seine ungewöhnlich streng zusammengekniffenen Augen und ahnte die Beweggründe dafür.

»Weil deine Mutter gestorben war. Und du dachtest, du müsstest auch mal erwachsen werden.«

Verwundert sah er mich an. »Ja, irgendwie so. Ich verstehe es selbst nicht ganz.«

»Mir ging es damals auch so, als meine beiden Eltern tot waren. Ich fühlte mich alleine und hatte das Bedürfnis, jetzt unbedingt beweisen zu müssen, dass ich alles selbst in den Griff bekommen würde. Es mir zu beweisen. Ich habe damals erst mal eine private Rentenversicherung abgeschlossen.« Als ich das sagte, kam es mir ziemlich lächerlich vor. Keine Ahnung, ob es für mich noch eine Rente geben würde.

»Stimmt, Isabel. Genauso fühlt sich das an. Dass man es jetzt einfach allein schaffen muss – keiner einem hilft. Und deswegen wollte ich das Geld vom Bus für die Musik verwenden, für eine neue Anlage, damit wir endlich mal auch vor größerem Publikum auftreten können. Sonst wird das alles nie was.«

Ich konnte ihn gut verstehen. Er gab den Bus auf in der Hoffnung, sich die Zukunft zu sichern. Und ich hatte keine Zukunft mehr, dafür jetzt den Bus.

Ich nahm noch einen Schluck von dem herrlich süßen Eierlikör, der mich entfernt an frühere Skiurlaube erinnerte – gab es da nicht heiße Milch mit Eierlikör? »Und dein Vater, der hat sich keine Sorgen um dich gemacht?«

»Nein, der fand es unnötig, dass ich so lange Schule mache. Habe ich wahrscheinlich auch nur getan, weil ich dann nachmittags frei hatte. In der Ausbildung hätte ich mehr arbeiten müssen. Mein Dad hat immer gesagt, Abi ist zwar unnötig, aber ich könne auch mit dem Abi die Ausbildung anfangen.«

»Willst du aber jetzt auch nicht?«

Rasso zuckte mit den Schultern. »Irgendwie hoffe ich immer, dass es irgendwann – bäng –«, er klatschte in die Hände, und seine Augen strahlten, »klappt mit der Musik und ich davon leben kann. Das wär's!«

Kurz stützte er seinen Kopf in beide Hände, so dass die Rastalocken seitlich wie zwei Zöpfe hochstanden, dann sah er auf zu mir: »Du machst immer alles straight, oder?«

»Ja, jedenfalls habe ich direkt nach dem Abi studiert, ein Jahr in Boston, dann promoviert, und anschließend gleich in die Unternehmensberatung. Dort gilt ›up or out‹, bei mir ging's nur up.«

»Aber besonders gechillt und glücklich siehst du auch nicht aus.«

»Hm.«

»Jedenfalls, die Aktion mit dem Bus war cool.«

»Finde ich auch.«

Rasso stand auf. »Schluss jetzt mit Eierlikör. Ich muss die Kommode holen.«

Ich ging hinter Rasso die enge Treppe hinauf. »Und du erbst hier nichts?«

»Nein, das Haus ist gemietet. Meine Mutter kam

gerade so aus mit ihrer Rente, manchmal nur schwer. Das hier drin ist alles nichts wert. Das wird in den nächsten Wochen entrümpelt. Nur die Kommode, das war Mamas Herzstück.«

Im winzigen Schlafzimmer stand die Kommode. Es war ein altes dunkelblaues, halbhohes Möbelstück mit drei Schubladen. Vorne und oben war sie mit üppigen, detailreichen Blumenmalereien verziert. Ein schönes Stück, das sich auch in meiner Designerwohnung gut gemacht hätte.

Rasso sah mich skeptisch an: »Isabel, könntest du vielleicht mit mir das Teil die Treppe runtertragen?«

»Oje, die ist doch aber wahrscheinlich ziemlich schwer.«

»Ich baue auch zuerst die Schubladen aus.« Rasso zog die Schubladen heraus und versuchte, den komplizierten Hebelmechanismus, der die Laden hielt, zu verstehen.

Ich setzte mich auf das Bett, das auch mit einer weißen Häkeldecke bedeckt war. Auf dem Nachttischkästchen stand ein Schwarzweißbild, das ich nahm, um es mir genauer anzusehen. Eine alte kleine Frau, in deren Zügen ich Rasso zu erkennen glaubte, stand neben einem großen, schlanken Mann. Ihr Arm war unter seinen gehakt. Obwohl sich beide vor dem Fotografen nicht wirklich wohl zu fühlen schienen, standen sie ganz eng und vertraut beieinander. Es gab die Ehepaare, die nach vielen Ehejahren nur noch nebeneinander standen, möglichst mit voneinander abgewandtem Blick. Diese beiden standen beieinander, eng, sich aneinander festhaltend. Wie musste eine solche Ehe aussehen, damit man so nebeneinander stehen konnte. Ich wusste es nicht wirklich.

Rasso hatte es endlich geschafft und trug die ersten zwei Schubladen nach unten.

Komisch, da saß ich in einem fremden Schlafzimmer, betrachtete Bilder und hatte zum ersten Mal seit Jahrzehnten nicht das Gefühl, es eilig zu haben. Kein Termin.

So beengt das Zimmer war, strahlte es auch Ruhe aus. Durch das kleine Sprossenfenster waren nur zwei alte Tannen und ein Stück Himmel zu sehen.

»So, die noch, dann versuchen wir es, okay?« Rasso trug die dritte Schublade hinunter und kam mit ein paar Sprüngen, immer mehrere Treppenstufen nehmend, wieder herauf.

»Also los.«

Ich stand auf und ging an die eine Seite der Kommode.

»Nimm sie mit der einen Hand unten und mit der anderen seitlich.« Ich packte an und hob mit Rasso das schwere Möbelstück um wenige Zentimeter. Zu Hause hätte ich einen Möbelpacker kommen lassen.

Jede Stufe war anstrengend. Bei der Kurve stöhnte ich und sagte zu Rasso, der am unteren Ende die

meiste Last der Kommode trug, dass ich kurz abstel-
len müsste. Rasso hielt jetzt die Kommode alleine
weiter, und auf seiner Stirn bildeten sich Schweiß-
perlen. Ich hob wieder an. Stufe für Stufe.

»Rasso, alter Schwerenöter, nie ohne Frau unterwegs, und die lässt du dann auch noch für dich
schuften.« Ich konnte nur die Stimme unten in der
Eingangstür hören, aber durch die Kommode nichts
sehen.

»Piet, quatsch nicht, pack mit an.«

Ich sah, wie ein dunkelhaariger Lockenschopf sich
seitlich an der Kommode vorbeidrückte, bis mich
zwei schwarze Knopfaugen anfunkelten. »Hübsch«,
grinste er mich an und schlang von hinten seine
Arme um mich, um die Kommode abzunehmen. Ich
nahm die selbstverständliche Berührung wahr und
roch einen Hauch von Pfefferminzduft. Erleichtert
schlüpfte ich unter den Armen des Mannes durch,
als er das Gewicht der Kommode hielt. Ich war nicht
sicher, ob ich das bis unten geschafft hätte. Schön,
wenn einfach ein Mann kam und einem alle Last ab-
nahm. Ich ließ mich auf die nächste Stufe plumpsen, atmete erleichtert aus und beobachtete ihn,
wie er mit scheinbar leichter Hand das für mich so
schwere Stück hinunter- und direkt in den Bus hinein
trug.

Anschließend kamen sie zurück.

»Das ist mein alter Freund Peter Flaucher, genannt

Piet der Schreckliche«, stellte mir Rasso den Helfer aus dem Nichts vor.

»Piet ja, schrecklich hat sich Rasso gerade ausgedacht.« Er streckte mir die Hand entgegen und blinzelte mich verschwörerisch mit seinen braunen Augen an. »Also, gleich von vornherein. Glaub Rasso nichts, was er sagt, vertrau ihm nicht, lass dir nichts versprechen, was er eh nicht halten kann, ansonsten ist er der beste Typ, den es auf dem ganzen Erdball gibt.«

Wahrscheinlich hätte ich ihm jetzt erklären können, dass eine solche Belehrung in meinem Fall nicht nötig war, aber ich nickte nur: »Glaube ich alles.«

»Piet räumt mir das Haus aus«, erklärte Rasso. »Ein paar Sachen kann er vielleicht noch verkaufen, den Rest bringt er zum Sperrmüll. Und dann muss ich mich um nichts mehr kümmern. Ich zeig ihm schnell noch mal alles.«

»Ich bleibe hier draußen sitzen«, erklärte ich und setzte mich neben Streuner, der mich mit freundlich wedelndem Schwanz begrüßte, auf die Holzbank, die neben der Eingangstür stand. Plötzlich spürte ich wieder den stechenden Schmerz in meinem Magen. Die Kommode hatte mir nicht gutgetan. Der Schmerz war so stark, dass mir übel wurde. Ich lehnte meinen Kopf gegen die Hauswand und versuchte ruhig ein- und auszuatmen.

Nach wenigen Minuten ging es wieder besser. Nicht mehr ganz so schlecht, halbgut, denke ich, »semi«.

Semimaligne ist ein Mittelding zwischen benigne und maligne. Mir war immer noch ein wenig schwindlig. Nicht gut, *benigne, bene, bonus, bon, bien*, nicht schlecht, *maligne, malus, mauvais, male* (nicht maskulin, nein), sondern eben semi, nichts Halbes und nichts Ganzes. Den kleinen Anflug von Übelkeit versuchte ich zu unterdrücken. Ich wollte mich ablenken und überließ mich meinen fliegenden Gedanken. Platon hat die Tugend definiert als das Mittelmaß zwischen zwei Extremen. Zwischen Feigheit und Tollkühnheit liegt die Tapferkeit, zwischen Geiz und Verschwendung die Freigiebigkeit, zwischen maligne und benigne liegt dann sicherlich semimaligne. Gerechtigkeit definierte Platon als Mitte zwischen Unrecht tun und Unrecht erleiden. Die Männerfaust tat mir Unrecht, ich erlitt es, dann war das Geschwulst wohl die Gerechtigkeit. Wofür? Was verdammt noch mal hatte ich getan?

Ich schüttelte mich, wie um diese Gedanken zu vertreiben. Wenn ich das Gefühl hätte, dass mir mit der Krankheit Unrecht getan wird, dann würde ich immerzu hadern, jammern, daran und darunter leiden. Vielleicht wäre es gut zu glauben, dass sie irgendeinen Sinn hat, was auch immer. Man könnte sich in die Krankheit ergeben und hätte eine Chance, die verbleibende Zeit zu genießen. Aber irgendwie schien mir auch das fremd. So als ob mich die Männerfaust aus Versehen, zufällig getroffen hatte. Andererseits war da der Bus, der gelbe Bus, der war das, was mich mit der zufälligen Männerfaust versöhnte. Vielleicht machte es doch Sinn?

Ein ziemlich hoher Preis, sogar für diesen tollen Bus. Wieder schüttelte ich hilflos den Kopf. Nein, ich sah hier keine Lösung. Vielleicht weil es keine gab. Außer, die Dinge so zu nehmen, wie sie waren.

Es half nichts, ich konnte mich nicht ablenken, mir war kotzübel.

Semimaligne: Destruktion und Infiltration. So sah's aus. Aber eben nur halb. Allerdings semimaligne, nicht semibenigne, das sagte alles. Halbschlecht, halbböse. Fühlte sich verdammt schlecht an.

»Geht's dir nicht gut, du bist ganz blass?« Rasso stand mit Piet vor mir.

Tief durchatmen. »Nein, alles okay, mir ist nur der Kreislauf etwas weggesackt.«

Piet sah mich an: »Ich kenne das beste Mittel gegen Kreislaufprobleme: Der Zwetschgenkuchen meiner Mutter, mit einer Riesenportion Schlagsahne! – Komm. Ist gleich um die Ecke.«

Zögernd und mit etwas wackligen Beinen stand ich auf, und Piet legte seinen Arm um mich. »Warum immer der Rasso die hübschesten Frauen abkriegt?«

Kurz fragte ich mich, warum Piet uns überhaupt ein Verhältnis zutraute. Ich musste mindestens zehn Jahre älter sein als die beiden. Und dass wir aus zwei unterschiedlichen Welten kamen, war doch offensichtlich. Ein Blick auf meinen orange-blauen Mondenrock und ein Griff in meine mittlerweile völlig verstrubbelten Haare sagten mir allerdings, dass ich mir da plötzlich nicht mehr ganz so sicher sein konnte.

»Aber manchmal habe ich ihm auch die Frauen ausgespannt«, grinste Piet mich an.

»Na, aber nur, wenn ich das auch zugelassen habe«, brummte Rasso.

Als ich aufgestanden war, folgte Streuner mir sofort.

»Dein Hund?«, fragte mich Piet.

Ich machte eine vage Handbewegung, die alles oder nichts bedeuten konnte.

»Süßer Köter«, sagte Piet und sah mich dann fröhlich grinsend an.

Wir bogen in eine Seitenstraße ein und standen vor einem großen, echten bayerischen Bauernhaus mit rotblühenden Pelargonien an allen Balkonen. Piet winkte uns in die Küche, die aussah, als ob sie bereits vor hundert Jahren mit schweren, schönen Holzmöbeln eingerichtet worden war.

»Setz dich«, lächelte mich Piet an, »das ist das Haus meiner Mutter. Steht unter Denkmalschutz!

Wenn ich nicht in meiner Wohnung in München bin, sondern bei meinen Feldern, wohne ich hier.«

Ich setzte mich und konnte nicht anders als zurückgrinsen.

»Er forscht, auf diesen Feldern«, kommentierte Rasso, wie mir schien, ein wenig mürrisch.

Bevor ich weiter fragen konnte, holte Piet aus der Speisekammer ein Blech mit Zwetschgenkuchen.

»Und jetzt bekommst du ein Riesenstück, damit mal was auf deine mageren Rippen kommt«, erklärte er und schnitt uns drei große Stücke ab, holte Sahne aus dem Kühlschrank und filterte den Kaffee durch einen weißen Porzellanfilter in eine Kaffeekanne, die mit roten Blumen übersät war. Mit einem Blick auf meinen Rock sagte er: »Mondenkind, rück ein Stück«, und setzte sich zu mir auf die Bank.

Mit jedem Bissen erholte ich mich ein wenig, und die Schmerzen ließen nach. Die beiden Männer unterhielten sich über das Ausräumen des Hauses und wem sie noch etwas von den Dingen anbieten könnten. Streuner fütterte ich unauffällig mit meinen Resten. Er mochte Zwetschgenkuchen mit Sahne auch sehr.

Und ich merkte verwundert, dass ich die Nähe Piets genoss, der ab und an scheinbar unabsichtlich meinen Arm mit seinem streifte.

Es gibt Freunde, die Kraft geben, und solche, die Kraft nehmen. Piet und Rasso waren Freunde, die sich Kraft gaben, das konnte ich sofort sehen. Das war eine Freundschaft wie ein Atomkraftwerk, Energie aus sich selbst heraus, oder ein Perpetuum mobile, das Energie schafft. So waren die bestimmt schon, als sie sich zum ersten Mal in der Schule getroffen hatten, saßen zufällig nebeneinander, und plopp, klares Verständnis, der tut mir gut, nicht ausgedrückt natürlich, nur gefühlt, nichtsdestoweniger klar.

Ich hatte immer eher die kraftziehenden Freunde, die habe ich angezogen wie ein Magnet, ausgesucht – könnte man mir vorwerfen, ich glaube, eher angezogen. So wie Erika, die blassblonde, die in der fünften Klasse neben mir saß und dort jahrelang sitzen blieb, obwohl ich das Jahr für Jahr nicht wollte. Die mir mit ihrer Ernsthaftigkeit jeden Schulspaß austrieb, die mich immer zum Vernünftigen überredete, die es besser wusste als ich. Warum habe ich mich eigentlich nie von ihr weggesetzt? Vielleicht waren gar nicht so viele da, die neben mir sitzen wollten, oder mir fehlte einfach der Mut, zu Erika zu sagen, nein, neben dir will ich nicht mehr. Ich war jedenfalls also ein Typ, der die Kraftraubenden um sich versammelte, die Komplizierten, die lieber von sich selbst reden, meistens jammern, die ihre Probleme vor sich hertragen wie Staatsfahnen. So einer war Georg nicht, keine Probleme, klare Erfolgslinie, immer nach oben, mit dem Champagner in der Hand und dem Lachen auf den Lippen. Aber manchmal blieben bei ihm am Wegesrand die Freunde liegen. Vielleicht weil er sich die falschen aussuchte, die in ihm eher den Geschäftspartner, den erfolgreichen Businessmann sahen? Viele seiner kurzfristigen Freunde mochte ich nicht, aber es waren auch nette dabei gewesen. Der Deutsche mit italienischer Mutter und französischem Vater, der kochen konnte wie ein Gott und einen Fisch so zerlegen, dass man bei ihm gerne mal Frau gewesen wäre … der dabei aber einen so jungenhaft-ehrlichen Charme versprühte, dass man ihn gerne seiner venezolanischen Freundin überließ. Der hätte ein echter Freund werden können, einer, dem man mit der Bierdose in der Hand von seinem Liebeskummer erzählen kann. Der zuhören kann und Mut zusprechen. Mit dem man dumme Witze erzählen und grundlos lachen kann. Wo war der eigentlich hin? Hatte Georg sich um solche Menschen einfach zu wenig gekümmert? Oder hatte Georg noch nie in seinem Leben bei einer Bierdose seinen Kummer geteilt? Oder wäre es meine Aufgabe gewesen, die kluge, nette venezolanische Ärztin anzurufen und die gemeinsamen Treffen zu organisieren? Schade jedenfalls.

Piet und Rasso erzählten sich etwas, das ich nicht mehr verstand, weil ich den Anfang nicht mitgekriegt hatte. Diese Vertrautheit, mit der sich ihre Schultern berührten, wortloses Einverständnis.

»Bist du noch mit der Elisabeth zusammen?«, fragte Rasso jetzt Piet.

»Nein, das hat nicht mehr hingehauen.«

»Fesch war sie schon«, wandte Rasso ein.

»Aber das reicht nicht zum Leben«, sagte Piet.

»Was reicht denn zum Leben?«, es war das erste Mal, dass ich mich in das Gespräch einmischte.

Piet sah mich an. »Weißt du, eine Frau muss mit mir im Gras liegen können, und wir erzählen uns gegenseitig Geschichten über die Grillen. Eine Frau muss sich mit mir über Politik streiten können. Mit einer Frau will ich hier in Freilassing auf den Feuerwehrball und nach Wien auf den Opernball gehen können. Mit einer Frau muss ich lachen können. Sie muss sich für meine Arbeit interessieren. Und sie muss wissen, wo die schwarzen Flecken auf dem Mond sind. Dann reicht es zum Leben.«

»Ist das nicht ein bisschen viel verlangt?«

»Ja, aber sonst reicht es nicht.«

»Und sie muss es schaffen, sich mit mir den ›Himmel über Berlin‹ anzusehen. Bis zum Ende.« Piet lachte laut auf. »Daran ist bisher jede gescheitert. Sie sind immer alle dabei eingeschlafen.«

Rasso lachte auch. »Kann ich verstehen. Würde ich auch!«

Piet schlug in gespielter Verzweiflung die Hände über dem Kopf zusammen. »Mensch, Rasso, dann kann ich dich ja auch nicht heiraten.«

»Jedenfalls nicht, wenn du so stinklangweilige Filme mit mir ansehen willst«, konterte Rasso, »Schwarzweiß.« Er spuckte das Wort geradezu aus.

»Er wird aber bunt. Wenn der Engel sich seine Sehnsucht erfüllt«, sagte ich.

Piet schaute auf und blickte mich mit einem seltsamen Ausdruck in den Augen an.

»Ich mag den Film halt gerne«, erklärte ich schulterzuckend. »Für mich bedeutet er, dass jemand das tut, was er wirklich will. Für mich ist der Film eine Hymne an das Leben und die Liebe. Weißt du, diese scheinbar endlose Weite der Stadt, das Meer aus Häuserdächern, von dem aus alles, was unten ist, klein und nicht mehr so bedeutungsvoll schwer erscheint. Darüberstehen, darüberschweben, fliegen, frei sein. Es ist das Auftauchen aus Betonschluchten, aus der Beengtheit des Alltagstrotts. Das Engelsleben aufgeben für das echte Leben. Die Betonmauern sprengen, den Himmel über Berlin sehen. Spüren, dass man lebt.«

Piet schob sich ein Stück Kuchen in den Mund und sagte nichts, sah mich aber dabei unverwandt an. Ich wusste, es hätte der Erklärung für ihn nicht bedurft.

»Was arbeitest du denn? Wofür muss sich deine Frau denn interessieren?«, brach ich das Schweigen.

»Ich bin Biologe. Ich arbeite gerade an meiner

Masterthesis, habe dafür ein Stipendium bekommen, und ich mache Sortenversuche in Freilassing. Die TU München hat hier in der Nähe ein Versuchsgut, wo auf 2000 Quadratmeter Gen-Mais MON810 angebaut wird.«

»Früher hättest du mit uns dagegen demonstriert!«, warf Rasso scharf ein.

»Weil ich früher manchmal dämlich war. Transgener Mais ermöglicht es, viel weniger, zum Teil gar keine Pestizide und Herbizide mehr einzusetzen, und bringt eine enorme Ertragssteigerung. Das ist ökologisch und wirtschaftlich sinnvoll. Und wer das nicht einsieht, versteht nichts von den Fakten oder ist einfach verbohrt.«

»Nur dass die Menschen dann einfach verrecken, wenn sie dieses künstliche Zeug fressen, so wie in dem Versuch in Frankreich die Ratten.«

»In welchen demagogischen Broschüren hast du das denn gelesen, Rasso? – Das ist unwissenschaftlicher Quatsch«, erwiderte Piet.

»Habe ich gerade erst auf einem Vortrag von einem Grünen gehört. Die wählst du aber schon noch? Oder mittlerweile die CSU oder gar rechts außen?«

»Jetzt krieg dich mal wieder ein. Ich wähle grün, und ich bin grün. Ich bin Biologe. Aber ich bin eben auch Wissenschaftler, und ich habe drei Jahre in Namibia gelebt. Könnte man diesen Menschen mit unserer Forschung helfen, so würden viele überleben statt jämmerlich verhungern.« Piet hatte sich in Rage geredet und sogar aufgehört, seinen Zwetschgenkuchen zu essen.

»Mach es dir mal nicht so einfach. Immer wenn der Mensch eingegriffen hat, ist Unsinn entstanden, und wir wissen viel zu wenig über die Langzeitfolgen«, schimpfte Rasso laut.

»Das stimmt schon auch, es gibt natürlich auch viele Gründe, die gegen genmanipulierte Nahrung sprechen, vor allem hier in Europa, da hast du natürlich schon auch recht«, schränkte Piet ein und wandte sich dann zu mir, »und du, Mondenkind, was denkst du?«

»Ehrlich gesagt, habe ich gar keine Meinung dazu. Ich weiß davon einfach zu wenig.«

»Na, das ist wenigstens ehrlich«, entgegnete Piet, »die meisten glauben immer eine Meinung haben zu müssen, auch wenn sie keine Ahnung haben.«

Ich sah von einem zum anderen. Bisher wäre ich niemals auf die Idee gekommen, mich mit Gen-Mais zu beschäftigen. Für mich war das nur ein Anti-Thema auf den Wahlkampfplakaten der Grünen. Nichts, was mich betreffen könnte, nichts, was mich interessieren könnte.

»Soll ich dir die Felder zeigen?« Piet sah mich an.

Rasso wirkte unwirsch. »Isabel will endlich weiter.«

»Warum denn? Habt ihr es eilig?«, fragte Piet.

»Eigentlich wollte ich in die Provence fahren. Wenn wir die Kommode bei Rassos Tante abgeliefert haben.«

»Ich«, wiederholte Piet, »Rasso also nicht?«

Als ich gerade zur längst fälligen Erklärung ansetzen wollte, unterbrach mich Rasso: »Jedenfalls will Isabel nicht stundenlang hier in Freilassing rumsitzen.« Offensichtlich wollte er Piet gar nicht so genau über unser Verhältnis aufklären. Wenn ich es nicht besser gewusst hätte, hätte ich gesagt, er sei eifersüchtig auf Piet. Der aber ließ nicht locker. »Überhaupt, hast du nicht nächste Woche einen Gig in Freising? Da kannst du doch gar nicht in die Provence.«

»Ich, ich will in die Provence«, setzte ich noch mal an.

»Mit Rassos Bus darfst *du* also alleine fahren – das muss echte Liebe sein!« Piets Stimme klang fragend, es war ihm klar, dass irgendetwas hier nicht stimmte, aber keiner von uns beiden hatte Lust auf weitere Erklärungen.

Piet sah uns kritisch an, nahm dann das letzte große Stück Zwetschgenkuchen und sagte: »Also, ganz einfach, du musst in einer Stunde zum Bestatter, um die Urne abzuholen. Und das reicht, um Isabel die Felder zu zeigen, und für einen kurzen Sprung in den Abtsee.«

Ich sah Rasso fragend an: »Urne abholen?«

»Ja, das stimmt, ich muss die Urne holen.« Rasso schaute mir nicht in die Augen.

»Wo willst du mit der Urne hin?«

»Die bringe ich zu ihrer Familie nach Füssen. Mama soll bei ihnen beerdigt werden.«

»Ich dachte, die sei schon beerdigt worden?«

»Ja, zweimal.«

Ich sah ihn schräg an. Wollte er mich für dumm verkaufen? Welche von seinen Geschichten stimmte jetzt nicht? Und warum log er?

»Das ist etwas kompliziert. Kann ich dir das später erklären?«

Ich sah Rasso an, und nach den drei Tagen mit ihm wusste ich plötzlich, dass komplizierte Geschichten genau sein Ding waren. Wo er war, waren lauter komplizierte Geschichten, man fiel von einer zur anderen. Und Rasso nahm jede mit einer Gleichmütigkeit auf, die ich nur bewundern konnte.

Vielleicht war das der Unterschied. Ich lebte in meiner Welt wie in Watte eingepackt. Vom Taxi ins Flughafengebäude ins Hotel. Gespräche führte ich nur mit Geschäftsleuten. Vielleicht musste man Rastalocken haben und einen gelben Bulli, damit man von einer komplizierten Geschichte in die andere fiel. Oder einen Mondenrock. Trotzdem, eine Urne war jetzt schon eine Sache für sich.

»Davon hattest du bisher nichts gesagt.« Ohne es zu wollen, klang mein Ton vorwurfsvoll.

»Na ja, wenn ich sage, dass ich die Asche meiner Mutter noch ein bisschen mit herumtransportieren muss, dann wärst du vielleicht abgesprungen.«

Ich zuckte mit den Schultern. Ob Kommode, Urne oder Asche, das machte eigentlich auch keinen Unterschied mehr. Nur noch mal zwei Stunden Verzögerung. Aber was bedeutete das schon? Dann konnte ich auch mit Piet zum See und zu den Feldern.

»Gut, dann will ich aber auch die Maisfelder sehen.« Ich sah herausfordernd Piet an, der sich offensichtlich freute. Rasso und Streuner hingegen blickten vorwurfsvoll zu mir herüber.

Piet ging kurz raus und streckte mir dann einen Motorradhelm hin. »Hier, Mondenkind, mit dem Motorrad geht's schneller, wir fahren zuerst an den See, die Felder sind dann gleich dahinter.«

Zwei Minuten später klammerte ich mich an ihm fest, während wir über kleine Straßen, Feld- und Waldwege fuhren. Ich bewunderte das Bergpanorama und glaubte, die Kampenwand und den Watzmann zu erkennen. Dann bog er in eine Seitenstraße ab, wir huckelten über einen Waldweg und hielten schließlich an einem kleinen Bergsee. »Den Abtsee kennen meistens nur die Einheimischen. Die Touristen sind alle am Thumsee.«

Auf der einen Seite der Wiese saß eine Mutter mit einem kleinen Mädchen und einem Hund. Während Piet die Motorradhelme verstaute, beobachtete ich das Kind, das im Gras lag und in den Himmel hinaufsah. Ganz ruhig war sie, nur ab und an zuckten ihre Arme. Dann auf einmal zog sie sich das bunte Käppi über die Augen, als wolle sie den Himmel, die Wolken und das Blau gar nicht sehen. Vielleicht sieht sie in den Himmel in sich, dachte ich. Sie lag ungewöhnlich lange für so ein Kind. Ich beobachtete sie ganz genau. Die Atemzüge hoben und senkten ihr kleines Bäuchlein. Neben ihr saß ein Hund, der ihre Atemzüge zu bewachen schien. Ganz sanft wackelte ihr linker Fuß auf und ab.

Ich stellte mir vor, dass sie träumte, sie sei die Eiskönigin aus dem Märchen, die nichts anfassen darf, sonst wird es zu Eis. Nichts mehr lieben, sonst erstarrt es.

Dann stand die Kleine plötzlich auf, zog sich ihr Käppi zuerst noch einmal über die Augen, schob es dann hinauf und ging mit langsamen Schritten zum Ufer.

»Komm, lass uns schwimmen gehen!« Piet holte mich zurück in die Realität.

Er führte mich ein Stück weiter einen kleinen Abhang hinunter, und wir standen an einer Wiese, die in einen dunklen See hineinführte. Piet zog sich einfach aus. »Hier sieht dich keiner. Die Stelle ist einsam.« Er lief vor und sprang von einem Steg mit einem Kopfsprung ins Wasser.

Kurz zögerte ich, bevor ich mir auch die Kleider auszog und zügig in den See ging. Das dunkle Wasser hüllte mich schnell ein. Ein Moorsee, der abwechselnd warme und kalte Strömungen hatte. In den warmen Bereichen umgab mich fast Badewannentemperatur, während auf manchen Metern eine eiskalte Wasserschicht meinen Körper umhüllte. Piet zog mit langen, sicheren Zügen vorweg, und ich folgte ihm. Wir schwammen direkt auf das Bergpanorama zu. Keiner von uns sprach ein Wort. Das Bergwasser floss an meinem Körper entlang und schien alle Gedanken mitzunehmen. Ich schwamm und hörte nur unseren Wellenschlag. Eine Zeitlang flog wie eine königliche Eskorte eine blaugrün schillernde Libelle neben mir.

Nachdem wir fast bis auf die andere Seite des Sees geschwommen waren, drehten wir um und kehrten genauso schweigsam zurück. Bei unserer Wiese angelangt, legte sich Piet ungeniert in die Sonne, während ich mir noch Slip und T-Shirt anzog.

»Du bist eine gute Schwimmerin«, murmelte er mit geschlossenen Augen, »das war eine ordentliche Strecke.«

Ohne zu antworten, genoss ich sein Lob.

»Das hier ist einer der ältesten Seen. In der Eiszeit ist der Salzachgletscher abgetaut und hat eine ganze Seenlandschaft gebildet. Heute ist nur noch der kleine Abtsee davon übrig«, erklärte Piet mit weiterhin geschlossenen Augen.

»Aha, der Biologe erklärt mir die Welt«, stellte ich grinsend fest.

»Ja«, sagte er, öffnete die Augen, drehte sich zu mir und sah mich an, »das finde ich einfach interessant!«

Die Sonnenstrahlen wärmten langsam unsere Körper wieder auf. Wenn auch die Muskeln durch das lange Schwimmen warm waren, so war doch meine Haut vom Wasser abgekühlt.

Piet blickte mich unverwandt an: »Kannst du sie spüren, die Eiszeit hier? Hier hatten wir eine Tundra: Sträucher, Flechten, Moose, Gräser, Steinschutt, Rasen.«

Ich stellte mir die Umgebung nach seiner Beschreibung wie eine hochalpine Landschaft vor. »Schön«, murmelte ich.

»Aber kalt war es damals, Temperaturen um den Gefrierpunkt«, fuhr Piet fort, »und die Neandertaler gingen auf Mammutjagd.«

Plötzlich fauchte Piet mich an: »Grr.« Ich schrak hoch. »Es könnte jederzeit auch ein Säbelzahntiger vorbeikommen«, er lächelte mich mit einem Kleiner-Jungen-Grinsen an.

»Dann müsste ich mein Steinmesser herausziehen und ihn erlegen«, erwiderte ich schmunzelnd.

»Müsstest du wohl«, er sah mich an, »und dann würden wir die Beute zusammen verspeisen.«

Piet war mir sehr nahe gekommen, und ich drehte mich leicht zur Seite.

»Was ist dein Lieblingsbuch?«

O nein, Rasso fragte mich nach meinem Lieblingsfilm und Piet jetzt nach meinem Lieblingsbuch. Das erinnerte mich an den Freundschaftsbücherschrott. Ich hatte keinen Lieblingsschauspieler und keinen Lieblingssänger. Wichtig war auch nur, dass man da etwas hineinschrieb, was originell und gut war.

Eine gute Antwort auf das Lieblingsbuch wäre Sylvia Plath »Die Glasglocke«, das macht einen ziemlich intellektuell und belesen, eine originelle Antwort auf die Frage wäre »Die Bedienungsanleitung Canon PIXMA iP7250«.

Piet beobachtete mich und ließ mir Zeit. Nein, er wartete weder darauf, dass ich etwas möglichst Originelles sagte, noch wollte er mich in irgendeine Schublade stecken. Ich spürte, es interessierte ihn einfach. Weil er sich für mich interessierte.

»Das letzte Buch, das mich wirklich berührt hat, heißt ›Bilder deiner großen Liebe‹.« Ich erzählte Piet nicht, dass Georg mir das Buch geschenkt hatte, wahrscheinlich nur des Titels wegen. Wahrscheinlich war ihm im allerletzten Augenblick eingefallen, dass er noch kein Geburtstagsgeschenk für mich hatte, und er hatte in der Flughafenbuchhandlung noch schnell nach etwas gesucht, das er mir schenken konnte, natürlich zusammen mit einer Flasche Champagner. Da passte der Titel. Vielleicht hatte ihn auch seine Sekretärin daran erinnert.

»Das Buch ist wundervoll. Es handelt von einem jungen Mädchen, das Isa heißt und das einen Jungen auf der Straße kennenlernt. Er heißt Maik. Und es ist Liebe. Aber nicht kitschig. Einfach nur so. Die beiden sind völlig durchgeknallte Jugendliche.«

Ich dachte nach. »Die Romanfigur heißt Isa – wie ich. Auch wenn ich selten so genannt wurde. Es ist auch kein richtiges Buch, eher ein Fragment.«

Piet sah mich fragend an: »Wieso ist es kein Buch?«

»Der Autor ist gestorben, an einem Glioblastom, einem Hirntumor.« Mir ging durch den Kopf, dass diese ganze Geschichte mich damals schon sehr berührt hatte, obwohl ich da meine Diagnose noch gar nicht hatte. Aber den Krebs, den musste ich schon damals gehabt haben. Ob mein Körper das vielleicht bereits wusste?

»Nein, eigentlich ist er nicht am Krebs gestorben. Er hat sich das Leben genommen, weil er wusste, dass er demnächst sterben wird, und unglaubliche Schmerzen hatte.«

»Da hätte er doch auch auf das Ende warten und noch etwas Tolles erleben können.«

»Nicht wenn man Schmerzen hat.«

Plötzlich sprang Piet auf. »Und jetzt zeige ich dir meine Felder.«

Er zog sich an, und wir gingen zurück zu seinem Motorrad. Piet fuhr eine kurze Strecke durch den Wald, bis wir an ein riesiges Maisfeld kamen, das sich bis an den Horizont erstreckte. Die Maispflanzen waren noch jung und bedeckten gerade den Boden.

»Wenn sie ausgewachsen sind, kannst du dich in ihnen verirren. Das ist wunderschön.«

Jetzt aber lagen die Felder eher wie gerade linierte Fremdkörper in der Landschaft. Trotzdem beeindruckten sie mich durch ihre Größe.

»Mais wird hauptsächlich als Futterpflanze gebraucht, oder?«

»Ja, bei uns in Deutschland und in Europa ist Mais vorwiegend Tierfutter und eine Energiepflanze. In anderen Ländern, in Lateinamerika oder Afrika, ist er aber ein wichtiges Nahrungsmittel für die Bevölkerung, oft das Grundnahrungsmittel. Wahrscheinlich haben die Menschen in Mexiko vor etwa 9000 Jahren begonnen, Mais zu kultivieren. Damals hat man wohl angefangen, den Mais zu domestizieren, so nennen wir das. Wo man ihn hatte, war er ein Segen. Er wächst schnell und ist sehr nahrhaft, weil die Maisstärke gehaltvoll ist.«

»Du siehst darin eine Chance?«

»Ich habe eine Zeitlang in Namibia gelebt. Dort sterben die Menschen wie die Fliegen. Nur wenn man gutes Saatgut hat, kann man überleben. Und Mais wurde immer domestiziert, kultiviert – da ist Genmais nur eine Weiterentwicklung und bietet sehr viele Chancen. So sehe ich das jedenfalls. Die Gegner sehen das anders. Und sie haben auch gute Argumente! Ich sehe den Aspekt, Armen damit den Hunger stillen zu können.«

Wir sahen zu den kleinen Maispflanzen, die sich bis zum Horizont erstreckten. »Davon könnten viele Dörfer in Namibia ein ganzes Jahr lang überleben. Kein Hunger mehr. Hast du schon mal Kinder mit Hungerbäuchen gesehen?«

Ich schüttelte den Kopf.

»Ich glaube daran, dass man mit diesen Maiskörnern die Bäuche vieler Kinder füllen könnte. Ich will einen Mais entwickeln, der überall wächst, der widerstandsfähig gegen alle natürlichen Angriffe ist, ohne dass man ihn mit Chemie behandeln muss, und der die Menschen in der Dritten Welt satt macht. Dafür mache ich das.«

Wir spazierten eine Weile entlang der Felder. Man hörte nichts außer dem Zwitschern von Vögeln. Für Anfang Juli war es angenehm warm. Nach einem

Blick auf die Uhr schreckte Piet zusammen. »Oh, es ist schon vier, eigentlich wollten wir schon zurück bei Rasso sein. Ihn und seine Mama abholen …« Er sah mich mit schief gelegtem Kopf an. »Ist schön, mit dir hier entlangzuspazieren.«

Das fand ich auch, ruhig und friedlich.

Dennoch drehten wir um und setzten uns aufs Motorrad, um zurückzufahren.

»Ich kenne eine Abkürzung durch den Wald, die nehmen wir. Dann sind wir schneller bei deinem Rasso.« Bei diesem Satz drehte er sich um und sah mich an, wie um zu kontrollieren, wie ich auf »deinem« Rasso reagierte. Aber ich ließ mir nichts anmerken.

Wir fuhren los, und ich ließ die Felder und Waldwege an mir vorbeiziehen.

In meinen Gedanken zog plötzlich auch mein erster Krankenhaustag an mir vorbei. Genau vor zehn Tagen.

Mein Rollkoffer ist nicht sehr schwer. Siebenmal Wechselkleidung. Ich habe sowohl Schlafanzüge und Jogginghosen wie auch normale Hosen und Pullis dabei. Ich war noch nie im Krankenhaus und bin beim Packen ungewohnt verlegen. Für die Geschäftsreise wie auch für den Sommerurlaub geht mir das Packen schnell von der Hand. Routiniert die Tage abgezählt, das Wichtigste in den Koffer hinein. Immer an die Farben denken, die miteinander mehrfach kombinierbar sind, so dass man tagsüber und abends passend angezogen ist. Aber wie ist man passend angezogen für einen Krankenhausaufenthalt? Laufen die Kranken wirklich in Jogginghosen und Morgenmantel herum? Ich besitze keinen Morgenmantel, ob ich mir einen hätte besorgen sollen?

Es sind nur sieben Tage, ich will mir dort auch keine Freunde machen. Egal, was ich anhabe. Vielleicht kann ich sowieso nicht auf dem Gang herumlaufen. Auf große Schmerzen muss ich mich einstellen, hat der Arzt gesagt.

Männerfaustgroß, damenbartlang, hundehaardick. Ist die deutsche Sprache nicht herrlich präzise? Keine andere Sprache kann so lange Worte aneinanderhängen, bis sie stimmen. Ich mag es, die Dinge mit dem richtigen Wort zu bezeichnen. Deswegen suche ich die ganze Zeit nach dem richtigen Wort für das Ding in mir: Moppelchen ist es nicht, ebenso wenig wie Mohrle, aber »semimaligner, 11 x 14 Zentimeter großer T4 Tumor« ist auch nicht die richtige Bezeichnung. T4 steht für die Klassifikation nach WHO, heißt: Tumor infiltriert andere Organe. – Warum andere Organe, frage ich mich manchmal, ist er auch ein Organ, töte ich mein eigenes Organ? Oder auch: tötet es mich? Es trifft es nicht, nicht für mich. Es hilft mir nicht. Ansonsten hat mir die richtige Bezeichnung immer geholfen: *rocket science,*

*challenge*, nicht unmöglich, nur *it's a challenge*. Be-
ratersprache. Hilft mir alles diesmal nichts.

Donaudampfschifffahrtselektrizitätenhauptbetriebs-
werkbauunterbeamtengesellschaft – das Wort steht
im Guinnessbuch der Rekorde als längstes deutsches
Wort. Unsinnig, da man eben im Deutschen so viele
Wörter, wie man sich nur ausdenken kann, aneinan-
derreihen kann. Brandrodungswanderfeldbau, Club-
mitgliedsbeitragsurkunde, Firmenwagenreserverad-
auswechslung. Aber wer tut so was schon. Ein wirklich langes Wort ist Schmetterling. Es gibt kaum
Wörter mit so vielen Buchstaben. Vielleicht sollte ich
es so nennen, das Ding in meinem Bauch, Schmetterling.

Ich gehe ganz alleine in das große Krankenhaus
hinein, nur begleitet von meinem Rollkoffer. Nicht
dass ich das hätte müssen. Mehrfach hatte Georg mir
angeboten, bei mir zu bleiben, bis ich im Zimmer
sei. Dann allerdings müsse er in die Arbeit. Ich habe
mich nur an die Tür fahren lassen. Mein Auto sieben
Tage auf dem Parkplatz vor dem Krankenhaus wäre
unangemessen teuer. Nicht ausgesprochen, dass es
vielleicht doch viel mehr Tage sein könnten.

Den schwarzen, textilen Rollkoffer fürs Krankenhaus habe ich sorgfältig ausgewählt. Lange schon
gehe ich auf Arbeitsreise nur noch mit dem silber-
nen *Rimowa* Koffer. Wer früher in der Arbeitswelt
etwas auf sich hielt, hatte den *Samsonite*; dann kam

der *Rimowa*, silbern, cooler, hart wie Stahl. Meinen ersten *Rimowa* habe ich in Singapur gekauft, zwischen zwei Terminen bei der *Bank of China* und bei *Singapore Telecom*. Mit diesen zwei Aufträgen war ein großer Bonus in meine Tasche geflossen. Da war ein *Rimowa* nichts, gar nichts.

Über den *Rimowa* hatte ich mich gefreut, wie andere über eine Kette. Dieser Koffer war ein Berater-Statussymbol. Gehörte zum Business-Class-Flug.

Im Krankenhaus schien er mir fehl am Platz.

Nicht dass ich im Krankenhaus nicht auch meine Vorteile genießen könnte. Privatpatient, Einbettzimmer, Chefarztbehandlung.

Ein lauter Knall riss mich aus meinen Gedanken. Wir waren mitten im Wald. Piet machte eine Vollbremsung. In Panik streifte er sich den Helm vom Kopf. Der hatte plötzlich an der Seite einen schwarzen Strich, wie aufgerissen. Wir sprangen vom Motorrad.

»Scheiße, verdammte Scheiße. Karl, ich bin's, Piet, Piet Flaucher, Karl, hör auf zu schießen, ich bin's doch.«

Wie aus dem Nichts trat plötzlich ein waldschratartiger Riese aus einem Gebüsch und zielte mit einem Jagdgewehr direkt auf Piet. »Mein Land, das ist mein Land.«

»Scheiße, ja, ich hatte es eilig, ich wollte sie zu meinen Feldern bringen und jetzt schnell wieder nach Hause.«

»Zu deinen Feldern, zu ihren Feldern, du gehörst jetzt auch zu ihnen. Ihr wollt uns alle vergiften, uns alle vernichten. Und du, kleiner Piet Flaucher, machst mit.«

Piets Hände zuckten auf und ab.

»Nein, Karl, ich mache nur Versuche, Experimente, unser Mais kommt nicht in den Handel. Scheiße, Mann, Karl, ich hab 'ne Frau bei mir.«

»Seh ich.« Und kurz wanderte die Öffnung des Gewehrs direkt auf meine Nase zu.

»Ihr glaubt, ihr könnt mit uns alles machen. Aber nicht mit mir, nicht mit Karl, nicht hier in meinem Wald!«

Piets Hände wedelten wieder auf und ab und zogen dadurch erst die Blicke des Waldschrats und dann auch das auf mich gerichtete Gewehr wieder an. Piet sprach weiter: »Okay, ist ja okay. Alles ist gut. Ich werd's denen sagen. Wenn du uns jetzt fahren lässt, sage ich es ihnen, und dann hört das auf. Okay?«

In dem Moment wurde mir klar, dass Piet ganz bewusst die Aufmerksamkeit des Waldschrats auf sich lenken wollte, um mich zu schützen. Eigentlich unnötig. Bei mir würde das alles doch wunderbar abkürzen. Keine Schmerzen, keine Angst mehr, kein Warten, keine Chemo, keine OP. Ich müsste jetzt einfach nur sagen: Hier. Knall mich ab. Mich vor Piet werfen. Oder etwas Dramatisches, so wie: Lass ihn gehen, nimm mich. Und dann sah ich in Zeitlupentempo die Kugel auf mich zufliegen, wie sie meine Haut aufplatzen ließ und sich langsam ins Fleisch hineinfräste. Die Haut klappte hinter ihr zu, so dass nur zwei kleine Blutstropfen austraten. Keine großen Schmierereien.

Ich hatte mich keinen Zentimeter bewegt.

Der Waldschrat schrie jetzt. »Nein, so leicht kommst du nicht fort. Du bist ihr Spion, und die wollen jetzt meinen Wald auskundschaften. Aber den kriegen sie nicht. Das ist mein Wald.«

Piets Händewedeln flaute ein wenig ab. »Klar, alles klar, das ist dein Wald. Das weiß hier jeder. Karls Wald, alles klar.«

Piet ging einen Schritt auf Karl zu, der das Gewehr nahm, auf Piets Füße richtete und schoss.

Ich hielt die Augen geschlossen, presste sie einfach zu. Aber nichts ging zu Boden, kein Schrei, kein Stöhnen. Vorsichtig machte ich die Augen wieder auf.

Piet starrte auf das Loch, das die Kugel direkt vor seinen Füßen gegraben hatte.

»Karl, jetzt ist's aber genug.« Das klang halb verwundert, halb empört, nicht mal richtig aufgeregt. Sehr cool.

»Wann es genug ist, entscheide ich.«

»Okay, Scheiße, okay, Karl.« Etwas weniger cool.

»Und ich sag, du kletterst jetzt auf diesen Baum rauf.«

»Häh? Warum?«

»Frag nicht. Kletter.«

Piet sah mich an, und ich konnte ihm die blanke Angst am Gesicht ablesen.

Und dann kletterte er auf die uralte Eiche, die neben uns stand.

»Höher«, befahl der Waldschrat und fuchtelte mit seinem Gewehr, »noch höher.«

Piet kletterte, bis er gefühlte hundert Meter über mir war.

Als er auf einen nur noch dünnen Ast trat, knickte der weg und krachte herunter.

»Höher kann ich nicht mehr.«

»Gut, okay. Was siehst du?«

»Einen Wald, ich kann nur Wald sehen.«

Ich überlegte kurz, ob ich mich jetzt leise zurückschleichen könnte, wo der Waldschrat so angestrengt nach oben zu Piet blickte. Halb hatte ich Angst, halb interessierte mich jetzt auch, was es dort oben zu sehen gab. Aber die Angst überwog.

»Was genauer?«

»Ich sehe Bäume. Mischwald. Eichen, Tannen, Fichten.«

»Was noch?«

»Ich weiß nicht, was du willst, Karl, ich kann die Maisfelder nicht sehen.«

»Verdammt, Piet, sag mir einfach, was du siehst.« Das fand ich jetzt aber auch. Warum tat Piet nicht einfach das, was der Verrückte sagte. Mir war schon ganz schlecht vor Furcht.

»Ich sehe unendlich viele Bäume, alte Bäume, eingewachsenes Gehölz, einen kleinen, verschlungenen Waldweg. Ich sehe Moose und dahinten einen Farn. Ich sehe Walderde, Butzeln und Zweige und hier –«, er stockte, »hier ist ein Vogelnest, mit Jungvögeln darin, ich glaube, Eichelhäher. Und darüber sehe ich den Himmel, mit weißen Wolken.«

»Und genau so muss das auch bleiben.« Mit diesen Worten nahm Karl seine Flinte herunter, drehte sich um und ging. Wir warteten schweigend – ich unten und Piet oben, bis wir sicher waren, Karls Schritte nicht mehr hören zu können, dann stieg Piet langsam herunter.

»Scheiße, Isabel, Scheiße.«

»Was war das denn?« Ich ließ mich auf das Laub fallen, sitzen war jetzt besser.

»Das ist der alte Karl, Flinten-Karl. Der wohnt schon immer hier im Wald, in seinem Wald. Und wenn jemand hier durchkommt, wedelt er mit seiner Flinte, aber bisher hat er noch nie geschossen, habe jedenfalls nichts davon gehört. Scheiße, Mann, tut mir leid, Isabel.« Behutsam zog er mich in seinen Arm. »Ist alles okay?«

Ich nickte, und er streckte mir eine Eichelhäher-Feder entgegen, die er offensichtlich aus dem Nest dort oben mitgenommen hatte. Auf der einen Seite war sie weißgrau, auf der anderen Seite grau mit tür-kisen Streifen. Wunderschön!

Ich nahm die Feder und fing an zu heulen, richtig heftig.

Piet hielt mich in seinem Arm und streichelte mir den Rücken, wie einem kleinen Kind.

»Sch, sch, alles gut, jetzt ist alles gut.«

Bis ich aufhörte zu weinen. »Wäre eigentlich eine schöne Art zu sterben.«

»Spinnst du? Finde ich nicht«, erwiderte er em-pört.

»Jedenfalls eine aufregende.«

»Jede Art zu sterben ist doof. Weil man danach tot ist. Außerdem hat er recht, es ist hier unendlich schön, das habe ich da oben bemerkt. Und man darf es wirklich nicht verändern.«

Wenn ich Piet nur eine Zehntelsekunde länger ange-sehen hätte, hätte er mich geküsst. Tat ich aber nicht.

Stattdessen steckte ich die Feder sorgfältig in mei-ne Jackentasche.

So stiegen wir nur einfach wieder auf das Motor-rad, Piet zog fluchend seinen angeschossenen Helm wieder auf, und wir fuhren los.

Piet war ein Typ, der schon in der Schule seinen Spitznamen hatte: Piet. In der Schule kann man zwischen zwei Arten von Menschen unterscheiden, die mit Spitznamen und die ohne. Die mit Spitznamen waren die coolen. Ich hatte nie einen Spitznamen, das höchste war, dass man mal meinen Nachnamen abgekürzt hatte: Drievi. Wenn man wenigstens Driver daraus gemacht hätte, das wäre ja originell gewesen, aber nein, einfach nur Drievi. Zwei Buchstaben kürzer, das war alles.

Die Coolen hatten so Namen wie Jack – da war schon alles klar, oder Batman für einen Jungen aus meiner Klasse, der Batsteiner hieß, auch nicht schlecht; bei den Mädchen machten sie aus Matzky wenigstens Schatzi, aus Patricia Paris. Ich hieß Isabel. Das sagt alles. Selten sagte mal jemand Isa oder Isi, niemals Belle oder Bella. Wie ich es mir gewünscht hätte. Keinen Spitznamen für mich.

Da war schon alles klar, wenn man aus Peter Piet machte. Cool einfach. Solche Typen standen nie auf mich, die hatten mich in der Schule einfach übersehen, wie Luft. Nicht einmal, dass ich sie genervt hätte wie die Oberstreber, die Immereinser, die wurden wenigstens aufs Korn genommen, ich war einfach so Durchschnittsluft. Ich sah nie schlecht aus, war weder dick noch hässlich angezogen. Als sich Georg für mich interessierte, war ich wirklich überrascht. Er hat mich in meiner Business-Kleidung

kennengelernt, da war ich gut, im schwarzen Kos-
tüm, den Vorständen sagen, was sie zu tun haben,
keine graue Maus mehr. Georg wollte mich wirklich.
Und ich Georg.

# Kapitel 13

*Georg*

Dritter Tag ohne Isabel. Er machte sich verdammte Sorgen. Heute den ganzen Tag. Soll man so etwas der Polizei melden? – Erwachsene Menschen dürfen gehen, wohin sie wollen, auch ohne dem Lebensgefährten Bescheid zu geben. Verwandte? Gab es eigentlich Verwandte, zu denen sie hätte gehen können? Georg hatte keine Ahnung.

Wie lange waren sie jetzt zusammen? Fast vier Jahre. Sie hatten nie Verwandte besucht. Er hatte auch nicht danach gefragt. Dass ihre Eltern gestorben waren, hatte er gewusst. Und auf so etwas wie Onkel- und Tantenbesuch hatte er nun wirklich keine Lust gehabt. Er war nicht gerade der Familientyp. Aber er hatte auch selbstverständlich angenommen, dass Isabel genauso wenig Familie hatte oder keinen Wert darauf legte.

Wieder ein Blinken des Anrufbeantworters, wieder der Arzt. Kurz entschlossen drückte er die Rückruftaste und ließ sich mit Dr. Satori verbinden.

»Dr. Satori. Ja?«

»Ich bin der Lebensgefährte von Isabel Drievers.«

Der Arzt unterbrach ihn sofort: »Das ist gut, das ist sehr gut. Ich muss sie sofort sprechen.«

»Sie ist weg.« Das hätte er jetzt irgendwie diplomatischer ausdrücken können.

»Wie weg?«

»Sie hat mir eine Nachricht hinterlassen. Sie fährt weg, macht Urlaub für vierzehn Tage. Das Handy hat sie auch hiergelassen.«

»Aber Sie haben eine Adresse, wo ich sie erreichen kann?«

»Nein, nichts.« Klang nicht nach einer tollen Beziehung, fand er selbst.

»Hm. Ich habe ihr zwar gesagt, sie soll Urlaub machen. Aber so meinte ich das nicht.«

Georg zuckte mit den Schultern, aber das konnte Dr. Satori natürlich nicht sehen.

»Ich muss mit ihr sprechen. Dringend.«

»Ja, und was soll ich jetzt machen?« So hilflos hatte er sich noch selten angehört.

»Eltern? Verwandte? Bekannte?«

»Eltern hat sie keine mehr. Bekannte habe ich, soweit ich sie kenne, alle durchtelefoniert. Keiner weiß was.«

»Also, eigentlich kann ich Ihnen das so gar nicht sagen. Aber ich muss ja jetzt. Ich habe die neuen Befunde. Auch das MRT des Kopfes. Sie muss zurückkommen. Möglichst sofort.«

# Kapitel 14

Rasso wartete schon auf uns. Er wirkte sauer, dass wir erst so spät kamen. Neben ihm stand Streuner, und ein Topf. Als ich seinen hilflosen Blick auf den Topf und ein entschuldigendes Schulterzucken sah, wurde mir klar, dass da seine Mutter drin war. Es war eine braune Urne mit messingfarbenen Eichenblättern rundherum. Rasso musterte uns seltsam. Wenn mir das nicht ganz und gar unmöglich erschienen wäre, hätte ich gesagt, er warf Piet einen eifersüchtigen Blick zu. »Wir hatten gesagt, um fünf fahren wir weiter – und jetzt ist es gleich halb sieben«, maulte er uns an.

»Uns hat Flinten-Karl etwas aufgehalten«, erklärte Piet lapidar.

»Was habt ihr denn in seinem Wald zu suchen?«, erwiderte Rasso.

»'ne Abkürzung«, sagte Piet und beendete die Ausfragerei mit einer wegwerfenden Handbewegung.

»Also los jetzt, wir brauchen fast vier Stunden bis Füssen.« Rasso nahm die Urne auf den Arm.

»Tja, der dicke Alte hier ist nicht mehr so schnell«,

lachte Piet und tätschelte den gelben Bus, der auf der Straße neben uns stand.

Piet sah mich an: »Also, Mondenkind, wenn die zwei dir mal zu langsam werden, dann komm zurück zu mir, mein Motorrad fährt dich auch bis in die Provence.« Ich lachte, und wir umarmten uns, als wären wir alte Freunde. Leise flüsterte er mir bei der Umarmung zu: »Oder nach Berlin. Ich kann dir den Himmel über Berlin zeigen.«

Ein undefinierbares Gefühl überflutete mich, und ich drehte mich gerade schon um, als er mich am Arm zurückhielt: »Mondenkind, gib mir deine Telefonnummer. Man weiß ja nie ...«

Ich grinste und zuckte mit den Schultern. Dann nannte ich ihm meine Nummer, und er tippte sie in sein Handy ein.

Dass mein Handy zu Hause lag, daran dachte ich nicht.

Während Rasso und ich uns in den Bus setzten, winkte Piet uns mit schiefem Lächeln zu.

Rasso ignorierte ihn und verstaute seine Mutter in der Urne neben meinen Füßen beim Beifahrersitz.

Irgendwie war mir nicht ganz wohl mit der alten Dame zu meinen Füßen.

»Muss sie unbedingt hier bei mir stehen?«

Rasso zuckte mit den Schultern, drehte den Schlüssel mit der roten Wollbommel um und startete den Motor.

»Stört's dich?«

»Na ja, darf ich sie vielleicht nach hinten stellen?«

»Meinetwegen.«

Ich nahm die Urne, die leichter war, als ich erwartet hatte, und beförderte sie auf den Rücksitz.

»Macht man das in bayerischen Dörfern überhaupt? Verbrennen, meine ich. Das war doch bis in die siebziger Jahre für Katholiken verboten, oder?«

»Keine Ahnung. Aber sie wollte geteilt werden, das geht nur so!«

»Geteilt?«

»Also, geboren wurde sie in Füssen, das ist ihre Heimat. Gelebt hat sie fast sechzig Jahre in Freilassing. Und da konnte sie sich nicht entscheiden. Das war bei uns über Jahre ein Thema bei jedem Familientreffen.«

»Ja, und wie teilt man sich?« Ich musste unwillkürlich an die halben Frauen bei den Zauberern denken, die man in der Mitte aufklappen konnte. Mit Georg war ich auf dem Oktoberfest mal in ein Zaubervarieté gegangen, die eine halbstündige Vorführung mit der »kopflosen Frau« angeboten hatten. Wir setzten uns auf die vorderste Bank in das kleine Zelt, in das erstaunlicherweise an die hundert stehende Besucher gepresst wurden, bis endlich der Vorhang aufging und ein vom Balkan stammender Conférencier uns in gebrochenem Deutsch und mit klassischer Varieté-Sprache, sehr verehrtes Publikum, schöne Damen, edle Herren, ansprach. Seine Langeweile, wahrscheinlich erzählte er bis zu zehnmal täglich dasselbe, war völlig unverhohlen. Ebenso gelangweilt erschien eine Dame im knappen Kleidchen, die vergessen hatte, ihr sprießendes Damenbärtchen zu rasieren, und legte sich auf eine Liege, wo sie dann nach einem lächerlichen Sägeschnitt mit einer laut kreischenden Kettensäge in der Mitte geteilt wurde. Die Frau war auch zweigeteilt immer noch gelangweilt, während Georg und ich in der ersten Reihe verblüfft waren, da uns der Trick absolut unerklärlich war. Unternehmensberater erklären immer alles. Noch ärgerlicher für uns, dass wir ebenso wenig die einen Meter vor uns stehende kopflose Frau erläutern konnten. Verwirrende, kopfschüttelnde Fassungslosigkeit in diesem minderwertigen Varieté. Wenn wir uns diese halbseidenen Tricks schon nicht erklären konnten, wie dann die ganze Welt?

Georg zog mich bald weiter zu den Zelten.

Vielleicht könnte dieser Varieté-Mann den Klumpen aus mir herausschneiden? Einfach mich aufklappen, schnipp, schnapp mit der Kettensäge, wieder zu, alles gut, es dürften meinetwegen auch ein paar Zuschauer dabei sein.

»Ja, wie teilt man sich?«, griff Rasso meine Frage auf. »Darüber hat sie stundenlang mit ihrem Bestatter diskutiert, und dann haben die beiden eine Lösung gefunden. Sie wird eingeäschert, die Asche kommt in eine Urne, das muss auch rechtlich so sein. Aber man darf eine ›Gedächtnis-Urne‹ haben; eine Urne, in die ein kleiner Teil der Asche kommt. Die Urne darf man mitnehmen. Und die bringen wir nach Füssen. Das ist ihr letzter Wille.«

Als wir auf der Autobahn waren, nahm der Bus wieder sein lautes, gleichmäßiges Fahrgeräusch auf, das mich so beruhigte. Torock.

Ich dachte an Georg und an seinen Besuch bei mir am ersten Tag meines Krankenhausaufenthalts.

Als ich vom MRT, dieser entsetzlichen Röhre, zurück in mein Zimmer laufe, fürchte ich zeitweilig, dass mir die Beine wegsacken. Im Zimmer setze ich mich zum ersten Mal aufs Bett. Mir ist schlecht, meine Hand mit der Kanüle schmerzt. Heute früh fühlte ich mich noch gesund, jetzt fühle ich mich krank.

Nach fünf Minuten hat sich mein Kreislauf stabilisiert, und ich gehe in die sogenannte Patientenküche, um mir einen Kaffee zu holen. Immerhin ein Lichtschimmer, dass ich hier nicht nur Tee, sondern wann und wie viel ich will, Kaffee trinken darf, der gar nicht mal so schlecht ist.

Mit meinem Kaffee verziehe ich mich wieder in mein Zimmerchen und bemerke erst jetzt, dass ich von meinem Fenster aus die Berge sehen kann. Sehr deutlich und schön, es muss Föhn herrschen, denn sonst kann man von München aus nicht so klar die Berge sehen. Ein Zimmer mit Blick auf die Berge ist ein gutes Zimmer, finde ich, ganz gleich, ob die Wände einen Anstrich nötig hätten. Gleitet mein Blick die vier Stockwerke nach unten, sehe ich auf eine gutbefahrene Straße. Mittlerweile ist es halb fünf, und die letzten Sonnenstrahlen scheinen herein und tauchen den Raum in ein warmes Licht. Ein Zimmer mit Bergblick ist ein gutes Omen. Nächsten Winter gehe ich wieder zum Skifahren, mit Georg.

Im ersten Winter, den wir zusammen waren, machten wir natürlich auch einen Skiurlaub. In einem sehr teuren italienischen Hotel in den Dolomiten. Selbstverständlich kann Georg Ski fahren, und wie. Georg ist ein Tausendsassa, Georg kann alles. Erfolgreich, sportlich, schön. Manchmal ein wenig beängstigend, die Frau daneben zu sein. Ich fahre gerne Ski. Wenn auch vielleicht nicht so gut wie Georg, nicht so elegant. Die junge Blondine mit dem pelzbesetzten Bogner-Skianzug fuhr besser als ich. Ich habe genau gesehen, wie Georg ihr hinterhersah.

Der Himmel über den Bergen färbt sich jetzt lila. Und plötzlich sehe ich einen sich drehenden beleuchteten Mercedes-Stern, den ich vorher bei Licht nicht wahrgenommen hatte. Der Stern schiebt sich alles verdrängend vor die Bergkulisse.

Die Pelzmamsell fuhr auch einen Mercedes, SLK.

Ich war mir nie sicher, ob ich die beiden tatsächlich an dem einen Abend, als es mir nicht so gutging, zusammen darin habe wegfahren sehen.

Mit einem Mann wie Georg, da sollte es einem eben niemals nicht gutgehen.


Ohne Klopfen geht die Tür auf. Georg steht vor mir. So smart. Dunkler Anzug, das weiße Hemd gelockert. »Wie geht's meiner Süßen?«

Er schließt die Tür, und seine braunen Augen blinzeln verschwörerisch. »Der Zimmerservice ist da.« Aus der Laptoptasche zieht er eine Flasche Champagner und zwei Sektflöten. »Man muss die Feste feiern, wie sie fallen.« Er zögert. »Oder darfst du das vielleicht jetzt nicht mehr?« Anscheinend war ich nicht schnell genug freudig.

»Doch, ein Glas, warum nicht. Bis morgen bin ich auf jeden Fall wieder nüchtern.« Ich deute auf das Schild über mir, das die Schwester bereits über mein Bett gehängt hat, damit keine Morgenschwester auf die Idee kommt, mir ein Frühstück zu bringen. Mit roten Buchstaben steht »nüchtern« darauf.

Georg grinst und lässt den Korken ploppen. Sorgsam schenkt er die perlende Flüssigkeit in die hohen Gläser ein. »Na, da hatten wir aber schon andere Herbergen, was?«

Ich nicke. »Immerhin – Bergblick und dazu einen Mercedesstern. – Sehr münchnerisch.«

»Da hast du recht, auch schick.« Georgs Blick bleibt auf dem bläulichen Linoleumboden hängen. »Musst halt die ganze Zeit nach draußen schauen. Prost.«

Ich trinke einen Schluck, und obwohl ich gerne Champagner trinke, kommt es mir seltsam unpassend vor. Wenn jetzt eine Schwester hereinkäme, wäre es mir peinlich, wenn sie uns so vorfänden.

»Wie geht es dir, wie war's heute?«

»Viele Untersuchungen, viele, viele Seiten, auf denen ich unterschrieben habe, dass alles, aber auch alles passieren kann. Die Anästhesisten werden mir bei der Narkose die Zähne aus dem Mund reißen, der Chirurg darf an der falschen Stelle öffnen, im Zweifelsfall aber auch an jedem meiner Körperteile nachoperieren, und sterbe ich nicht gleich bei der Operation, so kann ich früher in die Wechseljahre geraten, alle meine Haare verlieren oder eben nach der Operation sterben. Alles klar? Habe ich jedenfalls alles unterschrieben.«

»Wird aber einfach alles gut werden, mein Schatz.«

Nimm mich jetzt bloß nicht in die Arme, sonst fange ich an zu heulen. Lieber noch einen Schluck Champagner.

»Meine Süße, ich schlag dir was vor, im November, wenn du wieder ganz auf den Beinen bist, fliegen wir zum Skifahren nach Frankreich. Genießen tagsüber die Pisten und abends Wellness in einem

Tophotel. Was hältst du davon? Da lassen wir es uns richtig gutgehen. Genießen die Zeit in vollen Zügen.«

Ich nicke. Er meint es nett, aber die Kanüle schmerzt wahnsinnig in meiner Hand.

»Soll ich buchen?«

Ich nicke.

Als Georg sich nach einer Stunde wieder auf den Weg macht, will er die Champagnerflasche hierlassen: »Schmeiß sie weg oder lass die Stationsschwestern den Rest nehmen.«

Es wäre mir peinlich gewesen, den Schwestern meine Champagnerreste zu geben: »Bitte, nimm sie wieder mit.«

Er nimmt die Flasche und küsst mich zum Abschied. »Morgen Abend sieht alles schon ganz anders aus.«

Die Tür schließt sich hinter ihm. Wie ich ihn kenne, trägt er die Champagnerflasche eigenhändig bei den Stationsschwestern vorbei.

Ich schalte den Fernseher ein.

»Ich fahr an der Tankstelle raus, wir brauchen Benzin.« Rasso bog von der Autobahn ab und tankte. Ich stieg aus und streckte meine Glieder, während das Benzin in den Tank rann. Rasso blickte auf die Zapfsäule.

Ich wollte mir noch eine Schokolade kaufen: »Ich geh rein, zahlen.«

Als ich zurückkam, sah ich ihn mit einem Rucksacktramper gestikulieren.

»Ey, Mann, du hast so 'nen großen Bus, da kannst du mich doch zwei Stunden mitnehmen. Meine Abfahrt, das ist doch genau eure Strecke, kein Umweg.«

»Ich hab dir doch gesagt, dass hinten drin eine große Kommode steht.«

»Ich leg meine Füße auch auf die Kommode. Komm, bitte. Es ist schon spät, und von den BMW-Spießern nimmt mich keiner mehr mit. Komm schon.«

Hinter dem Rücken des Trampers signalisierte ich mein Einverständnis, woraufhin Rasso mit den Schultern zuckte und ihm die hintere Tür öffnete. Der Tramper warf erst seinen Rucksack auf die Kommode und zwängte sich dann selbst hinein. Mit ihm kam ein Geruch nach Schweiß. Er hatte wohl schon länger nicht mehr geduscht.

Als wir losfuhren, kam seine Stimme von hinten. »Gott wird's euch danken.«

Oje, ich zuckte zusammen, schon wieder so ein Christlicher. Das konnte doch nicht wahr sein, erst Gandhi und nun er. Damit konnte ich nun gar nichts anfangen. Vielleicht ein Zeuge Jehovas – wenn der mich jetzt die nächsten zwei Stunden bekehren wollte, dann würde ich ihn doch noch hinausschmeißen.

»Ich bin Jesus.« Verwundert drehte ich mich zu ihm um. Das war noch schlimmer, als ich es mir vorgestellt hatte.

Aber er grinste mich nur stolz an.

»Cool«, sagte Rasso, woraufhin ich ihn entsetzt anstarrte. Vielleicht war das eine Strategie, damit man nicht in die Diskussion mit solchen Jesus-Groupies gehen musste. Nun gut.

»Bis 2020 bleibe ich Jesus. Dann ist es jemand anderes.«

Das musste eine kleine, seltsame Sekte sein, von der ich noch nie gehört hatte.

»Na ja, so kann man es auch sehen. Jesus für zehn Jahre«, nickte Rasso.

Wollte Rasso jetzt doch in eine Glaubensdiskussion mit diesem Verrückten einsteigen?

»Ist so. Ich bekomme freien Eintritt zu allen Theateraufführungen. Bei jeder Premierenfeier bin ich dabei, auch bei der Eröffnung darf Jesus natürlich nicht fehlen.«

»Cool«, sagte Rasso wieder.

Ich verstand gar nichts.

»Zwei Monate, in denen ich nichts für meinen Lebensunterhalt machen muss!«

»Aber bei der nächsten Aufführung, also 2020, da darfst du nicht mehr spielen, oder?«

»Na ja, den Jesus nicht, dann bin ich ja auch schon älter. Vielleicht schaffe ich noch den Simon oder den Judas. Auf jeden Fall darf ich einen aus der Menge spielen. Jesusse dürfen immer mitspielen!«

Jetzt hatte auch ich es begriffen, kein Sektenguru, sondern der Jesus der Oberammergauer Passionsspiele, die nur alle zehn Jahre stattfanden. Ich war erleichtert. Ich musste keine Bekehrungsversuche mehr fürchten.

»Ich habe Hunger«, stöhnte Jesus jetzt, »ich hab seit heute Morgen nichts mehr hinter die Kiemen bekommen.«

»Da hinten muss noch eine Keksdose rumliegen, kannst dir was nehmen. Wir wollen doch nicht, dass Jesus bei uns verhungert.«

Wir hörten ihn herumkramen und jammern, dass die Dose aber schwer aufginge. Ich betrachtete gerade den Abendhimmel, durch den sich die letzten orangen Fäden zogen, als plötzlich ein zischender Knall von hinten ertönte.

»Shit, oh shit, was ist denn das für eine Kacke!«

Rasso legte die rasanteste Vollbremsung hin, die der Bus verkraften konnte, und blieb auf dem Standstreifen stehen. Streuner jaulte kurz auf. Dass es nicht die intelligenteste Idee war, so zu bremsen, wurde uns klar, als wir uns umdrehten und einen feinen Staub über der ganzen Kommode und im gesamten hinteren Teil des Busses verteilt sahen.

Jesus saß immer noch völlig verdattert und blickte mit einem aschegrauen Gesicht auf die vermeintliche Keksdose.

»Du Idiot!« Rasso war richtig wütend, so wütend, wie ich gar nicht vermutet hätte, dass er werden kann.

»Was war das?« Jesus verstand immer noch nichts.

»Meine Mutter.«

Als Jesus würgte, sah ich kurz das Bild einer vollgekotzten Aschemutter, bevor er dann doch noch im letzten Moment die Tür aufbrachte und sich im Freien erbrach.

Draußen kotzte Jesus, und drinnen saß Rasso, und ich wusste nicht genau, ob er gleich schreien, lachen oder weinen würde. Blieb nur noch ich übrig, die etwas tun konnte. Ich legte meinen Arm um Rassos Schultern und sagte: »Das kriegen wir schon wieder hin.«

Da es offensichtlich in diesem Bus keinen Handfeger gab, nahm ich meine Hände und sammelte allen Staub, den ich erwischen konnte, ein und versuchte, ihn zurück in die Urne zu geben. Obwohl mir klar war, dass wahrscheinlich der Großteil der Mutter-Asche für immer im Bus bleiben würde, sammelte ich weiter ein, denn meine Ausbeute war nicht schlecht, obwohl das wohl eher der Staub der letzten zehn Jahre war.

Die Autos donnerten an uns vorbei, und ab und zu

hupte jemand wütend. Ich nahm mir Zeit und schaffte es, die Urne halb voll mit Staub und Dreck zu bekommen und die restliche Asche möglichst unauffällig von Polstern und Kommode zu wischen. Dann verschloss ich sie wieder mit dem Deckel. Als ich zu Rasso aufsah, weinte er.

»Sie wollte doch, dass das mit der Beerdigung alles klappt. Ich habe es ihr versprochen. Und jetzt habe ich es wieder vermasselt. Sie ist verstreut in meinem Bus.«

Ganz kurz kam in mir die Versuchung auf, ihn zu korrigieren, dass dies jetzt gerade eigentlich mein Bus sei, aber ich ließ es sein.

»Ich vermassel immer alles. Und ich mach nichts so, wie sie es will.«

Plötzlich sah ich den kleinen Jungen Rasso vor mir, dem die Dinge oft nicht gelangen. Der versuchte, es richtig zu machen, und dabei manchmal knapp danebenlag. Der Großes wollte, die ganz große Musikerkarriere, aber immer nur in den kleinen Hinterhofkneipen spielte.

Ich nahm wieder neben Rasso auf dem Beifahrersitz Platz und legte tröstend meine Hand auf seinen Arm. »Ist okay, ist nicht so schlimm. Vielleicht war es einfach ihr letzter Wille, dass ein Teil von ihr immer bei dir bleiben kann.«

»Danke«, er schniefte laut auf, und ich bot ihm ein Taschentuch an.

Als wir uns umdrehten, war Jesus mit seinem Rucksack verschwunden. Das war ihm doch eine Nummer zu viel gewesen. Wahrscheinlich hatte er sich einfach quer in die Büsche geschlagen.

Rasso war völlig außer sich, ein weinender kleiner Junge, dem vielleicht erst jetzt der Tod seiner Mutter richtig klargeworden war. Ich übernahm den roten Bommelschlüssel und fuhr weiter.

Plötzlich kamen wieder die Schmerzen.

Männerfaustgroß, wer möchte schon eine Männerfaust im Bauch haben, besonders als Frau. Ich nicht.

In den letzten Tagen war es gefühlt medizinballgroß. Ach, wahrscheinlich spannte meine Hose nur, weil die Männerfaust mir leider nicht den Appetit verdarb. Aber sie drückte nach oben auf meine Rippen. Wenn ich mich nachts umdrehte, dann nur unter Schmerzen. Tagsüber zog ich den größer werdenden Bauch ein. Aber nicht jetzt, nicht bei Rasso und nicht in meinem herrlich bequemen Mondenrock. Aber die Schmerzen in meinem Bauch ließen mich fühlen, dass er wieder größer geworden war. Ungewollte Schwangerschaft ohne Baby, nur entartetes Gewebe. Missgeburt möglich. Schlechter Vergleich, wer zieht schon einen schwarzen Klumpen in seinem Bauch groß? Warum hat der Klumpen sich gerade meinen Bauch zum Entarten ausgesucht? Warum wächst er da so stattlich heran, fühlt sich anscheinend wohl. Was hätte ich tun müssen, damit er sich dort gar nicht erst einnistet?

»Rasso, ich kann nicht mehr weiterfahren. Können wir einfach anhalten und im Bus übernachten?«

Er sah mich dankbar an, als ob ich den Vorschlag ihm zuliebe gemacht hätte, und nickte.

An der nächsten Abfahrt fuhr ich raus und fand nach wenigen Kilometern eine Parkbucht, wo ich anhielt. Wir kletterten nach hinten. Ich breitete meinen Schlafsack aus und legte mich ins obere Bett. Aus dem Rumpeln schloss ich, dass Rasso zuerst die Kommode aus dem Bus hinausschob und sich dann ebenfalls hinlegte.

Keine zehn Minuten später waren wir beide eingeschlafen.

# Kapitel 15

*Piet*

Nachdem Rasso und das Mädchen ihn verlassen hatten, fuhr Piet mit dem Motorrad weiter. Aber seine Gedanken waren ganz woanders. Sie hatte ihm gefallen, das Mondenkind.

An einem Waldweg bog er ab, parkte die schwere Maschine, zog die Lederjacke aus und ließ sich einfach ins Gras fallen. Zu viele Gedanken in seinem Kopf.

Mondenkind.

Keine Frau, wie er sie bisher kannte. Keine Frau zum Einordnen. Gekleidet wie eine von Rassos Hippie-Girls, aber eine Haltung wie eine Gräfin. Ein Frau, die den »Himmel über Berlin« mochte. Und in ihren Augen war etwas Tiefes und Abgründiges. Irgendein Geheimnis war da. Er hätte es gerne entschlüsselt.

War sie jetzt eigentlich Rassos Freundin? Er hatte das zuerst so selbstverständlich angenommen. Aber vielleicht doch nicht, wo sie gar nicht zusammen bis in die Provence fahren wollten. Sie passte doch auch gar nicht zu Rasso. Überhaupt nicht!

Rasso hatte überdrehte Flower-Power-Frauen. Seine Caro, die ab und an zum Frühstück mit ihm einen Joint rauchte. Die wild auf der Straße tanzte, wenn sie zu viel getrunken hatte. Die passte zu ihm. Auch wenn sie gerade mal nicht zusammen waren, ging Piet davon aus, dass die beiden wieder zusammenkommen würden, denn Caro war die richtige Frau für Rasso. Irgendwann würden beide ein wenig erwachsener und vernünftiger werden, spätestens wenn das erste Kind kam. Doch, Piet sah das genau so vor sich. Wenn Rasso Gitarre spielte und Caro dazu sang, dann wusste man einfach, dass die beiden zusammengehörten.

Hatte es bei ihm jemals dieses Gemeinsamkeitsgefühl gegeben, das man Rasso und Caro ansah, wenn alles mal gut lief zwischen den beiden? Sogar im Streit konnte man an den sprühenden Funken merken, dass es zwischen den beiden eine tiefe Verbindung gab.

So etwas hatte er noch nie gehabt. Er hatte sich nie mit einer Freundin so gestritten wie Rasso mit Caro, bestimmt nicht öffentlich, aber vielleicht hatte er auch noch nie eine Frau so geliebt.

Was war die ganz große Liebe? Waren seine Ansprüche mit Wiener Opernball, Feuerwehrfest und schwarzen Flecken auf dem Mond nicht einfach zu groß? Waren es Plattitüden, die er seit Jahren vor sich hertrug, um sich keiner Frau wirklich mit Haut und Haaren zu verschreiben?

Wonach suchte er wirklich? Er suchte nach einer Frau, für die er brannte. Neben der er morgens aufwachen und sie sofort küssen wollte. Mit der er den ganzen Tag verbringen wollte, mit der er über alles reden konnte, aber auch schweigen. Und lachen! Und Abenteuer erleben. Mit der man über jedes Thema diskutieren konnte, die sich für alle seine schrägen Gedanken interessierte. Eine Frau, mit der er Margeriten bewundern konnte und die Pyramiden von Gizeh. Die selbst interessante Gedanken hatte und diese alle mit ihm teilen wollte.

Die genauso brannte für ihn, wie er für sie.

Das wollte er haben. Natürlich würde sie nicht so verrückt sein wie Caro, die war nicht sein Typ. Aber auch keine langweilige Durchschnittsfrau, mit der man Kinder bekam, älter, dicker und spießiger wurde. Eine Frau, die ihn wach hielt. Geistig. Er grinste, auch gerne körperlich. Alles, einfach alles.

Seine Gedanken flogen zu dem Mondenkind. Er war in ihren geheimnisvollen grünen Augen versunken. Sie war eine sehr kluge Frau und eine sehr schöne Frau. Nicht so verrückt wie Caro, und dennoch sagte jede Bewegung, jeder Wimpernschlag von ihr, dass sie das Abenteuer suchte, dass sie offen war, für jedes Erlebnis und jeden Gedankengang. Und irgendetwas entsetzlich Trauriges war in ihren Augen gewesen.

Mondenkind!

Plötzlich war ihm das klar, was er den ganzen Nachmittag schon gespürt hatte: sie war, was er suchte. Er setzte sich auf. In seinem Magen flogen tausend Schmetterlinge, wenn er an sie dachte. Ihm war nahezu schlecht vor lauter Schwindelgefühl, wenn er an ihre grünen Augen dachte. Wie sie ihn angesehen hatte. Sie war es, seine Traumfrau. Und sie fuhr gerade mit Rasso in dessen Bus – wohin eigentlich?

Könnte er einfach hinterher? Kurz blitzte in ihm der Gedanke auf, dass er mit seinem Motorrad den Bus einholte und ihn stoppte. Die Fahrertür öffnete und zu Rasso sagte: »Sie ist meine. Sorry, aber diese Frau gehört zu mir!« Und Rasso würde wortlos aussteigen und ihm den Platz überlassen.

Seufzend ließ er sich zurück ins Gras plumpsen.

# Kapitel 16

Am nächsten Morgen wachten wir beide zur gleichen Zeit auf. Ich hatte herrlich geschlafen. Rasso hatte das Fenster halb geöffnet gelassen, und von außen hörte man nur das Zwitschern der Vögel und spürte die sommerliche Luft hereinkommen. Es sah aus, als ob es schon später Vormittag war. So lange hatte ich schon seit ewigen Zeiten nicht mehr geschlafen.

Rasso rollte sich aus seinem Bett und streckte mit lautem Gähnen seine Glieder aus. Er hatte nur Boxershorts an, was ihn aber offensichtlich kein bisschen störte.

»Jetzt zeige ich dir mal, wie gemütlich hier alles im VW-Bus ist.« Er holte einen Kanister, schüttete Wasser in einen Topf und entzündete den kleinen Gasherd. Aus der Ablage holte er Filter und Kaffee, und bald darauf durchzog ein herrlicher Kaffeeduft den Bus. Ich räkelte mich und stand langsam auf. Aus meiner Tasche holte ich Unterwäsche und T-Shirt und zog mich schnell um, als Rasso kurz den Bus verließ, um in die Wiese zu pinkeln. Den Mondenrock zog ich wieder an. Dann ging auch ich hinaus und hockte mich hinter einen Baum, um meine gefüllte Blase zu erleichtern.

Rasso hatte mittlerweile einen kleinen Campingtisch und zwei Klappstühle hervorgezaubert, den Kaffee in zwei Becher gefüllt, einen Zwieback, Erdbeermarmelade und ein Messer dazu auf den Tisch gestellt. Offenbar war in so einem Bus immer eine Notration vorhanden.

»Wo sind wir eigentlich?«, fragte ich.

»Abfahrt Oberammergau«, erklärte Rasso, »unser Jesus musste also nicht mehr weit laufen. Verfluchter Heiliger.« Aber obwohl man ihm die Wut noch anmerkte, konnte Rasso schon ein klein wenig darüber lachen. »Das gibt bestimmt Punktabzüge beim Eintritt in den Himmel, wenn man die sterblichen Überreste einer überaus gläubigen Frau in einem VW-Bus verteilt!«

Obwohl die Parkbucht an der Landstraße lag, kam nur ab und an ein Auto vorbei. Es war ausgesprochen idyllisch, besser als auf jedem Campingplatz.

Rasso zündete sich eine Zigarette an.

»Sorry, mit mir kommt man einfach nicht gradlinig ans Ziel.«

»Macht nichts, ich habe Zeit«, sagte ich und streckte meine blassen Beine in die Sonne.

Es war herrlich, diesen Satz auszusprechen.

Ich habe Zeit.

Hatte ich bisher nie gehabt. Hatte ich jetzt weniger denn je. Aber es war so echt gefühlt, ich hatte Zeit. Als ob Rasso und sein Bus mir ein Zeitloch eröffnet hatten. Fast war es egal, wie viel Zeit es tatsächlich noch war. Ich hatte Zeit.

Sonst wusste ich immer, wie viel Uhr es war. Termin hinter Termin. Ein Leben mit permanentem Blick auf die Uhr. Wobei das Handy längst die Uhr ersetzt hatte. Und jetzt war ich außerhalb der Zeit. Oder andersherum, ich hatte die Zeit in mir, die Essenszeit, die Schlafenszeit, die Nachdenkzeit, die Zeit zum Lebensgenuss. Es war nicht mehr die fremde Zeit, die mich beherrschte.

Wir tranken auch noch einen zweiten Kaffee und brachen dann wieder auf, nachdem wir uns mit etwas Wasser zumindest die Zähne geputzt und notdürftig das Gesicht gewaschen hatten. Meine halblangen Haare sahen mittlerweile wahrscheinlich völlig verzottelt aus. Keiner hätte sich mehr gewundert, mich in so einem Bus zu sehen.

Ich betrachtete die bezaubernd schöne Landschaft vor Füssen.

Vor dem Hintergrund der schroffen Berge lagen grüne Wiesen mit sanft vor sich hin kauenden Kühen. Ich war noch nie zuvor hier im Ostallgäu gewesen. Da machte man Urlaub in Thailand, auf den Malediven oder Gran Canaria – aber das hier kannte ich nicht, obwohl es keine zwei Stunden von München entfernt lag.

Aber ich hatte ja jetzt Zeit, endlich Zeit, rief ich mir noch mal ins Gedächtnis zurück.

Das Gefühl, Zeit zu haben, begann an meinem ersten Krankenhaustag. Keine Termine mehr in den nächsten sieben Tagen, jedenfalls keine, die ich selbst vereinbaren durfte. Ab jetzt muss ich warten und werde gerufen. Bei der Aufnahme ins Krankenhaus dauerte es zweiundvierzig Minuten, bis ich zu »Tisch 3« per elektronischer Tafel aufgerufen wurde. Schon bei der Aufnahme wird man hier auf »Tische« verteilt: Sekretariatstische, OP-Tische, Sterbebahre. Zweiundvierzig Minuten – meine Klienten hätte das bereits einiges gekostet.

Ich sollte eigentlich während des Wartens ein Buch lesen, das tue ich doch sonst immer, denke ich mir. – »Die Zeit nutzen.«

Aber ich ziehe das Buch nicht aus der Tasche, lasse stattdessen kranke Menschen in ihren Betten an mir vorbeiziehen: zwei alte Frauen, ein junger Mann. Was sie wohl in die Betten trieb? Im Erdgeschoss riecht es noch nicht nach Krankenhaus, erst in den oberen Etagen dominiert der scharfe Geruch der Desinfektionsreiniger. Aber die Krankenhausstimmung ist auch schon unten da, gerade bei der Aufnahme. Die Angst kann man auch hier riechen.

Endlich werde ich zur Voruntersuchung aufgerufen. Der Arzt schallt meinen Bauch. Befragt mich dann – ich kann meine Befunde mittlerweile herunterrasseln wie ein Arzt: Semimaligner T4 Tumor, 11 x 14 Zentimeter groß, seit 14 Wochen bekannt, Beschwerden mal leichter, mal schwerer, Druck auf Blase und Darm.

Der Arzt schreibt in den Befund, was ich ihm diktiert habe und was er offensichtlich bei der Untersuchung bestätigt findet.

Dann holt er einen Becher mit Spritze und Kanülen heraus. Freundlich erkundigt er sich, an welche Hand er die Kanüle setzen soll. An der linken natürlich, denn sonst hätte ich nicht mehr die vielen Einverständniserklärungen unterschreiben können. Er sticht in meine Hand, holt vier Ampullen Blut heraus und sichert dann die Kanüle mit einer weißen Mullbinde. Aus meiner Hand steht nun das grüne Braunülenende heraus, mein Körper ist offen, preisgegeben, und immer wenn ich meine Hand bewege, drückt die Kanüle in der Vene.

Wir überholten einen langsamen Reisebus, dessen Länderkennzeichen ihn als polnisch verriet.

»Wofür sind die denn so weit gefahren?«, brummte ich mehr für mich.

Rasso sah mich schräg von der Seite an: »Polen, Ungarn, vor allem aber Japaner – die wollen hier alle nur eins: die Königsschlösser vom Märchenkönig betrachten.« Das »Märchenkönig« kam gedehnt und etwas höhnisch.

»Ach, die sind auch hier?«

Rasso sah mich seufzend an. »Also, Isabel, hier liegen Neuschwanstein und Hohenschwangau. – Warst du denn noch nie da?«

Ich fühlte mich ein bisschen schlecht. »Nein.«

»Okay, dann mache ich jetzt erst noch einen kleinen Umweg.«

Rasso fuhr durch Füssen hindurch, über den grasgrünen Lech nach Hohenschwangau. Schon von unten sah ich das märchenhafte Schloss, wie aus einem Bilderbuch. Der Parkplatz kostete bereits fünf Euro.

»Magst du hineingehen oder es einfach nur von außen bewundern?«

Gerade liefen an mir zwei extrem aufgehübschte Japanerinnen mit Schlaghose, Bluse, großem Strohhut und hochhackigen Schuhen vorbei. Ob sie wohl noch hofften, König Ludwig zu begegnen?

»Ach nein, Innenräume von Schlössern kenne ich genug, von außen reicht.«

Rasso nickte mir zu und führte mich auf den Weg am Alpsee entlang, bis zu einer Stelle, von der aus wir einen Blick auf das Schloss hatten, das hinter dem klaren Wasser aufragte.

Wir setzten uns auf einen Baumstamm am Ufer.

»Ist er hier eigentlich auch ins Wasser gegangen?«

Rasso sah mich vorwurfsvoll an: »Nein, das war doch im Starnberger See.«

Plötzlich fühlte ich mich klein und dumm und ließ mich von Rasso belehren. Aber es war kein unangenehmes Gefühl.

Rasso erzählte von Ludwigs Liebe zu den Wagner-Opern, von seinen vermutlichen Depressionen, seiner Freundschaft zu Sissi und den immer noch lebendigen Mord-Vermutungen.

Mein Magen schmerzte unterdessen, ich konzentrierte mich auf Rassos Erzählungen.

# Kapitel 17

## *Georg*

Vierter Tag.

Er musste jetzt etwas unternehmen. Warum meldete sie sich denn nicht bei ihm?

Er fühlte sich so hilflos, und das war ein Gefühl, das er sonst nicht kannte. Georg hasste dieses Gefühl. Aber es überschwemmte ihn regelrecht.

Plötzlich ballte sich seine Faust und schlug auf den Tisch. Verwundert nahm er den Schmerz wahr.

Es musste Lösungen geben.

Zuerst rief er in der Klinik an. Dr. Satori sei bei der Visite. Dem Wunsch nach einem Rückruf kam er trotzdem innerhalb von 20 Minuten nach.

»Dr. Satori hier. Gut, dass Sie mich angerufen haben, ich mache mir die ganze Zeit Sorgen. Ich fühle mich mitschuldig, weil ich ihr doch geraten habe, Urlaub zu machen. – Aber das sollte ja nicht heißen, ohne Adresse einfach zu verschwinden. Hat sie angerufen? Ist sie bei Ihnen?«

»Nein, aber ich mache mir ebenfalls Sorgen. Jetzt muss ich von Ihnen erst mal wissen, warum genau Sie sie so dringend brauchen.«

»Das kann ich Ihnen eigentlich nicht sagen. Sie sind nicht der Ehemann, und es liegt keine Einverständniserklärung vor. Es tut mir leid, Herr ...«

»Krailsheim, mein Name ist Georg Krailsheim. Und ich bin seit vier Jahren mit Isabel Drievers zusammen. Seit drei Jahren leben wir zusammen.« Stimmte das überhaupt? War es wirklich schon so lange her? Er hatte sich nie an Daten oder so etwas festgehalten. Sie hatten weder den Kennenlerntag gefeiert noch den gemeinsamen Einzug in die neue Wohnung. Und andere Tage, Hochzeitstag oder so etwas, gab es ja nicht. Ob sie hätte heiraten wollen? Nein, das konnte nicht sein. Genauso wenig wie er selbst. Sie waren doch nicht die Typen für Ehe und Kinder. Oder?

»Herr Krailsheim, haben Sie gehört?«

»Entschuldigung, ich war in Gedanken. Könnten Sie das Letzte bitte noch mal wiederholen?«

Dr. Satori seufzte vernehmlich.

»Also, eigentlich geht das nicht, gar nicht, aber, wie gesagt, ich fühle mich schuldig. Ich will, dass wir zusammen Frau Drievers finden. Ich spreche jetzt mal so vor mich hin, also ich rede quasi gar nicht mit Ihnen, ich sehe mir hier einfach so meine Befundblätter durch.

Der Bauchtumor, semimaligne. Höchstwahrscheinlich gutartig. Muss operiert werden, nicht dringend, nur unangenehm. Aber das MRT-Bild

vom Kopf: eindeutig ein Tumor. Bösartig, 6 Zentimeter groß. Solche Tumore können abgegrenzt und
entfernbar sein. Dann könnte eine OP alles retten.
Erfahrungsgemäß wachsen solche Tumore schnell.
Oft genügt ein Tag, und sie drücken auf das Sprachzentrum oder auf die Motorik. Manchmal ist dann
alles fort. Das ist zeitkritisch. Sehr zeitkritisch.«

Georg hatte zugehört und wollte antworten, aber
es schnürte ihm die Kehle zu, er kannte das Gefühl
nicht. Er versuchte, dagegen anzukommen und seine Worte herauszupressen, aber es ging nicht. Und
dann schluchzte er, laut. Tränen liefen ihm über die
Wangen.

Er hatte nie mehr geweint, nie mehr seit der Nacht,
als sein Bruder unter Krämpfen gestorben war, in seinen Armen. Er hatte die Mutter nicht rufen wollen,
weil sie gesagt hatte, dass sie jetzt auch mal schlafen
müsse. Und dann hatte der Bruder plötzlich ganz ruhig und schlaff in seinen Armen gehangen. Und er
hatte zu schreien begonnen, aber es war zu spät. In
dieser Nacht hatte er geweint. Danach nie mehr.

Dr. Satori gab ihm die Zeit, sich zu fassen, obwohl
einige Minuten verstrichen.

»Wir haben noch eine Chance. Im Moment kann
keiner sagen, ob die beiden Tumore zusammenhän-
gen, ob es noch mehr gibt. Wenn der Hirntumor eine
Metastase ist, ist die Prognose sehr ungünstig. Eventuell haben die beiden Tumore aber nichts miteinan-

der zu tun und sind entfernbar. Aber wir haben eine Chance, wenn der Hirntumor schnell entfernt wird. Sofort, unverzüglich. Wir müssen sie finden.«

»Ja«, presste Georg unter Schluchzen heraus.

Es sollte nicht noch mal jemand unter seinen Fingern sterben. Durch seine Mitschuld. Auf keinen Fall. Er musste Isabel finden. Er rief bei der Firma an und meldete sich krank. Keine weiteren Erklärungen. In all den Jahren war er nie auch nur einen Tag krank gewesen. Er würde das hier angehen wie einen seiner Fälle. Alle Möglichkeiten durchdenken. Alle Wege kalkulieren und analysieren. Er musste sie finden.

# Kapitel 18

Nach etwa einer Stunde liefen wir wieder zurück zum Bus und fuhren weiter, bis wir Füssen erreichten.

Rassos Tante wohnte in einem alten Haus an der Kemptener Straße, nur wenige Minuten von der Innenstadt entfernt. Es sah auch hier aus, als ob jemand eine kitschige Postkarte nachgebaut hatte: Häuser mit grünen Fensterläden und roten Geranien.

Eines dieser Postkartenhäuser mit Bauerngarten davor gehörte Rassos Tante, die gerade an ihren Rosen schnippelte, als wir ankamen. Wir stiegen aus, und sie begrüßte Rasso gleich überschwänglich mit mehreren Umarmungen. Als er mich vorstellte, drückte sie auch mich sofort an ihren voluminösen Busen, wohl in der Annahme, dass ich nun mit zur Familie gehörte, und führte mich ins Haus. Sie tischte uns Brot, Wurst, Käse und Paprika auf, als hätte sie eine Legion zu versorgen, erzählte die ganze Zeit, wie schön die Beerdigung ihrer Schwester gewesen sei und unterbrach sich selbst nur ab und an, um heftig zu schluchzen.

Rasso versuchte mehrfach, ihren Redestrom zu

stoppen, was ihm jedoch nicht gelang. Ich ließ mich einlullen von dem Wortbrei, dem miefigen Alten-Haus-Geruch, und bestrich meine Stullen.

Laut weinende Trauer war richtig, fand ich. Ob Georg wohl laut um mich schluchzen würde? Ich hatte da meine Zweifel. Mein eigenes Begräbnis stellte ich mir eher leise und dezent mit wenigen, strikt schwarzgekleideten Besuchern vor, bei denen nur das ernste Gesicht ihrer Trauer Ausdruck gab. Georg würde eine rote Rose halten und sie in mein Grab fallen lassen.

»So schön war die Leich'!«, ließ Rassos Tante verlauten, bevor sie sich seufzend zu uns setzte.

»Irmi, nennst' mich Irmi, gell!«, wandte sie sich zum ersten Mal zu mir. Ich nickte pflichtschuldig.

»Und du, du bringst sie mir jetzt wirklich?«, sie sah Rasso an, der mit dem Kopf nickte. »Hast sie wirklich dabei?«

Rasso nickte.

»Im Bus?«

Rasso warf mir einen flehentlichen Blick zu. Ob er wohl fürchtete, dass ich verriet, dass ein Teil von seiner Mutter wohl auf immer und ewig im Bus bleiben würde? Ich setzte ein ernstes Gesicht auf.

»Ja.«

»Dann müssen wir sie jetzt hineintragen.«

Rasso stand auf.

»Gell, das geht nicht einfach so, ein bisserl feierlich muss das schon sein.«

Rasso sah seine Tante fragend an.

»Es ist ja wie die zweite Beerdigung. Das muss schon würdevoll sein.«

Rassos Augen verengten sich zu einem Schlitz, als ob er Böses ahnen würde.

Ein mahnender Blick von Tante Irmi: »Gell, es ist deine Mutter!«

Rasso sah verzweifelt zu mir, doch ich hob nur ratlos die Schultern.

»Was genau meinst du damit, Tante Irmi?«

»Kommt mal beide mit hinaus.«

Wir folgten wie zwei Entenkinder den flotten Schritten der Tante. Sie spähte in den Bus hinein: »Sehr gut, die Kommod' ist auch da. Die bringt ihr als Erstes hinein.«

Rasso öffnete die Tür: »Tante, ihr zwei packt an der einen Seite an, ich an der anderen.«

Schnaufend trugen wir zu dritt die schwere Kommode in Irmis gute Stube. Erst jetzt bemerkte ich die Lücke zwischen zwei Schränken, die sie offenbar bereits frei geräumt hatte. »Dort hinein«, dirigierte sie, und Rasso schob die Kommode passgenau hinein. Sanft tätschelte Irmi das dunkle Holz und erklärte in meine Richtung gewandt: »Das war ihr bestes Stück, da war sie stolz drauf!«

Vom Tisch holte sie ein bereitgelegtes weißes Häkeldeckchen, das sie vorsichtig drapierte und glatt-strich. »Habe ich extra dafür gemacht!«

Dann wandte sie sich wieder hinaus: »Jetzt können wir sie holen.«

Wieder trabten wir hinter ihr her zum Bus, wo Tante Irmi mit ihrer Erklärung anhob: »Also, das ist jetzt die zweite Leich'. Das muss auch schön sein. Das hätt sie so gewollt.«

Sie nahm Rasso am Arm: »Du trägst sie bittschön rein, und wir singen: ›Abends will ich schlafen ge-hen‹ – weißt' schon.«

Rasso war offensichtlich peinlich berührt, sich vor mir so darzustellen, aber ich warf ihm einen aufmun-ternden Blick zu und feixte nur für mich, als er sich umdrehte und die Urne aus dem Bus holte.

Tante Irmi machte ein sehr ernstes Gesicht und hob ihm sanft die Ellbogen an, damit er die Urne schön in die Höhe hielt. Beim ersten Schritt in Rich-tung Haus hob sie mit einer verwunderlich klaren Kirchenstimme an zu singen: »Abends will ich schla-fen gehen.« Rasso fiel zögernd mit ein. Er hatte eine wundervolle Bariton-Stimme.

Wer hätte gedacht, dass diesem Busstaub je eine solche Ehre zuteil würde. Ich bemühte mich weiter-hin, ein ernstes Gesicht zu machen, und trabte dem kleinen Trauerzug als Schlusslicht hinterher.

»Vierzehn Engel um mich stehen.«

Ich sah mich um und fürchtete eher, dass mindestens vierzehn Touristen unseren Trauerzug verfolgten.

»Zwei zu meinen Häupten, zwei zu meinen Füßen.«

Peinlich berührt blickte ich möglichst neutral in den Bauerngarten, folgte aber brav den beiden ins Haus.

»Zwei zu meiner Rechten, zwei zu meiner Linken.«

Ich war froh, als wir den Flur betraten.

»Zwei, die mich decken, zwei, die mich wecken, zwei, die mich weisen.«

Irmi fuchtelte mit den Händen, und Rasso ließ sanft die Urne auf der Häkeldecke nieder. »Zu Himmels Paradeisen.«

Nun stand sie da, auf ihrer Kommode, und Tante Irmi betrachtete sie offensichtlich zufrieden. Genau so hatte sie sich das vorgestellt.

»Jetzt essen wir noch einen gedeckten Apfelkuchen.«

Nach dem Apfelkuchen folgte ein Birnenschnaps. Und noch einer und noch einer. So viele Vitamine.

»Nach Hause fahren könnt ihr nimmer«, stellte Irmi fest, und obwohl das auch gar nicht mein Ziel war, musste ich ihr absolut recht geben.

»Ihr schlaft nebenan, in der roten Villa. Ich hab die Schlüssel, und im Moment sind eh nur ein paar

Gäste da, die schlafen alle im ersten Stock, ihr könnt in den zweiten.«

Ich hatte bei »roter Villa« die vage Vorstellung eines kommunistischen Hauses vor meinen Augen, in dem einstmals Stalin und jetzt die linke Jugend Füssens hauste, ließ mich aber in meinem birnen-vitamin-ge-schwängerten Zustand von allem überzeugen.

Nach zwei weiteren Schnäpsen – »Das gehört zu einer ordentlichen Leich' dazu«, wie mir Tante Irmi noch überraschend klar erklärt hatte – führte Rasso mich zwei Häuser weiter. Ich skandierte: »Ho, Ho, Ho Chi Minh«, bis vor mir eine niedliche rotgestri-chene Villa mit weißen Fensterläden auftauchte, woraufhin ich wechselte zu: »Zwei mal drei macht vier, widewidewitt und drei macht neune«, denn mir war ganz klar, dass hier nur eine wohnen konnte.

»Komm, Pippi Langstrumpf«, sagte Rasso, dem anscheinend mein Singen fast noch peinlicher war, als mir seines am frühen Abend, und zog mich in die Haustür hinein.

»Ich mach mir die Welt, widewide wie sie mir ge-fällt«, sang ich lautstark weiter, bis Rasso mir sanft die Hand auf den Mund legte. »Hier schlafen schon welche.«

Er zog mich zwei Treppen hinauf, während ich immer noch kicherte und die Pippi-Melodie weiter vor mich hin pfiff, und legte mich angezogen auf das Bett in einem Zimmer.

# Kapitel 19

*Piet*

Sie ging ihm einfach nicht aus dem Kopf. Den ganzen Abend nach ihrem gemeinsamen Nachmittag hatte er an sie denken müssen. Den ganzen gestrigen Tag. Immer wenn er ihre grünen Augen vor sich sah, bekam er so ein seltsames Magengrummeln. Je länger er darüber nachdachte, desto sicherer war er: sie war nicht mit Rasso zusammen. Nein, auf keinen Fall. Kein Kuss, kein Händchenhalten, keine Berührung, was auch immer sie miteinander taten, sie waren nicht zusammen. Dann aber könnte er sie anrufen. Er könnte. Er blickte auf sein Handy, in dem eine Nummer unter »Mondenkind« eingespeichert war. Eine Mobilnummer.

Er wählte – aus einem Impuls heraus. Vielleicht konnte er zumindest ihre Stimme auf dem Anrufbeantworter hören. Ja, das würde er gerne, einfach nur ihre Stimme hören.

Es meldete sich tatsächlich die Mailbox, der Standard-Ansagetext der Maschinenstimme. Nicht Isabels Stimme, stellte Piet enttäuscht fest, bevor er auflegte und den Kopf über sich selbst schüttelte.

Was tat er hier? Er war normalerweise vernünftig und rief keine Frauen an, die er kaum kannte. Das war doch die dämlichste Anbaggerei, die man sich nur vorstellen konnte. Was hätte er überhaupt sagen wollen? Sollen wir uns auf einen Kaffee treffen? O nein. Einfach dämlich.

Und sie würde als erstes Rasso davon erzählen. Das würde der ihm noch nach Jahren grinsend vorhalten.

Er stützte seinen Kopf in die Hände. Mondenkind. Er hatte keine Ahnung, was er tun sollte.

# Kapitel 20

Am nächsten Morgen fand ich mich immer noch angezogen auf dem Bett wieder. Mein Glück, denn im nächsten Moment ging die Tür auf, und sieben junge Männer in schrecklichen, ausgestopften T-Shirts starrten mich an. Was macht die Horde Michelin-Männchen hier, schoss mir durch den Kopf, als sie schon dröhnend loslegten: »Ich hab ein Haus, ein kunterbuntes Haus, ein Äffchen und ein Pferd, die schauen dort zum Fenster raus.« Nur um sich dann brüllend vor Lachen aus dem Staub zu machen.

Ich fand das alles nicht ganz so lustig. Mein Kopf brummte. Die Michelin-Männchen trampelten die Treppe hinunter, und der letzte rief in mein Zimmer: »So, das war die Strafe für gestern Nacht – da hast du uns alle geweckt!«, bevor er die Tür zuknallte.

Ich schwor mir, nie wieder Birnenschnaps zu trinken, stand dann auf und entdeckte glücklicherweise gleich neben meinem Zimmer eine Toilette.

Mühsam ging ich kurze Zeit später die steile Treppe hinunter und fand eine Küche vor, aus der Kaffeeduft kam. An der heißen Kaffeemaschine lehnte ein

Zettel: »Frischer Kaffee, den wirst du nötig haben. Von den Eishockey-Jungs – obwohl du es nicht verdient hast!«

Ich nahm mir einen heißen Kaffee und ließ mich auf dem Küchenstuhl nieder.

Ein ebenso verschlafener und verkaterter Rasso betrat die Küche und sah mich zweifelnd an.

»Was war das?«, fragte ich nur.

Er nahm sich ebenfalls einen Kaffee. »Hier wohnen meistens Sportler, Eisläufer und so. Jetzt gerade eine Eishockeymannschaft – und die hast du gestern Abend mit deinem reizenden Pippi-Langstrumpf-Song geweckt. Sei froh, dass sie dich nicht noch zum Fenster hinausgeschmissen haben.«

»Eishockeyspieler. Ach so.«

Rasso winkte mir zu, und ich folgte ihm über eine Treppe, die direkt aus der Küche in den Garten führte. Etwas verwildert. Wir setzten uns auf zwei Plastikstühle, tranken den Kaffee, und ich lauschte dem Brummen in meinem Kopf. Da konnte ich viel zuhören.

»Seit ich dich kenne, war ich häufiger berauscht als in meinem ganzen Leben zuvor.«

»Schön so«, murmelte Rasso.

# Kapitel 21

*Piet*

Piet wartete darauf, dass das Wasser in der Kaffee-maschine sich erhitzte.

Heute musste er gleich früh zu den Feldern. Und er würde einen weiten Bogen um Flinten-Karls Wald fahren.

Immer noch musste er ständig an sie denken.

»Weißt du, eine Frau muss mit mir im Gras liegen können, und wir erzählen uns gegenseitig Geschich-ten über die Grillen. Eine Frau muss sich mit mir über Politik streiten können. Mit einer Frau will ich hier in Freilassing auf den Feuerwehrball und nach Wien auf den Opernball gehen können. Mit einer Frau muss ich lachen können. Sie muss sich für mei-ne Arbeit interessieren. Und sie muss wissen, wo die schwarzen Flecken auf dem Mond sind. Dann reicht es zum Leben.«

Er erinnerte sich genau an seine eigenen Worte. Weil er die nicht zum ersten Mal benutzt hatte. Und bisher waren sie immer nur ein Vorwand gewesen – dass es so eine Frau wohl nicht geben könne. Und nun waren die grünen Katzenaugen von Mondenkind überall, wo er hinsah. Er sah auf seinen Schreibtisch – und sah ihre Augen, er sah auf einen Baum – und erinnerte sich, wie sie unten bei Flinten-Karl gestanden hatte, er sah auf seine Maisfelder und würde ihr gerne noch mal alles über Gen-Mais genau erklären.

Ein Blick auf die Kaffeemaschine verriet Piet, dass sie längst bereit war. Er drückte auf den Espressoknopf und merkte erst dann, dass er noch keine Tasse daruntergestellt hatte. Bis er eine gegriffen hatte, war der erste Espresso längst im Sieb versickert. Wo war er nur mit seinen Gedanken? Er stellte die Espressotasse nun unter die Kaffeemaschine und drückte ein weiteres Mal.

Er konnte sie vor sich sehen: im Gras liegend und über Grillen erzählend, in Freilassing auf dem Feuerwehrball, in Wien auf dem Opernball. Er konnte ihr Lachen noch in seinen Ohren hören und – ja, ihr würde er sogar zutrauen, dass sie wüsste, wo die schwarzen Flecken auf dem Mond sind. Er hätte sie zu gerne gefragt.

Er nahm einen Schluck vom Espresso. Gut und heiß. Und wieder flogen seine Gedanken zu ihren grünen Augen, bis ein brennender Schmerz ihm sagte, dass er wohl gerade die Espressotasse so schräg gehalten hatte, dass der heiße Kaffee auf seine Hand geflossen war. Fluchend hielt er die verbrühte Stelle unter kaltes Wasser und wischte dann die kleine Kaffeelache weg.

Es brannte auch in seinem Bauch. Mit ihr vom Himmel über Berlin träumen, sich Sehnsüchte erzählen und sie erfüllen.

Wieder drückte er auf sein Handy: Mondenkind. Wieder nur die Mailbox.

Enttäuscht schmiss er das Handy auf den Tisch.

Mit dem Motorrad zu den Feldern. Das würde ihn ablenken. Beim Motorradfahren konnte man nicht so viel denken.

# Kapitel 22

»Wo soll ich jetzt hinfahren?«

Ich blickte Rasso erstaunt an. »Das hast bisher immer du entschieden.«

Abrupt blieb Rasso in einer Parkbucht stehen: »Aber jetzt wird es Zeit, dass du entscheidest. Ich sollte eigentlich zurück nach München. Aber wo willst du hin?«

Ich hob die Schultern: »In die Provence?«

»Ach, das ist doch quatsch, da macht man mal Urlaub. Wo willst du wirklich hin?«

Im Grunde hatte er recht. Ich hatte zwar mal Provence gesagt. Aber wo wollte ich wirklich hin?

»Ich habe keinen Schimmer.«

»KP.«

»Was heißt KP?«

»*What's app*-Sprache: Keinen Plan.«

Meine Gedanken flüchteten. Wieder die Sprache. Die Jugend sprach *What's-app*: KP. Ich hatte die Mail-Sprache: MfG. Definierte man sich über seine Sprache? Ich wollte mich nicht über eine Mail-Sprache definieren. Kein KP, kein MfG, ich hätte gerne

eine andere Sprache benutzt, eine, in der ich die richtigen Worte finden konnte, das ausdrücken, was ich
sagen wollte, mit dem richtigen Wort erst das finden,
was ich eigentlich suchte.

Rasso hatte mich sonst immer in meine Gedanken versinken lassen, mit mir geschwiegen, jetzt aber
hakte er nach:

»Glaube ich dir aber nicht, dass du keinen Plan
hast. Irgendwo da drin weißt du ganz genau, was du
willst. Und das machen wir jetzt. Und nur das, genau
das, was du willst.«

»Ich weiß es aber nicht.«

»Okay, komm mal mit raus.«

Wir stiegen aus, und Rasso blickte sich suchend
um. »Da ist ein Baum.«

»Ja, und?«

»Bäume helfen einem, wenn man sich selber
sucht.«

»So nach dem Motto: ›Umarme den Baum‹?«

Rasso ging auf meine Ironie nicht ein: »Genau.«

Er zeigte auf eine dicke alte Eiche. »Setz dich mal
da drunter.«

Ich war genervt. Warum tat ich das alles hier?
Aber ich setzte mich dennoch, ihm zuliebe.

»Also, was willst du wirklich?«

Ich zuckte mit den Schultern.

»Okay, anders. Was wolltest du werden, als du ein
kleines Mädchen warst?«

»Prinzessin.« Ich nahm das hier nicht ganz so ernst.

Aber Rasso tat es: »Aha. Und wie sah der Prinz dazu aus?«

Hatte man sich als Kind überhaupt je einen Prinzen dazu vorgestellt? Prinzessin zu sein genügte doch, auch ganz ohne Prinz. »Hm, der sieht gut aus, klar. Aber er ist vor allem nett. Ich kann mit ihm über alles reden. Und lachen. Er beschützt mich. Und lässt mich an seiner Seite für das Gute kämpfen.« Ich meinte es ernst. Das war mein Traumprinz. Nicht mehr, aber auch nicht weniger.

Mit wem hatte ich in letzter Zeit gut reden können? Spontan fiel mir Piet ein, und ich dachte an seine ernsten Erklärungen und an sein Lachen. – Doch, natürlich, mit Rasso hatte ich auch gut reden können, schweigen und reden.

Aber war dieser Dreadlock-Hippie mein Traumprinz? Sollte ich es versuchen? Mal küssen, ob ein Prinz zum Vorschein kam?

Rasso sah mich erwartungsvoll an. Als ich loslachte, stutzte er.

»Okay, das führt zu nichts«, entschied er dann.

Das befürchtete ich auch.

»Was war dein Traum, als du ein kleines Mädchen warst?«

»Ach, Rasso, Mensch, ich weiß es nicht. Was willst du eigentlich von mir?«

»Ich möchte wissen, ob es irgendetwas gibt, das du wirklich willst. Und sei es die kleinste Kleinigkeit. Aber du musst es wollen, von ganzem Herzen. Und dann werden wir versuchen, es wahrzumachen. Gibt es irgendetwas in letzter Zeit, das du wirklich, dringend und unbedingt, gewollt hast?«

Es hatte etwas gegeben, glaubte ich mich plötzlich zu erinnern. Piet hatte mich doch vor kurzem danach gefragt.

War es die Sache mit dem Buch?

»Es gibt da ein Buch. Ich will wissen, was aus dem Mädchen geworden ist. Sie heißt nämlich Isa, wie ich.«

»Gut, das ist gut.« Eine seltsame Reaktion von Rasso. »Dann werden wir zu dem Autor fahren und ihn das fragen.«

»Er ist tot.«

»Scheiße.«

»Genau.«

Aller Enthusiasmus, den Rasso gerade aufgebracht hatte, schien dahinzufließen. »Das ist richtig scheiße.«

Eigentlich wollte ich gerade Rasso beruhigen und sagen, dass mir das mit Isa wirklich nicht so wichtig war, als mir schwindlig wurde. Ein Glück, dass ich immer noch an dem Baum lehnte.

Richtig verdammt schwindlig.

Ich krallte mich mit den Händen in die Baumrinde,

um zu verhindern, dass ich zur Seite fiel. Wie konnte einem nur so schwindlig sein?

»Das geht wohl nicht. Hast du nicht noch einen echten Wunsch?« Rasso sah mich etwas verzweifelt an. Das mit dem Herzenswunsch erfüllen, das war wohl keine so einfache Angelegenheit.

Mir wurde auch noch schlecht, ich sah überall kleine schwarze Punkte. Ich hatte auch wirklich keinen Wunsch. Die Welt begann sich um mich zu drehen.

Aber da war doch etwas gewesen, mit Piet.

Piet. Den Himmel über Berlin sehen. Hatte ich das gedacht oder gesagt? Die Eichenblätter über mir rotierten wie Propeller. Den Himmel über Berlin sehen. Das Grün der Blätter und das Blau des Himmels zogen Schlieren ineinander.

»Alles okay, Isabel?« Ich hörte Rasso kaum durch das meeresartige Rauschen in meinen Ohren.

»Gleich, gleich, ich brauche eine kurze Pause.«

Es war ein fließendes Gleiten zwischen Ohnmacht und Schlaf. Der Baum hielt mich fest. Ich lehnte mich an und dämmerte davon. Rasso ließ mich ein wenig schlafen.

Als ich aufwachte, konnte ich mich ganz genau an meinen Traum erinnern. Wie in Bildern gemalt, in

Worte geschrieben, mit Musik vertont, konnte ich jede Szene noch sehen. Ich hatte von einem Märchen geträumt.

Es war einmal eine Prinzessin, die jeden erfreute durch ihre herzliche Art. Sie war immer glücklich und immer lachend, und wer sie sah, wurde ein winziges bisschen glücklicher. Jeden Nachmittag balancierte die Prinzessin in ihrem großen Garten auf einem extra für sie aufgespannten Seil. Sie trug dabei ein weißes Spitzenkleid und einen zierlichen weißen Sonnenschirm mit gehäkelten Rändern. Wenn sie über das Seil getanzt war, klatschte der ganze Hofstaat ihr begeistert zu, und sie verneigte sich lachend in alle Richtungen. Dann blickte sie auf die hohen Mauern, die ihren wundervollen Garten umgaben, aus dem sie noch nie fortgekommen war. Eines Tages aber sah sie beim Seiltanzen in den Himmel, und ihr Blick fiel auf die Wolken, die über die Mauern des Gartens hinwegzogen. Da sprang sie von der Mitte des Seils ins Gras hinunter. Der Hofstaat erstarrte, denn das war zuvor noch nie geschehen.

»Ich will den Wolken nach, hinter die Mauern!«

Einen Augenblick herrschte Schweigen. Aber da man einer Prinzessin jeden Wunsch erfüllen musste, ließ der Obermarschall eine Kutsche anspannen. Vier weiße Pferde zogen die Kutsche, die die Form einer Muschel hatte. Die Prinzessin zögerte keinen Augenblick, als die Kutsche vorfuhr, und stieg ein.

Nun fuhr sie mit ihrer Kutsche und einer Gefolgschaft an einem der ersten Frühlingstage durch das Land hinter der Mauer. Die Sonne versuchte, die Erde mit ihren jungen Strahlen zu erwärmen, aber noch siegte meist ein kühler, frischer Wind. Das Prinzesschen erfreute sich an ihren Weizenfeldern, sie erfreute sich an den Wäldern, und alle, die mit ihr unterwegs waren, erfreuten sich an ihrer ansteckenden Freude.

Als die Kutsche an einem schönen tiefgrünen Flusslauf entlangfuhr, sah die Prinzessin Kinder, die dort im Wasser badeten. Sie ließ den Kutscher anhalten und genoss das ausgelassene Spiel der planschenden Kinder. Als die Kinder aus dem Wasser liefen und sich dabei wegen des kalten Winds frierend die Arme um den Leib schwangen, war das junge Prinzesschen ganz erschrocken, denn sie konnte sehen, wie sehr sie froren. Und mit einem spitzen Rufen befahl sie: »So gebe man ihnen ein vorgewärmtes Handtuch!« – So wie es der jungen Prinzessin selbstverständlich immer gereicht wurde, wenn sie aus dem Bade stieg, bevor man sie eincremte und einölte, die Haare kämmte und anzog! Und dort war doch vor dem Baden noch eingeheizt worden.

Doch der brummige Kutscher, der sich nicht einmal von der Prinzessin aus seiner Miesepetrigkeit locken ließ, brummte nur: »Die kennen gar kein vorgewärmtes Handtuch.«

Und in diesem Moment guckte die Prinzessin zum ersten Mal in ihrem Leben ganz ernst. Ihr wurde klar, dass sie vieles in ihrem Königreich gar nicht kannte und nicht wusste.

In der folgenden Nacht zog sie sich heimlich die Jacke ihrer Zofe an, schlich sich aus dem Schloss und streifte durch die Dörfer und Städte ihres Landes. Und lernte so Nacht für Nacht ihr eigentliches Königreich kennen.


Ich erwachte, obwohl ich genau wusste, dass dieser Geschichte noch ein Ende fehlte. Ich war wirklich eingeschlafen. Wie ging nur das Ende der Geschichte?

Rasso stand etwas abseits, das Handy an sein Ohr gedrückt. Es war das erste Mal, dass er telefonierte. Bisher hatte er wohl keinen Kontakt zu irgendjemandem gebraucht. Jetzt schien er etwas mit jemandem zu besprechen, nachdenklich wiegte er den Kopf.

Ich hatte solche Kopfschmerzen. Ich war zwar wach, aber die Schmerzen dröhnten wie ein Presslufthammer in meinem Gehirn. Immerhin war das Räuschen in meinen Ohren verschwunden.

Rasso beugte sich über mich. Irgendwie hatte er einen fürsorglichen Blick, den ich zuvor nie an ihm gesehen hatte. »Geht es jetzt wieder? Du hast über eine halbe Stunde geschlafen.«

»Ja.« Ich nickte und versuchte aufzustehen. »Gib mir noch zwei Minuten.«

Rasso nickte mir beruhigend zu und drehte sich um, um mir zu zeigen, dass wir Zeit hatten. Ich zog die Jacke enger um mich, mir war plötzlich kühl. Ich hätte nichts dagegen gehabt, wenn mich jemand jetzt in den Arm genommen hätte. Wie automatisch griff ich in die Tasche und spürte dort die Feder, die Feder, die Piet mir gegeben hatte. Vorsichtig zog ich sie heraus und betrachtete sie aufmerksam. Diese Farben, ein Wunder der Natur. Weiß und Grau, die dann die türkisblauen Streifen erst richtig hervorfunkeln ließen. Sanft strich ich darüber, bevor ich sie wieder vorsichtig in die Tasche gleiten ließ.

Rasso drehte sich zu mir um und bot mir mit fragendem Blick seine Hand an. Ich nahm sie und ließ mich von ihm hochziehen.

Auf dem Weg zum Bus stützte er mich. Streuner folgte uns wie ein Schatten. Dann fuhren wir los. Ich fragte nicht wohin. Sonst hätte er vielleicht noch darauf bestanden, dass ich entscheiden muss.

# Kapitel 23

*Georg*

Fünfter Tag.

Georg saß neben Dr. Satori auf einer Polizeistation. Nur kurz hatte er seine Arme auf den schmierigen Resopaltisch gestützt, um sie dann angeekelt zurückzuziehen. Fast dreißig Minuten hatten die Polizisten sie warten lassen, obwohl niemand außer ihnen in der Polizeistation war. Georg hatte Mühe, in dieser muffigen Atmosphäre und bei dem gelangweilten Blick des Polizisten ruhig zu bleiben. Umso mehr bemühte er sich jetzt, dem Polizisten die Dringlichkeit zu erklären, der offensichtlich bei einer vermissten Erwachsenen, die im Besitz ihrer vollen geistigen Kräfte war – das hatte er abgefragt –, nicht willens war, sich besonders ins Zeug zu legen...

Georg hatte das Gefühl, gegen eine Wand zu reden. Dr. Satori schien das Gleiche zu empfinden und versuchte, ihn zu unterstützen: »Ich als Arzt muss darauf bestehen, dass wir alles tun, damit Frau Isabel Drievers schnellstmöglich gefunden wird.«

Der Polizist hatte die medizinische Diagnose an sich vorbeiziehen lassen.

Mit einem kurzen Seitenblick auf Georg zischte Satori dann: »Suizid nicht undenkbar.«

Sowohl dem Polizisten wie Georg war klar, dass dies nicht für ihn, den Lebensgefährten, bestimmt war. Georg war bemüht, sich auf die Staubwebe in der Ecke hinter dem Polizisten zu konzentrieren. Das hatte Satori bestimmt nur gesagt, um den Polizisten zu bewegen. Bestimmt. Er konzentrierte sich noch intensiver auf die Staubwebe. Wie leicht sie hin und her schwang. Eigentlich hatte so eine Staubwebe etwas Schönes, fast wie ein Spinnennetz.

Der Polizist hatte nun sehr genau verstanden, dass hier eine Frau in Lebensgefahr war. Georg konnte ihm, bei einem versehentlichen Blick von der Staubwebe fort und in das Beamtengesicht hinein, ansehen, dass in diesen grauen Beamtenzellen gerade alles auf Aktion umgestellt wurde. Fahndung, Ausschreibung. Bild und Personenbeschreibung an alle Dienststellen. Abklappern von Flughäfen, Hotels, Mietautostationen. Checken der Kreditkarte. Diese Frau musste man doch auftreiben können! Nachdem er alles aufgenommen hatte und dabei fast mehr mit Satori als mit Georg gesprochen hatte, wandte er sich noch einmal an ihn: »Was denken Sie, wo können wir die Suche eingrenzen? Glauben Sie, sie ist in einem Hotel in München geblieben? Zu wem könnte sie gefahren sein? Haben Sie eine Idee?«

Georg fühlte sich hilflos: »Nein.« Er zuckte mit

den Schultern. Der Polizist musste ihn für einen Voll-trottel halten.

»Hatten Sie beide sich zuvor gestritten?«

Georg konnte dem Polizisten die Frage nicht einmal übelnehmen, so nachvollziehbar war sie.

»Nein, kein bisschen.«

Der Beamte stand auf und klopfte Georg auf die Schultern. »Die Frau finden wir, wirklich, wir finden Ihre Freundin.«

Irgendwie machte das Georg keinen Mut.

# Kapitel 24

Ich hatte geschlafen, lange wohl. Ich fühlte mich verknautscht, aber sonst ganz gut. Nur halb wach, blickte ich nach draußen. Die Landschaft sah anders aus. Flach. Undefinierbar. Ich gähnte laut und streckte mich.

»Wo sind wir?«

»Möchtest du das wirklich wissen?«

»Nein, eigentlich nicht. Aber sag's mir trotzdem.«

»Auf der Höhe von Leipzig.«

Ich setzte mich kerzengerade auf. »Ich wollte eigentlich in den Süden.«

»Jetzt fahren wir aber nach Berlin.«

»Was sollen wir denn da?«

»Überraschung.«

Puh. Ich lehnte mich zurück. Überraschungen hatte ich noch nie gemocht. Es war heiß im Bus, und ich kurbelte das Fenster ein wenig herunter. Rasso fuhr fast 120. Bei dem Tempo dröhnte der Bus so, dass man sich sowieso kaum unterhalten konnte. Anscheinend wollte er schnell nach Berlin. Berlin –

eigentlich nicht gerade meine Traumstadt. Obwohl, Berlin, da war doch was, irgendetwas versprach mir Berlin. Der Bus war zu laut, um meine Gedanken zu ordnen. So schnell war Rasso noch nie gefahren.

»Getankt habe ich auch schon«, bestätigte er diese neue Zielstrebigkeit. Sein Handy klingelte. Das hatte er doch bisher nicht eingeschaltet gehabt. Er drosselte rasch das Tempo und nahm das Gespräch an.

»Hallo!«

Während der andere am Telefon sprach, warf Rasso mir einen seltsamen Seitenblick zu. So, als ob es ihm unangenehm war, vor mir zu sprechen. Seltsam, bisher hatte ich nicht den Eindruck gehabt, dass Rasso irgendwas vor mir verbergen wollte. Aber er hatte natürlich auch ein Recht auf seine Privatsphäre. Betont unbeteiligt blickte ich zum Fenster hinaus.

»Ich glaube, es geht schon«, hörte ich ihn dann. Ziemlich einsilbig.

Wieder hörte er lange zu. »Dach?«, fragte er dann irritiert, um irgendwann bewundernd einzulenken: »Super!«

Offensichtlich ging es um die Renovierung des Hauses seiner Mutter.

Ich hörte nur mit einem Ohr hin.

Berlin rauschte mir noch durch die Ohren. Ich wollte doch gar nicht nach Berlin. Nicht in die Großstadt. Hektik hatte ich im Beruf genug. Plötzlich schossen mir Bilder durch den Kopf. Berlin war gar nicht hektische Betriebsamkeit wie andere deutsche Großstädte. Berlin verhieß Möglichkeiten, Freiheiten, tun und lassen können, was man möchte, Grenzen sprengen. Dafür stand Berlin. In Berlin rückten die Häuser auseinander, gaben Platz für Baumalleen. In Berlin hatte man sich durchs Brandenburger Tor die Freiheit in ein früher verschlossenes Land erkämpft. Der Himmel war weit und immer da in Berlin. Wann war ich das letzte Mal in Berlin gewesen?

»Und sie hat dir einfach so den Schlüssel gegeben?«, hörte ich Rasso wie von ferne.

Es war bestimmt zehn Jahre her. Ich hatte ein Projekt in Berlin. Wir waren in vielen, sehr guten Restaurants. Ich konnte mich nicht erinnern, irgendetwas angesehen zu haben, außer einer Taxifahrt vom Flughafen irgendwohin. Wie schade eigentlich!

»Das muss 'ne coole Frau sein!«

Rasso sprach über Frauen. Aha.

»Ich verstehe, ja, das ist wirklich schön!«

Man sah Rasso an, wie sehr er sich freute, über das, was der andere ihm da gerade erzählt hatte.

Dann verabschiedete er sich: »Danke, danke dir sehr! Ciao, Piet.«

Oh, Piet war dran gewesen. Oh. Hatte er eine Freundin? Eine »coole Frau«? Und sie hatte ihm ihren Schlüssel gegeben? Zog Piet ein bei einer Frau? Warum konnte ich mich gar nicht darüber freuen?

Egal. Nein, nicht egal, ich freute mich kein bisschen darüber. Ich starrte zum Fenster hinaus. Das, was ich da fühlte, war Eifersucht, ganz klar Eifersucht. Eifersucht konnte man doch nur haben, wenn man jemanden für sich selber will.

Nur plattes Land da draußen. Nichts, was einen ablenkte.

Piet. Ich kannte ihn doch gar nicht. Doch. Wir hatten geredet, über ernste Themen, wir hatten gelacht. Bei ihm hatte ich zugeben können, dass ich von etwas keine Ahnung hatte, und er hatte es mir erklärt, mich nicht belehrt, sondern einfach aus dem Interesse heraus, mir etwas zu erklären, in all seiner Komplexität und Vieldeutigkeit. Er hatte mir seine Meinung gesagt und doch auch mir die Freiheit gelassen, eine andere zu entwickeln. Das war schön. Und ungewöhnlich für einen Mann. Er hatte mich beschützt, als ich Todesangst hatte. Er hatte sich vor mich gestellt und Flinten-Karl abgelenkt. Die Gefahr von mir fort und auf sich selbst gelenkt. Und nie einen Ton darüber verloren. Ganz selbstverständlich.

Ich hatte mich nicht einmal bei ihm dafür bedankt, fiel mir plötzlich ein, das sollte ich unbedingt noch tun. Nein, das wollte ich unbedingt noch tun.

Er war klug. Interessiert und offen für alles. Und so echt.

Verflixt, ich mochte ihn. Ja, ich war eifersüchtig, verdammt eifersüchtig. Das gab's doch gar nicht. Er sah gut aus. Aber das war egal. Wichtig war, dass er gleichermaßen klug und nett war. Und witzig. Und er roch gut.

Ich konnte mich ganz genau daran erinnern, wie er roch, als ich mich auf dem Motorrad an ihm festgehalten hatte. Nach Sonne, Seewasser und nach Piet. Und das war eine verdammt verführerische Mischung gewesen. Neben ihm hatte ich mich auch echt gefühlt. Lebendig, wahrgenommen, beschützt, angekommen.

Das gab's doch gar nicht. Das projizierte ich jetzt nur auf eine flüchtige Bekanntschaft. Man kann sich doch nicht in jemanden verlieben, den man gerade vor ein paar Stunden kennengelernt hatte. Doch, natürlich ging das. Im Gegenteil, es war immer so. Es ging in Minuten, vielleicht Sekunden. Ob das hielt, das merkte man erst später. Aber ob jemand für einen in Frage kam, das sah man auf den ersten Blick. Ich hatte mich verliebt, in Piet.

Ich sah nach draußen. Ein einzelner Baum. Wie er auf den Baum hinaufgeklettert war, um Flinten-Karl zu besänftigen. Piet hatte jetzt eine Freundin und ihren Schlüssel.

Und ich? Georg, was war mit Georg? Ich wusste es nicht. In Büchern, da wissen sie immer alles genau. Ob sie sich von dem einen trennen wollen oder mit dem anderen zusammenkommen. Aber in Wirklichkeit, da wusste man das alles nicht so genau. In Piet verliebt? Oder nur ein flüchtiger Gedanke? Georg verlassen für jemand anderen? Dazu gehörte mehr.

»Du bist so still. Willst du gar nicht wissen, welche Überraschung ich für dich habe?«

»Doch.« Das war nur aus Freundlichkeit so dahingesagt. Ich hatte wirklich gerade etwas anderes im Kopf.

»Sag ich dir aber nicht.« Er freute sich wie ein Kind.

»Hat Piet eine neue Freundin?« Es sollte ganz beiläufig klingen.

»Du willst nur ablenken. Du willst ganz unbedingt wissen, was für eine Überraschung ich für dich habe.«

Unbedingt wollte ich eine Antwort auf meine Frage.

»Sag ich dir aber nicht.«

»Sagst du mir nur zur Ablenkung, ob Piet eine neue Freundin hat?«

»Das willst du doch gar nicht wissen.«

Doch, genau das und nur das wollte ich wissen.

Wir fuhren schweigend weiter. Rasso grinste die ganze Zeit wie ein Honigkuchenpferd, als ob er selbst eine neue Freundin hatte. Ich hörte in mich hinein, auf meine sich widersprechenden Gefühle. Ich versuchte zu prüfen, was davon ernsthaft war, und kam doch in Gedanken keinen Schritt weiter. Außer, dass da ein eindeutiges Gefühl für Piet war: Piet Flaucher. Der in Freilassing war. Und ich bewegte mich in die entgegengesetzte Richtung, nach Berlin.

# Kapitel 25

## Georg

Sechster Tag.

Als der Polizist anrief, hatte Georg noch geschlafen. Es sei etwas ganz Seltsames passiert, sagte der Polizist. Gestern habe ihn ein Kollege angerufen. Er glaube, die Gesuchte erkannt zu haben. Er habe das Fahndungsfoto vorgelegt bekommen und behauptet, sie vor drei Tagen gesehen zu haben. Er sei sich absolut sicher. Er male in seiner Freizeit, habe die Frau bemerkt und sich vorgenommen, ihr markantes Gesicht zu zeichnen. Und dann kam das Foto.

Georg saß nun aufrecht im Bett.

Er habe sie auf der Autobahn kurz vor Würzburg gesehen. In einem VW-Bus.

Georg sackte in sich zusammen. Unsinn. Isabel in einem VW-Bus. Absurd.

»Sie saß auf dem Beifahrersitz. Neben einem jüngeren Mann mit Dreadlocks.«

»Hören Sie, das passt nicht zu ihr. VW-Bus, junger Mann mit Dreadlocks. Das ist Unsinn. Er hat sie verwechselt.«

»Das hätte ich auch zuerst vermutet. Aber der Beamte wusste das Kennzeichen. Er ist nämlich mit einem Kollegen hinter dem Bus hergefahren. Und, na ja, bei so einem Typen, da macht man schon mal eine Überprüfung. Wir haben das Kennzeichen und den Namen des Fahrzeughalters: Rasso Liebermann. Sagt Ihnen das etwas?«

»Nein, absolut nicht. Ich sage Ihnen ja, das muss eine Verwechslung sein.«

»Hm, wir haben diesen Herrn Liebermann überprüft. Er ist seit sechs Tagen verschwunden. Genau wie Ihre Freundin. Er hat bei Nachbarn und Familie keine Nachricht hinterlassen. Haben wir alles recherchiert. Aber er ist mit einer Frau fortgefahren. Eine Nachbarin hat die beiden beobachtet. Die Beschreibung passt auf Ihre Freundin. Genau wie die des Polizisten.«

Das konnte nicht sein. Seine Isabel, mit so einem Rastatypen im VW-Bus.

»Vielleicht hat der sie entführt?«

»Nicht auszuschließen«, gab der Polizist zu, »aber die Nachricht auf Ihrem Handy deutet auf freies Handeln hin.«

»Vielleicht hat er sie dazu gezwungen.«

»Nicht auszuschließen.«

Georg konnte den Polizisten am anderen Ende der Leitung tief einatmen hören und merkte, dass da noch mehr war.

»Hm. Es gab einen Banküberfall in Freilassing.

Auffallend war, dass ein gelber VW-Bus zum Zeitpunkt des Überfalls auf dem Parkplatz stand. Vermutlich war es dieser Bus, denn eine Zeugin hat in Freilassing den Regenbogenaufkleber beschrieben, der auch auf Herrn Liebermanns Bus klebt. Sie sehen, wir haben gestern Abend eine Menge recherchiert.«

Georg konnte dem allen kaum noch folgen. VW-Bus, Dreadlock-Mann, Überfall, Regenbogenaufkleber. Und bei dem allen seine Isabel.

»Das Bemerkenswerte ist, dass die beiden anscheinend auf dem Parkplatz der Bank parkten, aber nie die Bank betreten haben – das zeigt die Überwachungskamera. Der Täter floh und konnte bisher noch nicht gefunden werden.«

Langsam erschlossen sich Georg die Zusammenhänge. »Sie glauben, dass meine Isabel mit einem Typen, nein, mit zwei Typen eine Bank überfällt. Einer geht rein, raubt die Bank aus. Isabel und der andere warten im Bus, und dann flüchten sie.«

»Nicht auszuschließen, ja.«

»Das ist auszuschließen! Das ist komplett verrückt. Sie ist eine erfolgreiche Unternehmensberaterin. Wir haben genug Geld.«

»Aber sie hat nichts mehr zu verlieren. Zumindest denkt sie das vielleicht.«

»Das ist eine Unverschämtheit.« Georg musste schlucken, aber sein letzter Satz kam schon nicht mehr ganz so überzeugt heraus.

»Aber sie braucht kein Geld.«

»Vielleicht sucht sie etwas anderes?«

Was meinte der jetzt, ein flüchtiges Sexabenteuer, den Nervenkitzel, Isabel, Unsinn. Aber irgendetwas Sonderbares war manchmal in ihr gewesen. Wenn sie an den Timmendorfer Strand gingen und sie sofort ihre hochhackigen Schuhe auszog und in Nylonstrumpfhosen durch den Sand lief. Er war oben auf der Straße geblieben. Darüber hatte sie sich nie beschwert. Aber auch nicht beirren lassen, so etwas zu tun. Kleine Flucht aus der Normalität, dem allzu geregelten Leben. Nacktbaden am See. Und wenn sie tanzte, dann war sie kaum noch wiederzuerkennen. Dann war sie ein wenig Mata Hari. Georg tanzte nicht mit ihr, seine Abneigung gegen das Tanzen war zu groß. Stattdessen saß er am Rand und sah ihr zu, mit einer Mischung aus Verwunderung, Peinlichkeit und Stolz auf seine wunderbare, sinnliche Freundin. Wenn sie tanzte, war sie wie ausgewechselt. Sehr oft war das jedoch nicht vorgekommen, das Tanzen.

Aber das waren doch nur Momente, die aus dem normalen Alltag herausragten. Die er eher als Ausnahme zu seiner normalen Isabel gesehen hatte.

Ihre Telefonnachricht war ausgesprochen ungewöhnlich für sie. Aber es war ihre Art, nicht gezwungene, fremde Worte, sondern ruhig und überlegt verfasst.

»Und jetzt, wie geht es jetzt weiter?« Auch wenn

sich Georg diese Frage eher selbst gestellt hatte, beantwortete der Polizist sie auf den Fall bezogen.

»Die Fahndung ist raus. Jeder Polizist in Bayern sucht jetzt diesen VW-Bus. Die positive Nachricht bei dem allen ist: ich denke, wir werden Ihre Isabel bald finden und ins Krankenhaus bringen können. Und die Sache mit dem Banküberfall aufklären.«

# Kapitel 26

Als ich morgens im Bus aufwachte, hatte ich noch den scharfen Currywurst-Geschmack im Mund, die mein mitternachtsspätes Abendessen gewesen war, bevor wir uns direkt neben der Imbissbude auf den Parkplatz gestellt hatten und in die Betten gekrochen waren. Ohne Zähneputzen. Ich fuhr mir mit der Zunge über die pelzigen Zähne und musste über mich selbst lachen. Rasso schlief noch. Möglichst leise holte ich mir eine Wasserflasche, mit der ich mir notdürftig das Gesicht wusch und die Zähne putzte. Ich fand, mehr war nicht nötig. Es ging so ausgezeichnet, auch ohne Dusche und Make-up.

Bis Rasso aufgestanden war, hatte ich bereits einen Kaffee gekocht und den Zwieback mit Marmelade dazugestellt. Ich saß vor dem Bus, als Rasso herauskletterte, mich angrinste und dankbar die entgegengestreckte Tasse heißen Kaffee nahm.

»Jetzt geht's nach Berlin!«, sagte er so verheißungsvoll, als ob Berlin mir jeden Traum erfüllen könnte.

Rasso pfiff ein Lied, als wir die Straße des 17. Juni entlang nach Berlin hineinfuhren. Wir winkten dem Friedensengel zu, der da oben wie aus der Zeit gefallen Gutes versprach. Eine heiße Luft wehte in die geöffneten Fenster herein. Was für ein Juli!

»Ich liebe Berlin!« Das hätte Rasso gar nicht sagen müssen, das sah man ihm an.

»Weißt du, hier lebt die Musik. Die coolsten Bands kommen alle von hier. Oder sind hierhingezogen. Vielleicht sollte ich einfach auch nach Berlin gehen. Hier ist das Leben.«

Ich hatte keine Ahnung, ob man in Berlin sein musste, um Musik zu machen. Oder damit erfolgreich zu sein.

Das Brandenburger Tor war ziemlich groß. Rasso zeigte mir, dass auf der Straße Pflastersteine die Stellen markierten, an der früher die Mauer gestanden hatte. Das hatte ich noch nie gesehen, vielleicht einfach nicht wahrgenommen.

»Wo willst du hin? Wir haben noch Zeit. Checkpoint Charlie? Mauerreste? Zum Potsdamer Platz?«

Ich lachte und zuckte mit den Schultern. Was hieß eigentlich, wir hatten noch Zeit? Noch Zeit vor was? – Egal, ich ließ mich treiben, mich überraschen.

Es war ein bisschen heiß für Sightseeing, aber seine kindliche Freude war einfach enorm ansteckend. Ich konnte plötzlich genau verstehen, was er damit meinte, wenn er sagte: »Hier ist das Leben«. Berlin schrie einem einfach zu: Lebe, mach, was du willst, hab Spaß!

Wir fuhren die breite Allee entlang, und ich spürte, wie diese Stadt einem Freiraum gab, Luft zum Atmen. Irgendwie fühlte ich mich seltsamerweise genau richtig hier. Ich beugte mich weit zum Fenster hinaus und ließ die warme Berlin-Luft durch meine aufgefächerten Finger streichen. Das fühlte sich gut an.

»Okay, erst mal das Brandenburger Tor«, entschied Rasso, ohne dass ich etwas gesagt hätte, »das muss einfach sein, da kann man die Geschichte Berlins fühlen.«

Er fand einen Parkplatz, und wir stiegen aus. Streuner sah sich verwundert um und pinkelte an eine Hausecke.

Wir liefen zum Brandenburger Tor. Vor uns fotografierte eine Schulklasse pflichtschuldigst die historische Stätte. Für diese Kinder war das einfach nur ein Bauwerk. Ich hingegen war noch in einem geteilten Land aufgewachsen. Gerade so alt, dass ich den historischen Moment voll verstand, als die Menschen die Mauer einfach überliefen. Aber zu jung, um so euphorisch zu sein wie die Generation meiner Eltern, die das »eigene Land« vereint sahen. Für diese Jugendlichen hier gab es kein Ost und West mehr.

Zwei Männer in amerikanischen Uniformen standen vor dem Tor und ließen sich für einen Euro mit den Touristen fotografieren. Rasso machte auch ein Foto von mir mit seinem Handy und ich eines von ihm. Und ließ dann von einem Passanten ein Foto von uns beiden machen.

»Ich bin ein klein wenig müde.«

Rasso sah mich so besorgt an, als ob ich ihm gesagt hätte, dass ich gleich zusammenbreche.

»Ich will mich nur mal wo hinsetzen«, fügte ich fast entschuldigend hinzu.

»Ja, klar, da drüben ist der Tiergarten. Da gehen wir hin. Da haben wir Ruhe.«

Rasso führte mich durch die weitläufigen Grünanlagen, bis wir einen schattigen Platz fanden, wo wir uns unter einem Baum niederließen und schließlich beide einschliefen, bis die Tageshitze endlich dem kühleren Abend Platz machte.

Als ich erwachte, sah ich, dass Rasso neben mir lag und dem Treiben im Park zusah. Ich setzte mich auf. Rasso merkte, dass ich aufgewacht war und fragte nur: »Hunger?«

Ich nickte. »Viel!«

Rasso holte uns einen Döner, den wir auf der Wiese sitzend aßen. Die weiße Soße tropfte auf die Gräser. Ich stellte fest, dass ich glücklich war.

»Heute Abend haben wir eine Verabredung. Magst du dich noch frisch machen?«

Was für eine Verabredung? Frisch machen? – Wie formell! Ich riss einfach nur die Augen fragend auf.

»Also wir treffen jemanden, es ist eine Überraschung für dich. Ich weiß, dass es hier in der Nähe ein gutes Hotel gibt. Wenn wir in Berlin im Bus pennen, gibt es Ärger. Und wir haben ja fast noch gar nichts ausgegeben. Ich finde, wir gönnen uns jetzt was von unserem vielen Geld. Das Hotel kenn ich aus einem Film, da wollte ich immer schon mal hinein. War bisher natürlich nur ein Traum!« Er grinste mich an wie ein kleiner Junge. »Wir gehen ins Hotel, duschen, ziehen uns um, dann essen wir noch, und danach gehen wir zu deiner Überraschung.«

Na, das Duschen hatte ich wohl wirklich auch nötig jetzt.


Bevor wir zurück zum Bus gingen, sagte Rasso: »Ich möchte gerne zum Holocaust-Mahnmal, das habe ich auch noch nicht gesehen. Ist das okay für dich?«

Klar, ich nickte. Ich hatte von dem Mahnmal gehört, wohl auch kurz ein Foto gesehen, doch nicht das hier erwartet. Während ich auf Rasso wartete, der seine Wasserflasche herausholte und einen Schluck trank, setzte ich mich auf einen der schwarzen, angenehm kühlen Steine zu Beginn des Platzes. Neben mir saß eine Familie und picknickte. Ein paar Kinder hüpften von Stein zu Stein. Erst als sie auf die höheren Steine weiter hinten kamen, verscheuchte sie ein Wächter. Eigentlich albern.

Natürlich war das ein Denkmal für die Opfer des Holocaust. Aber musste man deswegen den Kindern das Springen verbieten? Rasso stand vor mir und reichte mir die Flasche, aus der ich einen großen Schluck nahm. Das tat gut bei der Hitze.

»Erinnert an Grabsteine, oder?« Rasso musterte die schwarzen Stelen, die sich über den großen Platz erstreckten. Ja, die Assoziation drängte sich auf, wie Grabmale, wie ein riesiges Mausoleum erschienen sie mir. Fast ein wenig erschrocken stand ich auf. Vielleicht hätte ich mich hier doch nicht hinsetzen sollen? Ein Kind sprang auf den Platz, auf dem ich gerade noch gesessen hatte.

»Komm.« Rasso ging vorweg. Und schon nach ein paar Schritten merkte ich, was ich vorher gar nicht wahrgenommen hatte. Während von außen die Stelen alle so klein erschienen wie die, auf der ich gesessen hatte, senkte sich der Boden, und tatsächlich wurden die Stelen immer höher. Schon nach wenigen Schritten überragten sie meinen Kopf. O Gott, hier durfte wirklich kein Kind mehr darauf herumspringen. Plötzlich waren die kühlen Steine keine angenehmen Sitzgelegenheiten mehr, sondern schwarze, glatte Wände, die um mich empor hochragten. Wie Gefängnismauern. Ich erblickte nun erst die schnurgeraden Gänge, die die Stelen bildeten. Unendlich lange, unentrinnbar. KZ-Mauern. Nach rechts und links gingen ebensolche unmenschlich geraden Wege. Wir liefen rechts und links und fühlten uns wie in einem tödlichen Labyrinth. Das hier war unmenschlich. Hier gab es kein Gefühl mehr. Ganz unbemerkt waren wir hineingelaufen in diese Kälte. Und jetzt waren wir mittendrin, ausweglos. Kein Ende war in Sicht. Blickte man nach oben, konnte man einen winzigen Ausschnitt des blauen Himmels sehen. Da wollte man hin. Senkrecht erhoben sich meterhohe Wände, das ging nicht. Kein Entkommen. Lebendig begraben. Wir liefen weiter. Hier drin sprach niemand mehr. Kein Kinderlachen. Mir war schlecht. Ich bekam Angst. Ich wollte hier raus.

Ich rannte los, schneller, immer schneller, rechts, links. Ich hörte an seinen Schritten und seinem keuchenden Atem, dass Rasso hinter mir herlief. Egal, weiter, schnell, ich wollte hier raus. Es ging nicht, ich fand den Ausweg nicht. Doch plötzlich wurden die Stelen niedriger, es ging bergauf, ich war draußen.

Ich atmete tief durch und blickte der Sonne entgegen.

»Isabel! Alles klar?« Rasso kam japsend hinter mir an.

Ich nickte. »Rasso. Ich will das nicht, nicht mehr, nie mehr.«

Er nickte. Keine Ahnung, ob er verstand, was ich meinte.

Wir keuchten beide immer noch.

Wenn man da durchlief, dann wusste man, dass so etwas wie damals nie mehr passieren durfte. Und ich wusste für mich, dass ich nie mehr in einer so kalten und unpersönlichen Atmosphäre leben wollte. Irgendwie konnte ich an Rassos Blick sehen, dass er mich verstand, dass er ebenso unter der beklemmenden Atmosphäre dort drin körperlich gelitten hatte und dass er wusste, dass es für mich nicht nur alte Geschichte symbolisierte, sondern meine ganz eigene.

Er strich mir eine Haarsträhne aus dem Gesicht, fuhr ganz behutsam mit dem Daumen über meine Wange und nickte mir zu.

# Kapitel 27

*Georg*

Georg sah auf sein Telefon. Wieso klingelte dieses verdammte Teil nicht? Warum rief sie nicht an? Wie viele Tage würden ihr bleiben? Wann würde der Tumor irgendwo drauf drücken, wo er nicht sollte. Ein Druck aufs Sprachzentrum – und Isabel würde nicht mehr reden können, ein Millimeter auf das motorische Zentrum – und Isabel wäre plötzlich querschnittsgelähmt. Alles möglich, denkbar, im Bereich der Wahrscheinlichkeit, er hatte es nachgelesen.

Als ob er damit eine Verbindung zu ihr aufnehmen könnte, nahm er ihr Handy in die Hand. »Bitte, ruf an«, flüsterte er das Ding an.

Da kam ihm eine Idee. Kannte er nicht ihren Code? Er war unsicher, aber sie hatte ihm mal die Tastenkombination genannt. Er wählte, und tatsächlich wurde das Handy frei gegeben. Er fragte die Liste der eingegangenen Anrufe ab. Nur zwei Anrufe. Vorwahl 0 86 54 – das war irgendwo im Südosten. Konnte sie das sein?

Er rief an.

»Piet Flaucher«, meldete sich eine männliche Stimme.

»Entschuldigung, mein Name ist Krailsheim. Sie haben hier zweimal angerufen.«

»Nein«, sagte Piet gerade noch mit Überzeugung, als er stockte, denn er blickte erst jetzt auf sein Display und sah: »Mondenkind«.

Georg hatte das Zögern genau bemerkt: »Vielleicht doch?«

»Nein, ja, ich hatte Isabel erreichen wollen.«

Wieder nahm Georg das Zögern in seiner Stimme wahr. »Darf ich Sie fragen, woher Sie Isabel kennen?«, fragte Georg weiter.

»Hm, ich habe sie vor sechs Tagen in Freilassing kennengelernt.«

»Aha, in Freilassing. Ich muss Sie fragen, was sie da gemacht hat.« Als Georg diesen Satz sagte, wusste er sofort, dass das zu schroff geklungen hatte. Beinah wie bei einem Verhör. »Also, wenn Sie nicht bei Ihnen ist, dann entschuldigen Sie die Störung.«

Panisch wurde Georg klar, dass sein Gesprächspartner die einzige Verbindung zu Isabel war, die er hatte. Auf keinen Fall durfte er auflegen. »Halt, nein, legen Sie nicht auf. Bitte. Ich suche Isabel, ich muss sie finden, dringend«, schrie er fast ins Telefon.

»Na ja, wenn sie das aber vielleicht nicht will?«, brummte es missmutig aus der Leitung.

»Dann muss es trotzdem sein. Sie ist todkrank.«

»Oh«, jetzt hatte Georg den anderen berührt, »und sie weiß das nicht?«

»Nein, also ja«, Georg wurde klar, dass es hier möglicherweise nur Informationen im Austausch für Gegeninformationen gab. Selbst wenn er gerade mit einem der Verbrecher sprach, er musste die Chance nutzen. »Sie weiß, dass sie krank ist. Aber nicht, wie schwer. Sie muss ins Krankenhaus, sofort.«

Am anderen Ende der Leitung herrschte jetzt Stille.

»Wenn Sie wissen, wo sie ist, sagen Sie es mir. Jetzt. Bitte.«

# Kapitel 28

Ich folgte Rasso zum Bus, aber er ließ mich nicht einsteigen, sondern holte nur unsere zwei Taschen heraus. Zweifelnd sah er Streuner an: »Der ist ein Problem.« Dann kramte er aus einer Seitenablage des Busses eine große Plastiktasche, vielleicht für ein Surfboard.

»Das müsste gehen«, sagt er und griff aus der Bankräubertasche ein Bündel Geld. Dann führte er mich nur ein kurzes Stück weiter bis zum Hotel Adlon.

»Ne, das willst du nicht wirklich machen!«

»Doch, ich wollte schon immer mal in einem Luxushotel übernachten. Und das machen wir jetzt.«

Damit packte er Streuner, setzte ihn in die große Tasche und trat selbstbewusst in die goldene Drehtür. Ich lief zögernd hinterher.

Er ging zum Empfangstresen, wo er seinen Ausweis zeigte. Und ein Bündel Bargeld, mit dem er bezahlte.

Dann drehte er sich um und wedelte grinsend mit einem goldenen Schlüssel mit roter Wollquaste.

Ich kannte viele gute Hotels, aber alleine das Blumenbouquet, das in der mannshohen chinesischen Vase im Eingangsbereich stand, war prächtiger als alles, was ich zuvor gesehen hatte. Das Adlon eben. Hier stieg auch die Queen ab, wenn sie in Berlin war. Ich wagte nicht zu fragen, was das gekostet hatte. Es war das erste Mal, dass wir Geld aus der Tasche genommen hatten, und ich spürte ein flüchtiges schlechtes Gewissen, das aber von der Sehnsucht nach einer Dusche, noch dazu in diesem Ambiente, schnell verdrängt wurde. Ich hatte Lust auf warmes Wasser aus goldenen Wasserhähnen.

Und ich hätte Rasso vorgeführt, wenn ich hier einfach locker meine goldene Kreditkarte gezückt hätte. Das wollte ich nicht, auf keinen Fall.

Der rote Teppich dämpfte unsere Schritte zum Zimmer, das ich in allen rot-goldenen Details gerne näher bewundert hätte, wenn Rasso mich nicht gedrängt hätte. »Nur eine halbe Stunde!«

Ich genoss die warme Dusche, die mir Hitze und Staub des Tages vom Körper wusch. Dann wählte ich ein frisches weißes T-Shirt aus der Tasche, es war das letzte, und zog, nach kurzem Zögern, dennoch wieder den Mondenrock an.

Schließlich setzte ich mich an den großen marmornen Frisiertisch und betrachtete mein Gesicht in dem goldumrahmten Spiegel. Meine Haut war in den letzten Tagen gebräunt worden. Der goldene Schimmer stand mir gut. Ich föhnte meine Haare nur ein wenig, so dass sie in leichten Wellen mein Gesicht umrahmten. Obwohl meine Augen tiefer als früher in ihren Höhlen lagen, blitzte etwas aus ihnen. Ich mochte, was ich da im Spiegel sah. Es war eine Frau, die nicht ohne Schwierigkeiten war, aber die das Leben spüren wollte, die Lust hatte aufs Leben.

Rasso saß bereits frisch geduscht und umgezogen auf der samtenen Chaiselongue und wartete auf mich.

»Los geht's«, sagte er mit einem spitzbübischen Lächeln, »jetzt essen wir.«

Rasso bot mir seinen Arm an, den ich ergriff, als wäre es der des Bundespräsidenten. So liefen wir ins Restaurant und ließen alle missbilligenden Blicke, die Rassos Dreadlocks und meinen Mondenrock taxierten, an uns abperlen. Wir nahmen auf den tief gepolsterten goldenen Stühlen Platz und lauschten dem Klavierspieler in der Ecke. Der Kellner reichte uns zwei Speisekarten und Rasso die Weinkarte.

Als er fort war, flüsterte Rasso, während er sein grinsendes Gesicht hinter der Weinkarte versteckte: »Ich habe keinen blassen Schimmer von Weinen. Kannst du das übernehmen?«

Ich lachte und nahm ihm die Weinkarte ab: »Rot oder Weiß?«

»Mir wurscht«, antwortete er.

»Dann such erst mal etwas zu essen aus, und dann entscheiden wir.«

Rasso brauchte lange, bis er sich entscheiden konnte, obwohl die Speisen durchaus überschaubar waren. Schließlich entschied er sich für ein Kalbsfleisch. »Warum heißt das an Lauch und nicht mit Lauch?«, flüsterte er mir wieder verschwörerisch zu.

»Klingt vornehmer, ist aber dasselbe.«

Ich wählte einen Zander aus. Schon lange hatte ich keinen guten Fisch mehr gegessen.

Der Ober nahm unsere Bestellung auf.

»Ein Amuse-Gueule?«, fragte er näselnd.

Rasso sah mich verzweifelt an.

»Gerne«, antwortete ich und bestellte dazu eine 65 Euro teure Flasche Sancerre.

»Hat er dich gefragt, ob du etwas zum Amüsieren haben willst?« Rasso sah richtig empört aus.

»Nein, ob wir eine Vorspeise haben wollen – zum Amüsieren unseres Gaumens«, stellte ich klar.

»Echt?«

»Echt.«

Er glaubte es mir erst, als der Kellner einen kleinen weißen Teller mit vier winzigen, optisch nicht zu definierenden Häppchen vor uns stellte.

»Und was ist das?«

»Das musst du probieren. Das hier könnte Kaviar sein. Hier, das müsste Tomate sein. Und das vielleicht ein Fisch. Probier!«

Rasso probierte, und es schmeckte ihm. Ich ließ ihm drei von den vier Häppchen.

»Könnte man die nicht vielleicht etwas größer gestalten?«

»Mit Sicherheit, aber dann würden sie nicht mehr als ›gaumenamüsierende Vor-Vorspeise‹ gelten«, lachte ich.

Auch die Hauptspeise war großartig. Mein Zander war genau richtig angebraten und butterweich. Nach den ersten Bissen bestätigte auch Rasso: »Es ist zwar wieder ein bisschen wenig, aber es schmeckt gut. Eigentlich fehlt mir ein Bier dazu.«

Ich winkte dem Kellner und bestellte ein Helles.

»Ist das hier nicht unpassend?«, raunte Rasso mir zu.

»Nicht, wenn es dir so besser schmeckt!«

Plötzlich sah mich Rasso ernst an. »Meinst du wirklich, ich sollte um Caro kämpfen?«

Ich nickte: »Ja, unbedingt. Um Dinge, die einem wichtig sind, muss man kämpfen. Um Frauen auch! Ich kann dir nicht versprechen, ob es funktioniert. Aber einen Versuch ist es wert!«

Rasso dachte nach. »Okay, Isabel. Morgen fahre ich nach Hause. Und werde um sie kämpfen.«


Wir aßen und quatschten über Rassos Musik und meine Lieblingsbücher, über Religionen und das Campen. Wir lachten und tranken Bier und Wein und hätten fast die Zeit vergessen, bis Rasso mit einem Blick auf die Uhr feststellte: »Wir müssen uns beeilen!«

Ich winkte den Kellner heran, und wir bezahlten die stattliche Rechnung mit unserem Bargeld. Während der Kellner zuerst noch die Augenbraue hochzog, als wir das Bargeld herausholten, er hatte wohl schon lange nichts anderes mehr als goldene Kreditkarten gesehen, senkte er sie sofort, als ich ihm ein wirklich großzügiges Trinkgeld auf den ohnehin sündhaft teuren Betrag gab.

Ich ließ mich treiben, das Adlon wäre eigentlich schon Überraschung genug gewesen. Ich fragte nicht, wohin es jetzt gehen sollte, egal, es war gut, wie es war.

Aber dann grinste Rasso mich an: »Kontrastprogramm! – Jetzt geht's nach Kreuzberg! Aber zuerst noch woandershin. Wir werden jemanden abholen.«

Als wir vor dem Adlon waren, wollte ich zum VW-Bus laufen, aber Rasso schüttelte den Kopf. »Wir nehmen die U-Bahn.«

Ich lief hinter Rasso her und beobachtete, wie er die U-Bahn-Linien auf einem Plan betrachtete und dann die Strecke entschied. Ich war schon lange nicht mehr mit öffentlichen Verkehrsmitteln gefahren. Ich nahm das Auto oder ein Taxi. Rasso studierte die Ticketvarianten und zog die passenden. Dafür hätte ich länger gebraucht. Das alltägliche Leben, das für andere eine Selbstverständlichkeit war, schien mir schwierig. Rasso führte mich zur richtigen U-Bahn. »Es ist jetzt nur eine Station, aber sonst laufen wir fast drei Kilometer durch den Tiergarten«, erklärte er mir, als ob er wüsste, dass mir das fast ein wenig viel zum Laufen war. Ich beobachtete die Menschen: berufstätige Männer, junge Frauen, wenige alte Menschen. Ich sah einen Jugendlichen, der ganz in einen langen schwarzen Mantel gehüllt war. Ein Grufti oder Gothic, ich wusste, dass sie sich so nannten. Alles an ihm war schwarz: Schuhe, Shirt, Hosen, Haare. Ein junger Mensch, der sich nach dem Tod sehnte oder zumindest davon fasziniert war. Am liebsten hätte ich ihn geschüttelt.

Ein junges Pärchen stieg ein, sie konnten kaum die Hände voneinander lassen.

»Hier müssen wir raus, Isabel«, rief Rasso mich in die Realität zurück. Er war ganz in seinem Element. Der Junge aus Freilassing kam hier gut zurecht, stellte ich verwundert fest. »Vielleicht solltest du wirklich nach Berlin, Rasso«, schlug ich ihm vor.

»Ja, vielleicht.«

# Kapitel 29

*Georg*

Kurz nachdem Georg aufgelegt hatte, klingelte es erneut: die Polizei. Neue Erkenntnisse. Eigentlich wollte er sie gar nicht hören, aber er war sofort ins Polizeipräsidium gefahren.

Spuren. Eine Nachbarin, die Isabel im Haus von Rassos verstorbener Mutter in Freilassing gesehen hatte. Eine Eishockeymannschaft, die Isabel in Füssen getroffen hatte. In einer roten Villa. Er wollte das alles gar nicht mehr hören. Das konnte einfach nicht seine Isabel gewesen sein. Aber das war noch nicht alles. Mittlerweile brachte man sie nicht nur mit einem bewaffneten Raubüberfall auf eine Bank in Zusammenhang, sondern auch mit unerlaubtem Besitz von großen Mengen Haschisch. Dafür gab es immerhin nur Indizienbeweise. Zwei Jugendliche, die von einem enormen Haschfund berichteten. Ein älterer Mann, der eine Zeitlang mit den beiden Gesuchten mitgefahren war und davon berichtete, dass der Duft nach Gras im ganzen Bus zu riechen gewesen sei.

Nein, er wollte einfach nichts mehr hören. Aber

es ging weiter. Eine Nudistengruppe hatte mit Isabel eine Nacht unter freiem Himmel verbracht. Das gab's doch einfach nicht. Das gab's nicht. Das war doch nicht seine zuverlässige Isabel. Vielleicht war sie unter Drogeneinfluss? Keine Kreditkartenabhebung. Aber Tankbelege, anhand derer man ihre Route rot auf der im Zimmer aufgehängten Karte nachgezeichnet hatte. Kreuz und quer durch Bayern. Wirr. Wie auf der Flucht.

Und jetzt kam's: eine neue, mit ihrer Kreditkarte bezahlte Rechnung: an einer Tankstelle kurz vor Berlin.

Tatsächlich, Berlin. Sie mochte Berlin nicht.

Eigentlich wollte er mit alldem nichts zu tun haben. Er wollte nicht auf einer Polizeistation herumsitzen und seine Lebensgefährtin in Verbindung mit Banküberfällen und Drogen gebracht sehen.

»Berlin ist schwierig für uns«, erläuterte der Polizist, »vermutlich wissen die beiden das allerdings. Berlin ist ein Moloch. Da kann man sich gut verstecken.«

Und dann legte der Polizist ihm ein Foto auf den Tisch: »Haben wir von den Überwachungskameras dort.«

Auf dem Foto waren zwei amerikanische Grenzpolizisten in alten Uniformen. Ach so, das war das Brandenburger Tor. Zwischen den zwei Polizisten standen ein Mann und Isabel. Georg sah das Foto lange an. Sie war es zweifelsohne. Aber irgendwie auch nicht. Ihre Haare hingen wirr umher, sie trug einen bunten Rock mit Monden darauf und hatte ganz selbstverständlich den Arm um den grinsenden Mann mit den Dreadlocks gelegt. Sie schien ihm braungebrannter als jemals zuvor. Aber was er wieder und wieder ansah, war ihr Mund. Wie sie lachte! Offen, laut, befreit. Isabel war glücklich, offensichtlich glücklich. So hatte er sie nie gesehen, niemals.

Der Polizist hatte ihm Zeit gelassen. Georg sah auf und in das Gesicht des Polizisten, der anscheinend ebenso wie er gesehen hatte, wie Isabel aussah. Nicht wie ein Entführungsopfer. Glücklich.

Georg strich einmal sanft über dieses Gesicht von Isabel, das er so gar nicht kannte. Dann stand er auf. »Danke. Ich gehe jetzt.«

Der Polizist nickte. Georg spürte seinen mitleidigen Blick im Rücken, während er zur Tür hinausging.

Er hörte nicht mehr, dass der Polizist, der gerade einen Anruf bekommen hatte, als Georg das Zimmer verließ, ihm durch das Fenster auf die Straße nachrief: »Wir haben sie! Im Adlon, in Berlin!« Oder wollte es nicht mehr hören.

# Kapitel 30

Rasso führte mich von der U-Bahn-Station direkt auf die Siegessäule zu. Ich betrachtete lächelnd den Engel mit seinen weit ausgebreiteten goldenen Schwingen. Hatte mir nicht ganz zu Anfang meiner Reise ein goldener Engel in einem Bus zugewinkt? Und nun war ich hier, beim großen goldenen Engel. Meinen Blick nach oben, in den Berliner Himmel gerichtet, in dem der strahlende Engel schwebte, sah ich gar nicht, was auf der Erde vor sich ging, bis Rasso mich anstupste und mit dem Finger auf einen Motorradfahrer deutete, der breit grinsend direkt vor der Siegessäule stand.

Piet.

Das konnte doch gar nicht sein.

Doch. Es war Piet. Direkt vor mir. Unter dem Engel, unter dem Himmel über Berlin. Piet.

Wir bewegten uns beide nicht. Als ob wir das Traumbild nicht zerstören wollten. Ich tastete nach der Feder in meiner Tasche.

Er war es. Lederjacke. Ein Grinsen im Gesicht. Den Helm unter dem Arm.

»Früher habe ich es nicht geschafft. Der Weg nach

Berlin ist weit. Und ich musste noch etwas erledigen«, sagte Piet, als ob das alles erklären würde.

Rasso sah uns beide an. »Er will dir etwas zeigen.« Ein klein wenig war seine Stirn gerunzelt, als er sich erst zu mir wandte und sagte: »Ich geh mal«, und dann zu Piet: »Pass auf sie auf!«

Piet sah mich an. Ohne ein Wort nahm er mich an der Hand und führte mich in den Park hinein. Wir liefen unter tiefhängenden Weiden über eine Brücke. Es war dunkel, aber das Mondlicht genügte, dass wir uns zurechtfinden konnten. Unsere Hände ließen sich keinen Moment los.

Ich hätte ewig so weiterlaufen können.

Auf einer Wiese hatten Jugendliche sich niedergelassen, und über eine Box lief laute Musik: Shakira – *Waka Waka*. Plötzlich hatte ich unbändige Lust zu tanzen. Ich tat es einfach. Mein Körper bewegte sich und spürte die afrikanischen und lateinamerikanischen Rhythmen dieses Liedes. Meine Hüften bewegten sich, meine Hände, meine Beine stampften wild auf, meine Haare flogen hin und her. Abwechselnd sah ich das Gras unter meinen nackten Füßen, die Platanen im Tiergarten, den wolkenlosen Himmel und den Mond, je nachdem, wo ich meinen Kopf hinwarf. Schweiß rann meinen Körper hinunter. Alles löste sich auf, alle Probleme, alle Krankheiten. Es gab nur noch das Hier und Jetzt, und das war wild und schön und voller Leben. Mein Bauch

schwang vor und zurück, Hände, Füße, Kopf zuckten im Takt, die Musik durchflutete meinen Körper
und füllte mich ganz aus. *Waka Waka eh eh.*

*The pressure is on*
*You feel it*
*But you've got it all*
*Believe it*

Ich wollte nie mehr aufhören, ewig so weitertanzen.

*Today's your day*
*I feel it*
*You paved the way*
*Believe it*

Andere Lieder kamen, ich tanzte weiter. Verlor die
Zeit, verlor die Welt um mich herum. Und spürte
mich. So tief, so lebendig. Ich spürte das Leben in
mir und die Lust darauf.

Tanzte und tanzte und tanzte.

Bis ich vor lauter Erschöpfung einfach umfiel. Ich
lag auf dem Rücken mit dem Blick in den dunklen,
sternenbesetzten Himmel und konnte mein pulsie-
rendes Herz wie wild schlagen hören. Ich bekam
kaum noch Luft und war nass vor Schweiß.

Erst einige Minuten später konnte ich wieder ruhig atmen.

Zwischen den Himmel und mich schoben sich ein paar dunkelblonde Locken mit einem breiten Grinsen: »Isabel, das war wunderschön!«

Ich lächelte zurück.

»Weißt du eigentlich, was *Waka Waka* heißt?«

Ich schüttelte leicht den Kopf.

»Es heißt: Ich brenne, ich leuchte.«

Ich nickte. Genau. Ich brenne. Ich leuchte.

Piet küsste mich sanft.

»Das musste einfach sein.«, sagte er dann und fügte fragend hinzu, »Durst, meine Göttin? Oder lebst du von Tanz und Ambrosia?«

»Durst«, nickte ich, »viel!«

Er reichte mir eine Wasserflasche, die ich so gierig trank, dass das Wasser mir am Mund herunter- und in den Ausschnitt lief. Es machte mir nichts aus. Strahlend sah ich Piet an.

»Kannst du noch mehr ertragen, Mondenkind?«, fragte Piet mich dann.

»Ja, ich glaube schon«, lachte ich, »aber geht noch mehr Glück?«

»Wir werden es sehen.« Piet grinste und hielt mir den Helm hin. »Komm, Mondenkind!«

Wir liefen auf der anderen Seite aus dem Park heraus. Dort parkte Piets Motorrad, ich zog den Helm an und stieg hinter ihm auf. Ich hatte keine Ahnung, wo er mit mir hinwollte, aber es war gut so. Ich hielt mich an ihm fest, den rauen Geruch seiner Lederjacke in der Nase, und das Motorrad flog durch die Straßen Berlins.

Piet fuhr mich nach Kreuzberg, was selbst für mich unschwer zu erkennen war an den graffitibunten Fassaden der alten Häuser, an den türkischen Klängen aus den Bars und an den vielen Menschen, die hier die Nacht zum Tag machten.

Piet hielt an einem dieser Häuser, und wir stiegen ab. Obwohl ich am liebsten ewig an seinen Rücken geschmiegt weitergefahren wäre.

»Komm«, sagte er wieder und drehte sich zu dem Mietshaus mit seinen vielfachen bunten Klingelschildern um. Er holte einen Schlüssel aus der Tasche. »Habe ich von einer Freundin bekommen«, erklärte er.

Ah. Der Schlüssel. Von einer Freundin. Nicht seiner Freundin. Ein warmes Gefühl durchflutete mich. Rasso und Piet hatten also die ganze Zeit etwas für mich ausgeheckt. Eine Überraschung. Was nur?

Der Flur war grau, aber wie die Außenfassade zum Teil mit Graffiti bemalt.

»Sieben Stockwerke. Ist das okay für dich?«

Er fragte, als ob er wusste, dass ich krank bin.

Ich nickte. Als ich ihm folgte, hatte ich den Eindruck, dass er bewusst langsam lief für mich.

Oben angelangt, holte er einen zweiten Schlüssel heraus, der eine Eisentür aufschloss. »Berliner Feuerleitern«, verkündete er stolz. Als er die Tür öffnete, sah ich den Zugang zu einer metallenen Treppe, die uns außen am Haus weiterführte.

Warme Stadtluft kam uns entgegen. Beim Hinaufsteigen sah ich durch den Gitterrost bis ganz nach unten. Ganz schön tief. Dann blickte ich hinauf und sah – den Himmel.

Ich blieb stehen. »Piet. – Der Himmel über Berlin!«

Er lächelte mich an, wissend und liebevoll.

»Ich zeig ihn dir«, flüsterte er.

Mit dem Blick in den Himmel stieg ich die letzten Stufen hinauf. Vor uns erstreckte sich ein Flachdach, von dem aus wir über die umliegenden Dächer, über Berlin, in den Himmel hinein blicken konnten.

Hand in Hand liefen wir über das Dach bis zum nächsten Haus, das einen halben Meter höher als unseres war. Wir kletterten hinauf und standen auf einem weiteren Flachdach, noch viel höher.

Piet führte mich ganz an den Rand des Daches, und ich sah, dass sich vor uns ein funkelndes Lichtermeer bis in den Horizont hinein ausbreitete.

Mir wurde ein wenig schwindlig.

Aber dann breitete ich die Arme aus.

Ich war eine Seiltänzerin. Eine Seiltänzerin im Himmel über Berlin. Und mein Leben lag vor mir.

Plötzlich hörte ich Musik. Eine Melodie, die ich kannte. Ein einsames Cello mit melancholischen Tönen, dazu hohe Streichinstrumente. Die Musik von

»Der Himmel über Berlin«. Ich drehte mich um und sah, dass hinter uns eine Brandmauer aufragte, die mit einem Mal in helles Licht getaucht war. Dann, die ersten Bilder des Films. Ein grauer, schnell dahinfließender Himmel über Berlin. Ich drehte mich wieder zu Piet und ließ mich in seine Arme fallen. Wir wiegten uns zu den seltsamen Tönen, wir spürten unsere Körper. Sanft drehte mich Piet, und ich blickte in den Himmel, der über mir kreiste. Ich spürte seine Hände, die mich hielten, fest und sicher und aufregend brennend.

Piet strich mir eine Haarsträhne aus dem Gesicht: »Mondenkind, was ich dich schon immer fragen wollte: Weißt du eigentlich, wo die schwarzen Flecken auf dem Mond sind?«

»Klar«, antwortete ich, ohne zu zögern, »dort wo das Mondgesicht Augen und Mund hat – natürlich!«

Über Piets Gesicht breitete sich ein Lächeln aus, bevor er mich küsste, bis ich den Mond vergaß.

Irgendwann ließen wir uns von unserem Tanz auf den Boden fallen und verfolgten die Szenen des Films. Wir lachten, wir weinten. Und vergaßen dazwischen über uns beiden den Film. Überließen uns unseren Körpern, die sich längst zu kennen schienen. Kamen zueinander, als ob es das Selbstverständlichste der Welt war, flossen ineinander und lösten uns auf, um uns gegenseitig zu finden.

Tauchten erst wieder auf, als Damiel und Marion für immer beieinander waren.

Alles erschien mir ein wenig bunter.

Als Piet mich im Morgengrauen zum Adlon zurückfuhr, konnte ich kaum noch laufen. Und wollte nur noch schlafen.

Beim Betreten der Lobby nahm ich alles nur noch wie durch einen Schleier wahr. Das riesige Blumenbouquet an der Rezeption, Rasso und neben ihm zwei Männer. In Polizeiuniform. Sie waren sehr freundlich bei der Festnahme. Klärten mich über meine Rechte auf und erläuterten Rasso und mir, dass man uns Verdacht auf Banküberfall und illegalen Drogenbesitz sowie Fahrten mit gelbem Dachlicht und Erregung öffentlichen Ärgernisses wegen nackten Campierens vorwarf. Selbst in meinem vom Himmel berauschten, aber absolut glücklichen Zustand musste ich alle Punkte bestätigen. Für vernehmungsfähig hielten mich die Polizisten anscheinend nicht mehr.

Piet warf mir einen letzten, verzweifelten Blick zu, den ich mit einem Lächeln und einem Schulterzucken beantwortete. Als ich weggeführt wurde, hörte ich, wie Piet aufgeregt auf die Polizisten einredete. »Sehr krank ... Krankenhaus, sofort.«

Offensichtlich konnte er sie nicht überzeugen. Die nächsten Stunden verbrachte ich auf einer Gefängnispritsche und schlief tief und fest.

# Epilog

*Ein Jahr später*

Rasso war nicht wohl in seiner Haut. Er war nach München zu einem Notar bestellt worden. In die Maximilianstraße. Er verstand es einfach nicht. Es ginge um eine Erbsache. Seine Mutter konnte doch unmöglich Kontakt zu einem Notar in München gehabt haben. Und außerdem hatte sie absolut nichts zu vererben. Oder doch eher andersherum. Gab es Schulden, die er noch zu begleichen hatte? Nein, es konnte nichts Gutes sein.

Aber Caro hatte ihm Mut zugesprochen und gemeint, er müsse sich erst mal anhören, um was es ging, und dann weitersehen. Allerdings konnte sie ihn nicht begleiten, da sie heute noch eine Tonprobe hatte. Sie hatte ihn umarmt, bevor er losgefahren war.

Noch mulmiger war ihm, als er das Gebäude betrat, wo ihn eine breite schwarze Marmortreppe, umrahmt von einem gusseisernen, kunstvoll verzierten Treppengeländer, in ein oberes Stockwerk führte.

»Dr. Dr. Martin Anders. Notar« stand in goldenen Lettern unter einem bayerischen Wappen auf der Doppeltür aus dunklem Holz.

Sobald Rasso die Tür geöffnet hatte, befand er sich in einer modernen Designerwelt. Der Teppich schluckte seine Schritte, so dass die Dame hinter dem geschwungenen weißen Tresen ihn erst bemerkte, als Rasso direkt vor ihr stand: »Rasso Liebermann. Ich habe einen Termin.«

»Herr Liebermann. Ja. Bitte nehmen Sie doch noch kurz Platz. Herr Dr. Anders ist gleich bei Ihnen.«

Rasso setzte sich in den schwarzen Designerstuhl, der leicht nachwippte. Er spürte, wie sein Nacken kribbelte. Es konnte nichts Gutes bedeuten. Vielleicht hatte seine Mutter die teure Beerdigung doch nicht vorher bezahlt?

»Bitte, der Herr Dr. Anders ist so weit.« Die Rezeptionsdame führte ihn einen langen Gang entlang bis zum hintersten Zimmer und öffnete eine weißgetäfelte Tür.

Bis Rasso zum Schreibtisch gelangte, musste er sicher zehn Schritte durch das riesige Büro laufen. Hinter dem Notar, der noch versunken auf die Akten auf seinem Schreibtisch blickte, hing ein modernes Gemälde, auf dem sich in dicken Ölfarben verschiedene Rottöne zu einem Kampf trafen.

Erst als Rasso direkt vor dem Schreibtisch stand,

blickte der Notar zu ihm auf, und Rasso glaubte einen missmutigen Blick wahrzunehmen.

»Herr Liebermann, guten Morgen!«

»Guten Morgen.«

»Bitte nehmen Sie Platz. Leider muss ich Sie zuerst um Ihren Ausweis bitten, um Ihre Identität sicher feststellen zu können.«

Rasso schob seinen Personalausweis über den Tisch. Der Notar sah erst das Bild auf dem Ausweis, dann Rasso an. Über eine Gegensprechanlage rief er die Rezeptionsdame und gab ihr Anweisungen, die Ausweisnummer zu notieren und Kopien zu machen.

»Herr Liebermann. Ich werde nun eine Testamentsverlesung machen. Vorab müssen Sie mir unterzeichnen, dass Sie Herr Rasso Liebermann sind.« Er versuchte sich dabei in einem Lächeln, das jedoch auf Rasso nicht wirklich ansteckend wirkte.

Rasso las das Formular und unterzeichnete. »Ich erkläre mich aber damit nicht zu irgendetwas bereit, was das Folgende betrifft, oder?«

»Aber nein. Ein Erbe anzutreten oder abzulehnen steht Ihnen selbstverständlich dann noch frei. Wir befinden uns hier auf dem Boden deutschen Rechts. Keine Angst.«

Doch das nahm Rasso noch immer in keiner Weise die Angst.

»Gut, kann ich anfangen?«

Rasso nickte.

»Hiermit vermache ich, Isabel Drievers, in Beisein des Notars Dr. Dr. Martin Anders, dem ich persönlich bekannt bin und der meine volle geistige Zurechnungsfähigkeit bestätigen kann, Folgendes an Rasso Liebermann.«

Isabel, in seinem Kopf raste es. An Isabel hatte er nicht gedacht. Er unterbrach den Notar: »Sie ist tot?«

Der Notar nickte. »Das haben Sie nicht gewusst?«

»Ich hatte keinen Kontakt mehr zu ihr. Nach der Geschichte. Wissen Sie?« Der Notar nickte, und Rasso fuhr fort: »Sie hat mir alles bezahlt. Und ihr Rechtsanwalt hat uns ja auch aus allen Punkten rausbekommen. Nicht einmal die Veruntreuung des Geldes blieb an uns hängen. Das war schon clever gemacht. Und ich dachte dann, das alles sei ihr peinlich und sie will nur noch in ihr altes Leben zurück. Verstehen Sie? Deswegen habe ich mich auch nicht mehr bei ihr gemeldet.«

»Wollte sie aber nicht.«

Rasso sah ihn verwirrt an.

»In ihr altes Leben zurück«, schob der Notar nach, »sie wollte ein neues anfangen, wenn auch ein kurzes.«

Er räusperte sich. »Ich lese jetzt mal weiter:

Meine neuerworbene Berliner Wohnung, Neuhauser Str. 37, überlasse ich Rasso Liebermann treuhänderisch für 24 Monate.

Ebenso wird Rasso Liebermann 100 000 Euro erhalten.

Innerhalb von vierundzwanzig Monaten müssen die im Folgenden genannten Bedingungen erfüllt sein, um Untenstehendes in Kraft treten zu lassen. Rasso Liebermann muss nach diesen vierundzwanzig Monaten vor Dr. Dr. Anders wesentliche Erfolgskriterien für eine Musikkarriere vorweisen können: Konzerte, Musikproduktionen usw. Über die Erfüllung der Kriterien entscheidet einzig Herr Dr. Dr. Anders, dem ebenfalls ein Budget von 20 000 Euro für die begleitende Unterstützung von Rasso Liebermann zur Verfügung steht.

Falls Herr Dr. Dr. Anders die obengenannten Kriterien als erfüllt ansieht, geht die Wohnung danach in das Eigentum von Rasso Liebermann über.«

Der Notar räusperte sich. »Frau Drievers hat noch eine persönliche Notiz hinzugefügt, die ich noch verlesen soll:

*Lieber Rasso, ich danke Dir für die ungeradlinigsten Tage meines Lebens. Sie haben mich gelehrt, die mir verbleibende Zeit zu genießen, was ich getan habe.*

*Im Gegenzug werde ich versuchen, Dich auf einen geradlinigen Weg zu bringen. Denn die Mischung aus unseren beiden Lebenswegen scheint mir ideal. Geh Deinen Weg, so wie Du es willst!*

*Danke, Rasso!«*

Der Notar schob das Testament ein wenig von sich fort. »Herr Liebermann. Ich habe ein ähnliches Testament noch nie verlesen. Frau Drievers und ich haben lange miteinander gerungen, wie wir ihr Vermächtnis so gestalten können, dass Sie das erreichen können, was nach Frau Drievers Meinung gut für Sie ist, und Sie dennoch bleiben können, wer sie sind. Ich habe nicht nur den fachlichen, sondern auch den ganz persönlichen Auftrag, Sie auf diesem Weg zu unterstützen. Was ich gerne tun werde, insofern Sie dies auch möchten und das Vermächtnis antreten.«

In Rasso rasten die Gedanken. Trauer um Isabel. Und eine unglaubliche Freude über diese Chance! Er konnte das alles kaum begreifen.

Rasso wollte sich völlig konsterniert bereits erheben, als der Notar hinzufügte: »Ich soll Sie auch noch darüber informieren, wie und mit wem Frau Drievers ihre letzten Monate verbracht hat.« Rasso sah ihn einfach nur verwundert an. »Sie lebte mit Peter, genannt Piet, Flaucher zusammen in Freilassing. Ihr restliches Vermögen geht an eine Stiftung für Afrika, die Herr Flaucher verwalten wird.«

Das gab's doch gar nicht. Deswegen hatte er Piet also schon länger nicht mehr erreicht. Aber er war ja auch viel unterwegs gewesen in letzter Zeit, viele Auftritte, mit Caro. Die Band machte sich mehr und mehr einen Namen. Es fehlte eigentlich nur das Kapital für den großen Sprung. Jetzt nicht mehr.

Rasso schwankte aus dem Büro des Notars heraus. Ihm war schlecht. Er hatte nicht gewusst, dass Isabel gestorben war. Aber Piet hatte sie auf ihrem letzten Stück begleitet. Er hatte nicht gewusst, dass sie mit Piet zusammengekommen war. Obwohl es ihn nicht wunderte, wenn er darüber nachdachte. So seltsam das erscheinen mochte, es erschien ihm passend. Er schüttelte den Kopf: »Es kommt, wie es kommt.« Langsam und nachdenklich lief er zum Parkplatz.

Als er vor dem Bus stand, fiel sein Blick auf den Kratzer in der Tür. Er strich ihn mit den Fingern nach. Isabels Kratzer. Ihre Spuren blieben bei ihm, beim Bus.

Was für ein Sommer! Wunderschöne, verrückte Tage waren das mit ihr gewesen. Tage, nach denen sich alles verändert hatte, weil er um Caro gekämpft und sie gewonnen hatte, weil die Band Erfolge hatte, weil sie jetzt mit diesem Geld den großen Sprung machen konnten. Isabel hatte auch ihn verändert, ihn ein wenig orientierter werden lassen. Ohne dass er den Himmel dabei je aus den Augen verloren hätte.

Er machte die Tür des Bullis auf und ließ den Hund raus. »Komm, Streuner!«

– Ende –

# Danke

Direkt vor mir hielt ein wild-freundlicher, gelber VW-Bus an. Die Tür öffnete sich, und heraus kam – nein, kein junger Rastamann, sondern eine adrette Frau im schwarzen Kostümchen.

Ich stockte kurz, und seit diesem Moment verbrachte sie viele Stunden, Wochen, Monate mit mir, diese Frau, deren Lebensgeschichte entstand und die sich einen Bulli nahm und auf Reise ging.

Damit man auf eine solche Reise gehen kann, muss es Menschen geben, die einen begleiten, mit Zeit, Liebe, Rat und Tat. Auch bei diesem Buch waren es viele, die mich unterstützten:

Meine lieben Freunde und Freundinnen, deren vieläugiges und vielperspektivisches Korrekturlesen erst eine in den Details runde Geschichte entstehen lässt:

Tom und Claudia Günther, deren langjährige Bulli-Erfahrung mich vor Bulli-Fehlern bewahrte.

Franziska Rohr, die immer mit mir die Charaktere durchspielt und auf Konsistenz überprüft.

Alexandra Dusel mit genauem Auge für Details.

Marianne Lindwedel – professionell wie eh und je.

Mein Mann Mark, mit seiner unendlichen Geduld für mich und meine Arbeit.

Ein ganz besonderer Dank gilt meiner wunderbaren Lektorin Anne Sudmann, die mit mir träumte, die ihre Sehnsucht mit in den Text warf, die zu den Figuren immer die richtigen Fragen an mich stellte, mir mit Blicken in den Berliner Himmel weiterhalf, die auf ihre wunderbar fragende Art mir zahlreiche Verbesserungen und Hilfestellungen zum Text gab. Erst durch sie ist der Text in der Tiefe entstanden, wie er jetzt hier steht. Erst durch sie hat sich der Himmel über Berlin geöffnet.

Last but not least geht mein Dank an die Grande Dame der Literaturszene, an meine großartige Agentin Lianne Kolf, die mit sicherem Gespür meinen Roman an genau den Verlag sandte, zu dem er wollte. Meine Roadnovel im Aufbau Verlag, das war gegenseitige Liebe auf den ersten Blick.

Nun, Isabel, fahr los!

## 19. Februar 2014

»Pass auf, Jamal, das Gras auf der Klippe ist bestimmt rutschig!«

Mit einem Trenchcoat über den Schultern stand André Jozwiak, der Besitzer des Hotels *La Sirène,* in der morgendlichen Kälte. Die Quecksilbersäule des Thermometers war kaum über den Nullpunkt geklettert. Nachtfrost überzog das Hotelemblem, einen schmiedeeisernen Segler, das an einem Balken der Fassade hing.

Jozwiak betrachtete den Sonnenaufgang über dem nahegelegenen Strand, dessen eng aneinandergepresste Kiesel so aussahen, als hätte ein riesiger Raubvogel seine Eier zurückgelassen. Die vor dem benachbarten Casino geparkten Autos waren mit einer dünnen Eisschicht bedeckt.

Jamal entfernte sich mit kleinen, schnellen Schritten. André sah ihn am Casino vorbei- und dann die Rue Jean-Hélie hinauflaufen. Anfangs war er ihm seltsam vorgekommen, dieser junge Mann mit nordafrikanischen Wurzeln, der jeden Morgen an den Klippen entlangjoggte. Sein eines Bein war muskulös, das andere endete in einer Carbonprothese, die in einem Joggingschuh steckte.

Doch mittlerweile war er ihm richtig sympathisch geworden. Und dass er Lust hatte, gleich bei Tagesanbruch eine Runde laufen zu gehen, das konnte er gut nachvollziehen. Schließlich war er in seinem Alter auch jeden Sonntag mehr als hundert Kilometer mit dem Fahrrad gefahren; drei herrliche Stunden, in denen ihm niemand auf die Nerven gehen konnte.

Die Silhouette Jamals tauchte am Fuß der Treppe auf, die zur Steilklippe hinaufführte, und verschwand gleich darauf wieder hinter den Müllcontainern des Casinos. André trat einen Schritt vor und zündete sich eine Wilson an. Er war nicht der Einzige in Yport, der um diese Uhrzeit der Kälte trotzte. Drüben am Strand ging eine alte Dame mit einem lächerlich kleinen Hund, der hysterisch die Möwen ankläffte, spazieren. Etwa zweihundert Meter weiter stand ein ziemlich großer Typ, die Hände in den Taschen seiner ausgebeulten Lederjacke vergraben, und starrte aufs Meer hinaus.

Nachdem er aufgeraucht hatte, warf André seine Kippe weg und ging zurück ins Hotel. Es war Zeit, den wenigen Gästen, die er zu dieser Jahreszeit beherbergte, das Frühstück zu servieren, und er wollte nicht, dass man ihm so begegnete, unrasiert, im Schlabberlook und mit zerzausten Haaren.

Jamal Salaoui erklomm mit gleichmäßigen, schnellen Schritten die Steilklippe. Nachdem er die letzten Villen hinter sich gelassen hatte, führte nur noch ein schmaler Trampelpfad weiter nach oben, von wo aus man bis ins zehn Kilometer entfernte Étretat blicken konnte. Jamal beobachtete die beiden Gestalten unten am Strand, eine alte Dame mit dem Hündchen und den Mann, der aufs Meer starrte. Drei Möwen, vielleicht von dem Hundegekläff aufgeschreckt, flogen plötzlich laut kreischend über den Rand der Klippe.

Den roten Schal sah Jamal kurz nach dem Eingangsschild zum Campingplatz *Le Rivage*. Er hing über dem Zaun des Geländes, so als würde er auf eine Gefahr hindeuten. Das zumindest war Jamals erster Gedanke.

Der Hinweis auf einen Erdrutsch, eine Überschwemmung, ein totes Tier.

Im selben Moment verwarf er den Gedanken wieder: Unsinn, es war schließlich nur ein Schal, der sich im Stacheldraht des Zauns verfangen hatte, sicherlich hatte ein Spaziergänger ihn verloren.

Zunächst hatte er gezögert, seinen Laufrhythmus zu unterbrechen, um sich nach dem Schal umzudrehen, und wäre beinahe einfach geradeaus weitergelaufen. Dann wäre alles ganz anders gekommen. Doch Jamal lief langsamer und blieb stehen. Der Schal wirkte ganz neu und leuchtete in einem kräftigen Rot. Jamal berührte ihn, studierte das Etikett.

Kaschmir, von Burberry. Dieses Teil war sicherlich ein kleines Vermögen wert! Vorsichtig löste er die Wolle vom Stacheldraht, er würde den Schal nachher mit ins Hotel nehmen. André Jozwiak kannte Gott und die Welt in Yport, er wusste bestimmt, wem er gehörte. Andernfalls würde Jamal ihn einfach behalten. Während er weiterlief, strich er behutsam über den Stoff. Zu Hause, in der Hochhaussiedlung von La Courneuve, würde er ihn wohl kaum tragen können. Ein teurer Kaschmirschal, dafür würden sie ihn glatt umlegen! Aber er fand bestimmt ein hübsches

Mädchen in seinem Viertel, das bereit war, ihn zu nehmen.

In der Nähe des alten Bunkers rechts von ihm weideten Schafe, die ihre Köpfe hoben, als er sich ihnen näherte.

Gleich dahinter, am Rand der Klippe, sah er die junge Frau.

Sie stand weniger als einen Meter vom Abgrund entfernt. Unmittelbar hinter ihr ging es mindestens einhundert Meter steil in die Tiefe. Jamal verlangsamte seine Schritte, seine Gedanken überschlugen sich: Das Gelände fiel zum Meer hin leicht ab, das Gras war vom Raureif rutschig – ein falscher Schritt, und die junge Frau schwebte in höchster Gefahr. »Alles in Ordnung bei Ihnen?« Seine Worte verhallten in der Kälte.

Keine Antwort.

Jetzt war er noch etwa fünfzig Meter von der Frau entfernt. Trotz der Kälte trug sie lediglich ein Kleid. Es schien zerrissen zu sein, zwei lange rote Stoffbahnen flatterten im Wind und bedeckten nur dürftig ihre Oberschenkel und die Körbchen eines fuchsiafarbenen BHs. Sie zitterte am ganzen Leib.

Jamal hatte sofort bemerkt, wie schön sie war. Doch dafür hatte er in diesem Augenblick keinen Sinn. Die Frau überraschte ihn, rührte ihn, verwirrte ihn, aber ihre sexuelle Anziehungskraft blieb wirkungslos. Als er später darüber nachdachte, fiel ihm am ehesten der Vergleich mit einem geschändeten Kunstwerk ein. Ein Sakrileg, eine unentschuldbare Verletzung der Schönheit.

»Alles in Ordnung bei Ihnen?«, wiederholte er jetzt seine Frage.

Endlich hob sie mit einer langsamen Bewegung den

Kopf und blickte zu ihm herüber. Das Gras war kniehoch, und während er sich ihr behutsam näherte, schoss ihm durch den Kopf, dass sie vielleicht seine Beinprothese noch nicht bemerkt hatte.

Jetzt stand er ihr direkt gegenüber.

Die Frau war noch ein Stück näher an den Abgrund herangerückt und ließ ihn nicht aus den Augen. Sie sah verheult aus, ihre Wimperntusche war völlig verschmiert und ihre Augen gerötet. In Jamals Kopf tobten die Gedanken: Gefahr, Zeitnot. Vor allem aber: Beklemmung.

Noch nie hatte er eine derart schöne Frau gesehen. Das perfekte Oval ihres Gesichts, eingerahmt von zwei pechschwarzen Haarsträhnen, die kohlrabenschwarzen Augen, die fein gezeichneten Brauen und Lippen. Später versuchte er sich vergeblich daran zu erinnern, ob die seltsame Unbeholfenheit der schönen Fremden, das Bedürfnis, ihre Hand zu ergreifen, sein Reaktionsvermögen beeinflusst hatten.

»Mademoiselle …«, mit einer vorsichtigen Bewegung streckte Jamal den Arm aus.

»Bleiben Sie, wo Sie sind.«

Es war eher eine Bitte als ein Befehl. Ihre Augen wirkten wie erloschen.

»Kei… keine Sorge …«, stammelte Jamal. »Verstehe. Bewegen Sie sich nicht, bleiben Sie ganz ruhig.«

Sein Blick wanderte über das zerrissene Kleid. Vielleicht war sie aus dem Casino unten am Strand gekommen. Abends verwandelte sich der große Saal im *Seaview* in eine Disko.

Hatte es beim Tanzen eine unliebsame Begegnung gegeben? Die junge Frau war groß, schön, sexy …

Jamal bemühte sich um einen möglichst ruhigen Tonfall. »Ich komme jetzt langsam näher und reiche Ihnen meine Hand.«

Zum ersten Mal senkte sie den Blick. Als sie seine Prothese sah, konnte sie ihr Erstaunen nicht verbergen, fasste sich aber sofort wieder. »Einen Schritt näher, und ich springe!«

»Nicht ... ich bleibe, wo ich bin.«

Jamal erstarrte in seiner Bewegung und wagte nicht einmal mehr zu atmen. Nur seine Augen schnellten hin und her, zwischen der verzweifelten jungen Frau und dem Horizont, der sich allmählich orange färbte.

Er stellte sich vor, wie eine Gruppe betrunkener Jungs sie vom Rand der Tanzfläche aus angeglotzt hatte. Wie einer von ihnen, vielleicht sogar mehrere, sie dann bis zum Ausgang verfolgten, ihr den Weg verstellten, versuchten, ihr das Kleid vom Leib zu reißen ...

»Sind Sie ... sind Sie verletzt?«

Aus ihren dunklen Augen flossen Tränen.

»Das können Sie nicht verstehen. Gehen Sie!«

Dann plötzlich hatte er die Eingebung. Ganz langsam führte Jamal seine Hände an den Hals. Und doch nicht langsam genug. Die junge Frau machte einen hastigen Schritt zurück, er zuckte zusammen, beinah wäre sie ins Leere getreten.

»Ich werde mich nicht von der Stelle rühren, Mademoiselle. Ich werfe Ihnen nur den Schal zu. Ich halte ihn an einem Ende. Sie brauchen nur das andere zu ergreifen. Und Sie entscheiden selbst, ob Sie loslassen oder nicht.«

Die junge Frau zögerte, erneut wirkte sie überrascht. Jamal nutzte die Gelegenheit und warf mit einer behutsamen Handbewegung das eine Ende des roten Kaschmir-schals in ihre Richtung. Nicht mal ein Meter trennte sie.

Der Schal fiel vor ihre Füße. Zögernd beugte sie sich nach vorn und hob ihn auf.

»Ganz vorsichtig«, sagte Jamal leise. »Lassen Sie sich zu mir ziehen, nur etwas weiter weg vom Abgrund.«

Sie klammerte sich jetzt noch ein wenig fester an den Stoff, und Jamal spürte, wie ihn Erleichterung durchström-te. Er hatte genau das Richtige getan. Unglaublich behut-sam zog er sie zu sich heran, Zentimeter um Zentimeter.

»Vorsichtig«, raunte er. »Kommen Sie vorsichtig zu mir.«

Plötzlich wurde ihm wieder bewusst, wie schön sie war. Die schönste Frau, die er je gesehen hatte. Und gerade hatte er ihr das Leben gerettet.

Der Gedanke genügte, um ihn für einen kurzen Moment abzulenken. Plötzlich spürte er eine ruckartige, heftige Be-wegung, die Frau riss an dem Schal. Jamal hatte mit allem gerechnet, nur nicht damit. Der Stoff entglitt ihm.

Dann ging alles blitzschnell. Mit einem Ausdruck von Schicksalsergebenheit blickte sie ihm in die Augen und sprang in die Tiefe, den roten Kaschmirschal fest zwischen den Fingern.

Ihn hatte sie ebenfalls mit sich gerissen, nur wusste Jamal das zu diesem Zeitpunkt noch nicht.